RuNyx es una autora superventas cuyos libros se han colocado en la lista de más vendidos de *USA Today* y Amazon. Le encanta crear universos literarios y, después, prenderles fuego.

Síguela en redes:

@ authorrunyx

authorrunyx

Papel certificado por el Forest Stewardship Council®

Penguin
Random House
Grupo Editorial

Título original: *The Reaper*

Primera edición en B de Bolsillo: enero de 2026

© 2020, RuNyx
© 2024, 2026, Penguin Random House Grupo Editorial, S. A. U.
Travessera de Gràcia, 47-49. 08021 Barcelona
© 2024, Ana Isabel Domínguez Palomo y M.ª del Mar Rodríguez Barrena, por la traducción
Diseño de la cubierta: Adaptación de la cubierta original de Nelly R. /
Penguin Random House Grupo Editorial

Printed in Spain – Impreso en España

ISBN: 979-13-87652-56-2
Depósito legal: B-19.603-2025

Compuesto en El Taller del Llibre, S. L.
Impreso en Black Print CPI Ibérica
Sant Andreu de la Barca (Barcelona)

BB 5 2 5 6 2

La tormenta

RUNYX

Traducción de Ana Isabel Domínguez Palomo
y M.ª del Mar Rodríguez Barrena

A mis padres.
Por cubrirme siempre las espaldas,
darme fuerzas y alentar mis sueños.
No sería quien soy
sin vuestro amor incondicional.
Os quiero

NOTA DE LA AUTORA

Este es el segundo volumen de la serie Dark Verse y retoma la historia directamente donde la dejó el primero, *El cazador*. Si no lo has leído, te recomiendo encarecidamente que lo hagas para así disfrutar a fondo de la lectura.

Esta novela contiene escenas explícitas tanto sexuales como de violencia. También hay algunos temas sensibles de los que creo que debo advertir por si alguien se ve afectado: ataques de pánico, asesinatos, menciones de violación y tortura, alusiones a la esclavitud humana.

Si alguno de estos temas te incomoda, por favor, tenlo en cuenta. Si sigues leyendo el libro, espero que lo disfrutes. Muchas gracias.

LISTA DE REPRODUCCIÓN

La banda sonora de Tristan y Morana, tanto para el primer libro como para el segundo.

Te amo como se aman ciertas cosas oscuras,
secretamente, entre la sombra y el alma.

PABLO NERUDA

PRÓLOGO

El resplandor anaranjado del cigarro era el único destello de vida en la noche oscura y tormentosa.

El hombre sentado tras el volante miró hacia el cementerio, a su izquierda, y sus ojos verdosos no perdieron de vista a los amantes que se besaban entre las tumbas. Aunque no podía ver a la chica, oculta como estaba detrás de su corpulento novio, sabía exactamente dónde se encontraba, al igual que lo había sabido todos esos años.

Los observaba desde la oscuridad de su coche, con la ventanilla bajada solo un milímetro para dejar escapar el humo y que no lo ahogara. Aunque no le temía a la muerte, en absoluto. Sin embargo, tenía un propósito, un objetivo que lo había impulsado durante mucho tiempo. Había estado al acecho, día tras día, semana tras semana, año tras año, acercándose paso a paso, metafóricamente, hacia su meta.

Dio una larga calada para llenarse los pulmones y sintió que el humo se filtraba en sus células, mezclándose con las cenizas de su antigua vida. Se frotó la rodilla ausente, acariciando el dolor fantasma que lo perseguía.

Un relámpago lo iluminó todo durante una fracción de segundo. Si el Cazador se hubiera dado la vuelta en ese instante, lo habría visto sin problemas. Sin embargo, el que era uno de los mejores asesinos de la mafia estaba distraído por una mujer. Un comportamiento irracional, descuidado. Se había involucrado emocionalmente con ella.

Los observó separarse y vio que él se agachaba para recoger el arma caída y entregársela a la chica. Observó, silencioso como las sombras, que la mujer lo seguía hasta el vehículo que los esperaba.

Al bajar completamente la ventanilla para arrojar el cigarro a medio fumar al exterior, la lluvia le besó la cara con el entusiasmo de una amante en plena reconciliación. Desvió los ojos hacia el anillo de plata que brillaba en su dedo anular derecho, con una calavera recreada en detalle. Fue un regalo que le hicieron hacía muchísimo tiempo. Antaño había sido la joya de su corona. Ahora, era su fantasma.

A lo largo de los años había reflexionado sobre la delgada línea que separaba la justicia de la venganza. En qué lado acabara cayendo él dependía mucho de la chica. Si llevaba el anillo, no era por los recuerdos de las risas y la amistad, sino para no olvidar todo lo que había perdido.

Había llegado la hora de recuperarlo.

1

Espionaje

Llovía a mares.

Las gotas caían contra el parabrisas y morían al instante, derramándose sobre el cristal mientras los truenos retumbaban en el cielo nocturno.

Morana estaba al otro lado de la ventanilla, mirando el diluvio, al abrigo de las gotas que intentaban penetrar las paredes invisibles y tocarla.

Sin embargo, en esa ocasión, ya la habían tocado. La lluvia la había besado, la había empapado, la había amado. En esa ocasión, estaba empapada, aterida y temblando por la fuerza del recuerdo de esas gotas acariciándole la piel durante un instante que había quedado congelado en su corazón.

En esa ocasión, tal como sucedió aquella noche en el ático, no estaba sola.

Todavía no había girado la cabeza para mirarlo en el coche.

Él también estaba tocado. Un poco antes, Morana lo había observado embelesada subirse en silencio al coche después de que se alejara de ella.

Las nubes lo habían cubierto todo. Los relámpagos habían hecho acto de presencia. Se había levantado el viento.

Y ella siguió al descubierto, a la intemperie, mientras él se ocultaba detrás de sus muros.

Aunque no del todo.

Porque si bien había arrancado el motor, no había hecho el menor gesto para mover el coche, y la esperaba en silencio mientras ella seguía a su lado, con los ojos clavados en el lugar exacto donde él había tomado una decisión y la había obligado a hacer lo mismo. La lluvia, el barro y la hierba habían cubierto las huellas de lo que había sido un punto de inflexión en el interior de Morana. El diluvio también había borrado la mayoría de las manchas que la explosión le había dejado en el cuerpo y le había abierto la herida del bíceps. Eso la preocupaba un poco, ya que la noche anterior había evitado mojársela y ahora estaba completamente empapada.

Mientras ella estaba allí de pie, distraída y considerando la tirantez que notaba en el brazo, él no había tocado el claxon ni una sola vez, no había abierto la puerta ni había pisado el acelerador. No había hecho ni un solo gesto que indicara que la estaba esperando. Sin embargo, ella fue consciente de ello por el simple hecho de que él seguía allí, como una fuerza silenciosa y magnética que permanecía obstinadamente en la soledad de ese lugar. Una presencia llena de vida entre la muerte y la destrucción que los rodeaban.

En silencio, él le había ofrecido refugio tras los muros que lo protegían. En silencio, ella había aceptado. Morana había rodeado el enorme vehículo y había ocupado el asiento del copiloto. Él se había limitado a salir del cementerio sin más.

El aire caliente procedente de la rejilla de ventilación le resultaba agradable sobre la piel fría y húmeda mientras ponía las palmas de las manos justo delante, permitiendo que el calor le calara poco a poco hasta los huesos. Recorrió a placer el interior del vehículo con la mirada por primera vez, y no se sorprendió en lo más mínimo al comprobar que los asientos de cuero negro estaban mojados por culpa de la ropa de ambos. Era la primera vez que se montaba en ese coche. Era un precioso BMW negro que le provocaba un poco de envidia, la verdad.

Morana sacudió ligeramente la cabeza y miró hacia la consola, en cuya pantalla táctil vio «Reproducir música». Levantó las cejas mientras se preguntaba qué tipo de música escuchaba, si es que acaso lo hacía alguna vez. ¿Sus gustos se inclinaban hacia el rock o hacia el R&B? ¿O era tan ecléctico como ella? Un sinfín de preguntas que nunca se había permitido hacerse sobre él le pasaron por la cabeza mientras observaba los objetos que los rodeaban.

Sus ojos errantes e inquisitivos se detuvieron al ver un colgante. Era pequeño y femenino, y pendía de una cadena de plata que colgaba del espejo retrovisor central, una especie de chapita redonda.

Con disimulo, pero muerta de curiosidad, entrecerró la mirada e intentó distinguir si había alguna inscripción en él.

Efectivamente.

«Hermana».

Ay, Dios. El colgante… le había pertenecido a ella.

A Luna.

Morana sintió que el corazón se le encogía de forma dolorosa, y el peso de todo lo que había descubierto hizo que se recostara contra el respaldo y que clavara la mirada en el silencioso hombre a su lado.

Parecía relajado en su asiento; no apretaba en exceso el volante ni la palanca cuando cambiaba de marcha, y mantenía la respiración suave y uniforme. Todo parecía ir bien. Salvo por un pequeño detalle: Tristan Caine miraba al frente con una concentración casi religiosa que Morana dudaba que necesitara para conducir, y había evitado sus ojos desde que le entregó el arma caída.

Desde que le había dado un beso que casi la deja sin alma.

Morana volvió a mirar de nuevo hacia el sencillo colgante, que se balanceaba en círculos con el movimiento del coche, y sintió que le dolía el pecho. Esa diminuta joya que se movía libremente entre ellos —la plata que llevaba la marca de su querida hermana pequeña, a la que perteneció en el pasado— decía más de él de lo que podría transmitir cualquier otra cosa. Tanta pena, tanta rabia, tantas cicatrices…

Y junto con el dolor que notaba, a Morana le llegó otra epifanía: el coche también era territorio de Tristan Caine. De lo contrario, el colgante no estaría allí, tan expuesto, tan bonito, tan vulnerable. Su mera presencia en el vehículo atestiguaba que era un lugar muy muy privado.

Y se dio cuenta de que, tal y como sucedió aquella primera noche lluviosa en el ático, cuando Tristan Caine decretó que Morana se quedaría con él en vez de con Dante, él la había dejado entrar en su territorio. Otra vez. Incluso después de haber tomado una decisión que ella ni siquiera podía empezar a comprender.

Morana todavía sentía las secuelas de aquella elección agarrotándole los músculos, propagándosele por la sangre, vibrando en todas las células de su cuerpo. Todavía sentía el frío metal de la pistola contra los latidos de su corazón. Todavía sentía la presión de esos labios palpitando contra los suyos, hinchados. Todavía sentía las caricias de esa lengua en el interior de la boca.

Un escalofrío la sacudió, y no habría sabido decir si era debido al frío o a los recuerdos.

Las preguntas se le agolpaban en la mente, las palabras se le acumulaban en la garganta y se le quedaban en la punta de la lengua, pero se la mordió, reacia a romper el silencio. Acababa de obligarlo a ponerse en una posición complicada y, sabiendo lo que sabía de él, Morana tenía claro que no le sentaría bien que lo obligara a hablar, no hasta que hubiera tenido tiempo de procesarlo todo.

O, bueno, al menos eso habría querido ella de estar en su lugar. Todavía no estaba segura de él, de lo que pensaba, pero seguía viva y temblando a su lado después de haberle dado la oportunidad de matarla. Y eso era suficiente. Por el momento.

Su móvil vibró en el salpicadero, poniendo fin al tenso silencio.

Morana miró hacia el teléfono de forma impulsiva.

Llamada entrante: Chiara Mancini

Frunció el ceño antes de poder contenerse. ¿Chiara? ¿Se podía saber quién era Chiara? ¿Y por qué llamaba a esas horas de la noche?

Volvió la cabeza hacia la ventanilla y clavó la mirada en las gotas de lluvia que caían en cascada por el cristal, en los demás vehículos de la carretera, casi desierta, pero fue consciente de que él rechazaba la llamada. No sabía si lo hizo porque estaba conduciendo, porque ella se hallaba presente o simplemente porque no estaba de humor.

Sin embargo, sintió un pequeño nudo en el estómago cuya mera existencia la preocupó. No debería notar ningún nudo. No debería reaccionar de ninguna manera por que una mujer con un nombre bonito lo llamara en la oscuridad de la noche. No tenía energía para lidiar con aquello. Menudo desastre.

Morana se quitó aquellos pensamientos de la cabeza y prefirió observar en cambio la mano enorme de Tristan Caine mientras este cambiaba de marcha con suavidad. Se permitió estudiarla como nunca antes lo había hecho, por falta de tiempo o de ganas. Se fijó en el enorme reloj, de correa metálica y esfera azul marino cara, que rodeaba su fuerte muñeca; en las venas que le recorrían el dorso de la mano; en el vello que salpicaba la piel que el puño de la camisa dejaba a la vista; en esos dedos largos y fuertes que había sentido íntimamente en su interior. Tras retorcerse un poco en el asiento, bajó de nuevo la mirada y le observó las magulladuras de los nudillos, que seguían en carne viva. Aunque bien podría haberse hecho esas heridas la noche anterior en la pared de la ducha, parecían recientes.

Abrió la boca para preguntárselo, pero vio que él torcía la comisura del labio un milímetro, así que volvió a cerrarla.

No era el momento. No era *para nada* el momento.

Los kilómetros pasaron volando mientras él conducía, sorteando con pericia el tráfico ligero, y, tras unos largos y tensos minutos, Morana por fin vio la entrada al bloque de pisos que se elevaba hacia el cielo tormentoso con el mar a la izquierda, a lo lejos.

Los dos guardias de la verja, armados con pistolas que llevaban en las caderas, saludaron a Tristan Caine de forma respetuosa con la cabeza mientras el coche los dejaba atrás para enfilar el pequeño camino de entrada por el que se accedía al aparcamiento subterráneo. La luz blanca iluminaba todo el espacio, reflejándose sobre el metal de los vehículos oscuros que allí descansaban.

Morana los miró y se preguntó por un momento quiénes vivían en el edificio además de Dante y de él.

Antes de que pudiera seguir esa línea de pensamiento, él aparcó junto a su preciosa moto. Morana observó la carrocería oscura y en su corazón reverberó el anhelo de volver a montarla, procedente del preciado recuerdo del primer paseo en ella, del primer recuerdo de sentirse libre de verdad.

Aquel deseo se resquebrajó cuando oyó que se abría la puerta y se volvió para ver a Tristan Caine bajar del BMW, cerrando al salir, todo ello antes de que Morana hubiera podido siquiera desabrocharse el cinturón de seguridad. Tuvo la sensación de que quería alejarse de ella y, aunque le molestó un poco, lo comprendió. De haber estado en su lugar, lo más seguro era que lo hubiese abandonado en el propio cementerio y que hubiese salido corriendo para recuperar su querido espacio vital. Sinceramente, era lo que casi se había esperado que hiciera él.

Aunque él llegó el primero a los ascensores, la esperó al igual que había hecho en el cementerio en lugar de seguir sin ella. Morana abrió la puerta del coche y la cerró sin hacer ruido. Acarició el asiento de la moto. El aire frío del garaje hizo que su cuerpo húmedo se estremeciera mientras echaba a andar a paso ligero hacia donde Tristan Caine la esperaba junto al ascensor, con el pie entre las puertas para impedir que se cerraran.

Sorprendida por el gesto, entró mientras él se apartaba e introducía el código para subir al ático. Después, mientras se cerraban las puertas, observó sus figuras empapadas reflejadas en los espejos. Contempló la imagen que formaban. Él estaba bien vestido, con ese cuerpo alto y musculoso enfundado en el traje mojado y con la corbata empapada, con esos abdominales expuestos por la camisa blanca que se le pegaba al torso. En cambio, ella estaba andrajosa. Tenía la ropa desgarrada por la explosión, y el top que antes era claro se había vuelto de un extraño tono marrón, manchado por las vetas de mugre y de barro que cubrían la tela y, en algunos lugares, hasta la piel de Morana. Tenía el pelo mojado y enredado, con la coleta medio deshecha; las mejillas eran la única mancha de color en su cara, y tenía los ojos muy abiertos y un poco enrojecidos.

El contraste entre su aspecto —la piel más oscura de él frente a la palidez de la suya; la ropa oscura y limpia de él frente a la suciedad de la suya; la complexión alta y ancha de él frente a su cuerpo pequeño y voluptuoso; el poder que irradiaba ese hombre, incluso empapado como estaba, y que hacía que Morana se estremeciera aunque él ni siquiera la estuviera mirando— le provocó un escalofrío.

Hasta hacía poco, la idea de tener el cuerpo de ese hombre contra el suyo la había excitado —hasta un punto que nunca había llegado a entender—, pero en ese instante lo que sentía en su interior era un caos frenético. Fascinación y deseo, compasión y deseo, ira y deseo…, todo se mezclaba en un brebaje ardiente que bullía en su estómago, pues Morana era consciente de que, aunque ese no fuera el momento, algún día volvería a tenerlo y, esa vez, estaría tan desnudo como ella, con su piel contra la suya, con su sudor, su olor y sus cicatrices rozándola mientras ella lo marcaba con las suyas.

Él sería su ruina. Y ella sería la suya.

Sin embargo, aquel no era el momento.

Respiró hondo para centrarse, para darle tiempo a él y también para dárselo a sí misma, para procesar los acontecimientos de las últimas veinticuatro horas. Miró a Tristan Caine mientras recordaba la primera vez que entró con él en el ascensor. Estaba apoyado en la pared del fondo, a poca distancia de ella, pendiente del móvil, sin levantar la mirada ni establecer contacto visual. Esa falta de contacto visual entre ellos era extraña. Y en ese momento, mientras la privaba de sus magníficos ojos, Morana se percató de lo mucho que había llegado a confiar en ellos para entenderlo.

Sabía que él era consciente de que lo estaba observando. Sin embargo, no levantó la mirada del teléfono en ningún momento.

Morana soltó un suspiro y empezó a frotarse los brazos para entrar en calor, consciente del ligero dolor que sentía en la herida. Entonces las puertas se abrieron por fin, dejándola frente a la majestuosa panorámica de la lluvia y la ciudad al otro lado del ventanal que tanto había llegado a apreciar y que siempre le robaba el aliento durante una fracción de segundo.

Y entonces, oyó unas voces airadas.

Una grave y masculina. Otra ronca y femenina.

Contuvo la sorpresa, tanto por la presencia de Amara como por escuchar a Dante hablar de una forma tan distinta a la habitual, y se quedó parada en el ascensor, mirando al hombre silencioso que tenía al lado, que por fin guardó el móvil para concentrarse en las dos personas que discutían en el ático.

—¡No tenías derecho! —exclamó Dante levantando la voz más que nunca, cada palabra rebosante de ira—. No era tu historia.

—¡No podía quedarme al margen y dejar que se destruyera a sí mismo o que la destruyera a ella! —replicó Amara, con la voz aún más ronca y baja, pero lo bastante firme como para que Morana entendiese que iba en serio—. Llevo años viéndolo hacer eso y no lo soporto más.

—¡No es asunto tuyo, me cago en todo! —gritó Dante, y Morana se estremeció—. ¿Quieres contarle a alguien cómo te hiciste esa cicatriz? Hazlo. Díselo a todo el mundo. ¡Pero no eres quien para ir por ahí contando de dónde vienen las de Tristan, Amara! Te lo conté en confianza y me has traicionado. Lo has traicionado a él. ¿Cómo cojones te has atrevido? —le preguntó, resaltando cada palabra.

—¿Me estás acusando de traición a mí? Por Dios, a veces ni siquiera te reconozco —susurró Amara, con la voz desbordante de rabia y un tono muy distinto al que había empleado hacía una hora para hablar de ese mismo hombre—. Sí, le he contado a una mujer inocente, que no tuvo nada que ver con lo que le pasó a Tristan, el motivo por el que su vida estaba en juego. Le he contado la verdad sobre él a una mujer que lo hace parecer más vivo que nunca. Si traicionándote a ti, o a él, consigo que tenga la oportunidad de cambiar su vida, ¡os traicionaría cien veces más! ¡Ella se merece saber la verdad, y él se merece una oportunidad!

—No me vengas otra vez con esas —le soltó Dante—. Esto muy sencillo, coño. Confiamos en ti y nos has traicionado. Es su historia, y él se la habría contado de haber querido. Pero no lo hizo.

—¡Porque tiene miedo de que las cosas cambien! —gritó Amara, con esa voz áspera cargada de tensión—. Pero las cosas tienen que cambiar, ¿no lo entiendes?

—Así no.

Se produjo un breve silencio antes de que Amara preguntara en voz baja:

—¿Estás enfadado porque he traicionado a Tristan o porque te he traicionado a ti?

«Chica lista», pensó Morana, que vitoreó en silencio a la mujer que se había convertido en su amiga y que acaba de usar su voz, suave y ronca por las heridas que sufrió, para poner en su sitio a un hombre vociferante. La embargó algo parecido al orgullo.

Antes de que pudieran pronunciar una palabra más, el hombre corpulento que estaba a su lado —y cuya quietud se había ido acrecentando con cada palabra que oían— salió del ascensor y giró a la derecha, acercándose a grandes zancadas al comedor, de donde procedían las voces. Morana lo siguió al instante, unos pasos por detrás, mordiéndose el labio para no decir nada.

Se detuvo antes de entrar al salón, y vio a Dante y a Amara petrificados a escasos centímetros el uno del otro, pero mirando a Tristan Caine con los ojos muy abiertos. Dante clavó la mirada en ella un instante, recorriéndola de pies a cabeza, y se detuvo en sus labios durante un largo segundo que, de repente, la hizo darse cuenta de lo hinchados que seguían. Morana mantuvo los ojos oscuros fijos en ese rostro tan apuesto y preocupado, pero él negó con la cabeza una vez y se alejó hacia el ventanal para darles la espalda.

Amara no la miró en absoluto, ni por un momento. En cambio, sí le sostuvo la mirada al hombre que estaba a su lado, con la espalda recta y el mentón alzado, sin rastro de remordimiento en el rostro por lo que había hecho. Morana sintió que el respeto que sentía por ella aumentaba, ya que sabía de primera mano lo intimidante que resultaba Tristan Caine cuando te taladraba con la mirada.

Cuando Morana dirigió la vista hacia él, lo descubrió observando a Amara con los dientes apretados.

Nadie dijo nada.

La tensión entre ambos pareció ir en aumento, hasta el punto de que Morana se planteó la posibilidad de intervenir. Sin embargo, en ese momento lo vio mover los labios.

—Vete a casa, Amara.

Oyó su voz (la voz de whisky y pecado) por primera vez desde hacía horas, dirigiéndose con delicadeza a esa hermosa mujer en lo que era al mismo tiempo una orden y una súplica.

Amara asintió sin discutir ni dar explicaciones, cogió su bolso de la encimera y pasó junto a ellos en dirección al ascensor. Una vez en el vestíbulo, se detuvo junto al panel y se volvió con esos ojos verdes brillantes por la furia para mirar a Dante, que seguía delante de la pared de cristal, dándoles la espalda.

—Deja de ser un puto cobarde, Dante —soltó con suavidad—. Ya va siendo hora.

«Oh, oh».

Y con eso, Amara entró en el ascensor y las puertas se cerraron.

Vaya.

Sin embargo, la cosa no terminó ahí. Morana observó con las cejas levantadas que Dante apretaba los puños a ambos lados del cuerpo antes de coger un jarrón del mueble más cercano y arrojarlo al suelo, haciéndolo añicos. Dio un respingo, sorprendida por el ruido del hermoso objeto de cristal al estamparse contra el suelo y acabar hecho pedazos, y ahogó un grito.

Estaba demasiado cansada, demasiado abrumada, como para presenciar más despliegues emocionales, por lo menos hasta el día siguiente. En cierto modo, le agradecía a Tristan Caine que hubiera guardado silencio en vez de convertirse en el torbellino obstinado que podía ser a veces. Por el momento, Morana necesitaba relajarse si no quería acabar como ese jarrón, destrozado por una fuerza que no podía soportar.

Así que, sabiendo que lo mejor para ella sería retirarse, dejar a los hombres con sus mutuas cavilaciones e intimidad y curarse la herida, retrocedió un paso.

Echó a andar hacia el dormitorio de invitados con pasos silenciosos, abrió la puerta y accedió, consciente del silencio sepulcral que reinaba en el ático. El único ruido procedía de la lluvia torrencial al estrellarse contra las ventanas. Tras soltar el aliento que había estado conteniendo desde que subió al ascensor, Morana puso su móvil a cargar, entró en el cuarto de baño y abrió el grifo del agua caliente de la bañera.

Acto seguido, se sentó en el borde y volvió a curarse la herida, siseando cuando el escozor hizo que se le llenaran los ojos, ya de por sí sensibles, de lágrimas, y la cerró con puntos adhesivos. Luego se quitó la ropa y la tiró en un rincón, consciente de que nunca volvería a ponérsela. Tras cerrar la puerta y comprobar la temperatura del agua, metió un dedo del pie en la enorme bañera y, por fin, se hundió en ella.

Nunca le había sentado tan bien el abrazo del agua caliente al sumergirse en una bañera.

Era el *mejor* abrazo del mundo.

Gimiendo por la forma tan increíble con la que el agua le acariciaba los músculos doloridos y le besaba los pequeños cortes, sumergió la cabeza una vez y luego la posó en los azulejos que tenía detrás, manteniendo los brazos apoyados en el borde, con los ojos cerrados.

No se permitió pensar en nada. Ni en su coche, ni en los asesinatos que había cometido a sangre fría, ni en su padre, ni en su intento de matarla, ni en el hombre que había ido a buscarla, ni en la decisión que ambos habían tomado, ni *mucho menos* en el beso que todavía sentía en los labios magullados. No se permitió revivirlo. Ni la lluvia, ni la pistola, ni el hombre. No se permitió recordarlo. Ni las suaves caricias, ni el ávido deseo, ni la silenciosa elección.

Siguió allí tumbada, dejando que el agua fuera un amante tierno que le calmaba las heridas, la limpiaba y la relajaba completamente entre sus brazos.

Ya pensaría en todo eso por la mañana. Ignoró el hilo del que pendían tanto ella como sus pensamientos, y también el dolor que le provocaba mientras se tensaba y unía todos sus recuerdos. Lo ignoró todo. Se limitó a seguir tumbada.

Después de mucho rato, cuando el agua se enfrió, la piel empezó a arrugársele y casi se quedó dormida por el simple alivio de darse un baño tras un día duro, salió de la bañera y quitó el tapón con los ojos irritados por el cansancio y la falta de sueño. Lo único que deseaba era meterse en su cómoda cama, taparse la cabeza con las sábanas suaves y dormir, sin que la molestaran, durante los próximos diez años. Como mínimo.

Suspiró y apagó las luces del cuarto de baño, tras lo cual salió al dormitorio, todavía oscuro, tan desnuda como llegó al mundo y sin importarle, porque estaba agotada y no le preocupaba la posibilidad de que él entrara en su cuarto esa noche, no después de lo distante que se había mostrado desde lo sucedido en el cementerio.

Sin pensárselo dos veces, se metió en la cama, se acurrucó entre las numerosas almohadas y se le escapó un gemido por la maravillosa sensación.

La vibración de su teléfono hizo que abriera un ojo. Había vuelto a la vida.

Lo cogió, desconectándolo del cargador, desbloqueó la pantalla y vio las notificaciones de cuatro llamadas perdidas y de tres mensajes de texto de Tristan Caine.

Pestañeó mientras el sueño se alejaba, tragó saliva, pulsó sobre las notificaciones de los mensajes y vio el último que ella le había enviado.

Y con razón. Por algo acabo de hacer
estallar un coche y de cargarme a dos hombres
a sangre fría. [16.33]

Tristan Caine

[16.34] Dónde estás?

[17.00] No tiene gracia, señorita Vitalio. Dónde
estás?

[17.28] Te juro que... DÓNDE COJONES
ESTÁS?

Y luego nada.

Los nervios le provocaron un nudo en la garganta y sintió en el estómago la vorágine de emociones que había intentado evitar. Cerró los ojos y volvió a dejar el móvil en la mesilla, tras lo cual se tumbó de costado.

Eran casi las diez y media, lo que significaba que él había llegado al cementerio sobre las nueve. ¿Qué había estado haciendo desde el último mensaje que le envió?

No. Se obligó a dejar de pensar en eso, inhaló profundamente —el suave aroma cítrico del suavizante de las sábanas le inundó las fosas nasales— y se dijo que debía limitarse a dormir sin más. Al día siguiente tendría mucho tiempo para pensar, procesar y planificar. De momento, y pese a los sucesos del día, estaba viva y cansada, y su cerebro podía esperar unas horas.

Asintió y estaba a punto de cerrar de nuevo los ojos cuando las voces del exterior irrumpieron en su conciencia. Frustrada, se tapó los oídos con la almohada.

Y luego la apartó.

Los hombres estaban hablando.

Se mordió el labio inferior y se preguntó qué estarían diciendo cuando el silencio reinante en el ático la ayudó. Sus voces, aunque no eran fuertes, llegaron hasta ella con la suficiente claridad como para entender lo que decían.

—Padre llamó mientras estabas fuera —dijo Dante.

Así que ninguno de los dos iba a hablar de su bienestar emocional. *Hombres.*

El sonido de los cristales al entrechocar contra algo de plástico le indicó que uno de ellos estaba recogiendo los restos del jarrón.

—Las cosas se están complicando en casa, Tristan —siguió Dante con el tono tranquilo y sereno que a aquellas alturas asociaba con él—. Están empeorando. Tenemos que volver.

Tristan Caine no habló durante un momento.

Después Morana sintió que su voz le acariciaba la piel desnuda.

—Sí, tenemos que volver.

Morana disfrutó de esa voz grave durante un segundo antes de asimilar las palabras. ¿Se iba?

Sintió un nudo en el estómago y una extraña sensación de pánico la invadió por alguna razón. Después de las últimas horas, de las últimas semanas, después de asegurarse de que ella no huyera cuando intentó hacerlo, ¿él iba a dejar la ciudad atrás? ¿Iba dejarla a ella atrás? ¿Justo después de que Morana se hubiera arriesgado más que en toda su vida?

Se le contrajo el corazón.

Aferró las sábanas con ambas manos e intentó mantener la mente tranquila para concentrarse en lo que decían.

—¿Vamos a hablar del tema o no? —dijo Dante.

—No tenemos ningún tema del que hablar. —Hastío. Indiferencia. Él.

Morana oyó suspirar a Dante. Estaba bastante segura de que llevaba mucho tiempo familiarizándose con ese tipo de suspiros.

—¿Qué estabas haciendo esta tarde en casa de ese cabrón, y para colmo solo?

Ese no era el tema que ella había imaginado. ¿A quién se referían?

—Haciéndole una visita —respondió Tristan Caine.

Levantó las cejas al oír el tono desafiante de su voz.

Dante no la defraudó.

—Tristan, ya estás lo bastante jodido. Por si se te ha olvidado, alguien quiere matarte…

—Como siempre.

—… y tú sigues echándole leña al fuego. No nos interesa que Gabriel Vitalio se ponga chulo ahora mismo, cuando estamos aquí.

Uno.

Dos.

Petrificada.

Morana miró al techo petrificada. ¿Había ido a ver a su padre? ¿A la mansión? ¿Solo? ¡¿Estaba *loco*?!

En ese momento, su cerebro le proporcionó la imagen de las manos de Tristan Caine. Los nudillos ensangrentados e hinchados que le habían dejado claro, incluso mientras la besaba, que había hecho que esa tarde fuera una pesadilla para alguien. Ella había desaparecido y él había ido solo a la mansión de su padre..., ¿y había conseguido salir? ¿Y por eso ahora tenía los nudillos en carne viva?

¿¡Qué había hecho!?

Con la respiración agitada y el corazón acelerado como un caballo desbocado, Morana ni siquiera alcanzaba a comprender las implicaciones de todo aquello. No podía.

Sin embargo, había algo más. Algo nuevo. Porque, cuando ella se había caído por las escaleras, Tristan Caine castigó a su padre. Porque, cuando ella había desaparecido, él había entrado en la boca del lobo, le había prendido fuego y había salido ileso. La novedad de sentirse así por primera vez en su vida le llenó a Morana los ojos de lágrimas. Tras haber estado siempre sola, con la certeza de que nadie se inmutaría si se marchaba, saber que ese hombre (el que la había odiado durante veinte años de su vida) había sangrado por ella hizo que el corazón se le encogiera como nunca antes, de una forma que no alcanzaba a comprender. Solo sentir.

Inspiró de forma entrecortada y siguió escuchando, con los nudillos blancos por la fuerza con la que agarraba las sábanas.

—Entonces menos mal que no vamos a estar mucho más tiempo aquí, ¿no?

Una larga pausa.

—¿Eso incluye a Morana? —preguntó Dante en voz baja.

El corazón empezó a palpitarle con más fuerza en el pecho, martilleando con un ímpetu que se mezclaba con las inexplicables emociones de su interior, mientras esperaba una respuesta de Tristan Caine que le indicara cuáles eran sus intenciones. Porque aunque solo había obtenido silencio por su parte, había visto sus actos. Y en ese momento necesitaba que siguiera actuando.

Dado que no dijo nada durante un momento, Dante volvió a suspirar y a Morana se le encogió el corazón.

—Tristan, es su hija. Aunque entiendo por qué está aquí, no podemos dejar que esto continúe. Vitalio podría tomar represalias. Y la cosa podría acabar mal. Ya lo sabes. —Más silencio—.

No estás tan centrado como de costumbre en la amenaza que nos acecha y en el proceso para eliminarla. No podemos permitirnos una guerra en toda regla como esta, Tristan. Has estado distraído…

—Ella no tiene la culpa…

—Ah, ¿no? —Una pausa. Dante siguió—: A ver, me apetece tan poco como a ti verla bajo el techo de ese gilipollas. Tenemos un piso franco al que podríamos trasladarla. Quizá hasta podríamos conseguirle documentación falsa y sacarla del país como hicimos con Catarina y las niñas. Yo me quedaré atrás para asegurarme de que todo sale bien, de que no le hacen daño y…

—Ella viene conmigo.

Tres palabras.

Suaves. Guturales. Irrefutables.

El aliento que Morana había estado reteniendo se escapó de golpe. El corazón le palpitaba tan fuerte que sintió que se mareaba. Se puso la mano en el pecho desnudo, sintió el rápido latido bajo la palma y respiró hondo varias veces, dejando que el alivio y otra cosa más la inundaran.

«Ella viene conmigo».

¿Acaso quería irse Morana con él? ¿Dejar atrás el único hogar que había conocido, la única ciudad que había conocido, la única vida que había conocido? Sabía que podía oponerse, pero ¿quería hacerlo?

No.

Dante permaneció en silencio durante un largo minuto y ella se preguntó qué aspecto tendrían en ese momento, hasta qué punto se mantenían apartados el uno del otro, hasta qué punto se desafiaban con la mirada.

—Padre tomará represalias —advirtió Dante con su voz serena.

Tristan Caine resopló.

—Me importa una mierda.

—Lo que me preocupa no son las represalias que tome contra ti —apostilló Dante—, sino las que toma con ella. Por haber hecho lo que él nunca pudo hacer.

Morana se preguntó qué quería decir exactamente con eso último.

—Déjalo, Dante —masculló Tristan Caine, con la voz convertida en una peligrosa cuchilla—. Se enterará de todo cuando aterricemos. Prepara el avión para mañana.

—Tendrás que estar listo a las ocho —dijo Dante.

—Perfecto.

Muy bien.

Morana respiró hondo y oyó el suave tintineo del ascensor que indicaba que Dante lo había llamado.

—Por cierto —dijo Tristan Caine—, ha llamado Chiara.

Chiara Mancini. La llamada telefónica. ¿Quién era?

—¿Para qué?

—No he contestado. Ni pienso hacerlo —soltó Tristan Caine—. Pero como él la convenza de…

—Me ocuparé de ello antes de embarcar —le aseguró Dante, la campanilla del ascensor volvió a sonar y Morana supo que se había ido.

¿Se podía saber quién era esa mujer?

Se colocó de costado y miró la lluvia a través de los cristales de su habitación. Se maravilló del cambio tan drástico que había sufrido su vida desde la última vez que había estado en esa cama bajo una lluvia así. En aquel entonces hasta contempló la posibilidad de saltar por esas ventanas, aunque fuera de forma hipotética. Sin embargo, ahora no concebía la idea de desprenderse de algo tan valioso en su interior, algo que hacía que lo sintiera todo con tanta intensidad, algo por lo que había empezado a luchar.

Su vida.

Estaba viva y nunca lo había sentido de forma tan visceral como ese día. Asimiló los nuevos datos que había averiguado sobre Tristan Caine desde lo sucedido en el cementerio. Incluso después de veinte años, llevaba un colgante de su hermana en el coche. Había ido solo a la mansión de su padre por alguna razón, le había dado una paliza a alguien y, aun así, había vivido para contarlo, lo que le dejaba claro hasta qué punto lo temían todos.

Morana no conocía a muchos hombres, a ninguno en realidad, que pudieran decir que habían entrado solos en la casa del enemigo, se habían liado a puñetazos y habían salido con vida.

Un escalofrío le recorrió la espina dorsal y cerró los ojos al repasar el dato más reciente: estaba dispuesto a llevársela con él, lejos de ese lugar donde ya no había nada para ella, lejos de ese infierno, aunque con ello provocara no solo la ira de su padre, sino también la de Lorenzo Maroni. Y, además, estaba seguro de que Morana no sufriría daño alguno. Ella también estaba segura de ello. Porque, aunque él siempre había amenazado con matarla, analizándolo todo en retrospectiva, se daba cuenta de que Tristan Caine nunca había reaccionado bien al verla herida: ni cuando acudió a él después de que su padre la dejara caer por las escaleras, ni cuando él mismo le disparó en el brazo para salvarla. O cuando creyó que Morana había muerto y acarició lo que quedaba de su querido coche.

El corazón se le encogió al visualizarlo.

Pero antes de que pudiera ahogarse en el recuerdo, sintió una suave corriente de aire en la habitación.

La puerta se abrió.

La sorpresa la invadió por completo al tiempo que el instinto y una voz arraigada en lo más profundo de su ser le indicaban que no moviera un músculo ni abriera los ojos, por si él se iba sin hacer lo que había ido a hacer. ¿Y qué había ido a hacer? ¿Había entrado para verla dormir, como ya había hecho en una ocasión? ¿O a hablar, cosa que a ella aún no le parecía plausible?

De repente fue muy consciente de que tenía los brazos expuestos, de que la manta apenas si le cubría los pechos, de que se le había olvidado taparse una pierna y de que estaba desnuda hasta la cadera. Notó algo eléctrico que le corría el cuerpo, se le erizó la piel, sintió un hormigueo en los dedos de los pies y el deseo le subió por la pierna expuesta, haciendo que se le endurecieran los pezones, uno de los cuales casi asomaba por encima de la sábana.

Sin embargo, no se movió, no hizo nada para taparse, no hizo gesto alguno que delatara que no dormía plácidamente.

Respiró de manera regular, aunque le costó la misma vida, al igual que mantener el cuerpo relajado.

No sabía si él estaba junto a la puerta, si había entrado en la habitación o si se había acercado a la cama. No sabía si tenía un buen ángulo para verle la pierna o el pecho. Ni siquiera sabía si la intensa mirada que sentía sobre ella era real o producto de su imaginación. Sin embargo, lo que sí sabía era que él ya la había observado antes mientras dormía, aunque no sabía durante cuánto tiempo ni desde qué distancia. En aquel entonces no estaba despierta. En ese momento sí. Y quería ver qué haría él, si revelaría algo más de sí mismo cuando creía que nadie lo veía.

Morana mantuvo la respiración relajada, aunque el corazón se le desbocó en el pecho cuando un trueno retumbó en el cielo, y se contuvo para no clavarse las uñas en las palmas, para no morderse los labios magullados, para mantener a raya los estremecimientos. Sentía los labios ardiendo, el peso de su mirada en ellos, acariciándolos con los ojos, separándolos en su mente. Tal vez todo fuera producto de su imaginación, pero de alguna manera esa misma voz de su interior le dijo que él la estaba observando, y ese mismo instinto primario hizo que quisiera arquear la espalda por el deseo y despojarse de la manta.

No lo hizo.

Prefirió dejar que sus labios sintieran el ardor de esa mirada, que su interior sintiera el anhelo, que su boca sintiera el recuerdo de la suya.

Algo feroz y ferviente se le enroscó en las entrañas.

El corazón le latía con rapidez, el pulso le retumbaba en los oídos mientras una presión crecía en su interior, entre sus muslos, provocándole un cosquilleo en la piel, haciendo que tuviera más calor del que debía bajo la sábana y que quisiera sacársela de encima a puntapiés. Le hervía la sangre de placer y él no le había puesto ni un dedo encima.

Sin embargo, Morana permaneció inmóvil todo el tiempo, mientras esas llamas le corrían por el cuerpo, mientras sentía una punzada en el pecho, mientras las emociones le abrumaban el corazón. Permaneció inmóvil y relajada por fuera, con la máscara perfecta que había llevado durante tantos años.

Pasó el tiempo.

Unos segundos largos y tensos.

Unos segundos cortos y pecaminosos.

Con la facilidad de los granos de arena colándose entre los dedos.

Con la dificultad de un reloj roto.

Pasó el tiempo.

Con latidos.

Con respiraciones.

Y el aire se movió de nuevo.

Estaba allí.

Lo supo, con una claridad repentina lo supo: estaba justo delante de ella.

A juzgar por lo que percibía, se encontraba entre la ventana y ella. Morana tenía el cuerpo vuelto hacia él, la cara a escasa distancia de sus muslos. Percibía la cercanía de esa mirada, la proximidad de su calor, el olor almizcleño que despedía su cuerpo, ese amplificado por la ropa mojada que era él en sí mismo.

La curva de su estómago temblaba oculta bajo la sábana; el corazón le latía por la expectación que crepitaba entre ellos; se le humedecieron las palmas de las manos mientras hacía acopio de fuerzas para mantenerse relajada, a la espera de descubrir qué iba a hacer él.

A una parte de ella le inquietaba lo mucho que la afectaba, el poder que ostentaba sobre su cuerpo. Sin embargo, la otra parte disfrutaba y celebraba las sensaciones que le provocaba, el sentirse viva de una forma que había creído inalcanzable.

No lo entendía. Pero, en ese instante, tampoco quería entenderlo.

De modo que se quedó respirando con tranquilidad.

Dentro.

Fuera.

Dentro.

Fuera.

Dentro...

Notó un dedo.

Un dedo pasando sobre su herida.

No fue una caricia. Ni siquiera un roce. Simplemente fue un movimiento que flotó justo sobre su piel, al borde de un precipicio, pero sin llegar a caer, el fantasma de un contacto vacilante que siguió el rastro de los puntos adhesivos con tanta ligereza que Morana habría sido incapaz de detectarlo de no ser tan consciente de cada uno de sus movimientos.

Casi se le detuvo el corazón mientras la piel de todo el brazo se le ponía de gallina, se cubría de sudor, se tensaba.

La presencia desapareció, y Morana estaba a punto de abrir los ojos para invocarla de nuevo cuando reapareció sobre su mentón, ligera como el aire. Ese dedo que no llegó a tocarle la piel en ningún momento le apartó un mechón de pelo, dejándole la garganta y el hombro desnudo expuestos ante su mirada. Sentía que su pulso se agitaba en la base del cuello, que una gota de sudor le aparecía sobre el labio superior mientras ese dedo le sobrevolaba la mandíbula, siguiendo el camino que había trazado con la pistola hacía unas cuantas horas.

El recuerdo del metal sólido, insistente y frío, en contraste con la realidad del roce casi intangible de ese dedo, apenas perceptible y tan suave, le provocó una descarga eléctrica entre los muslos. Todo su ser se inclinó hacia su contacto. Todo su cuerpo ansiaba sentirlo sobre ella. El cerebro empezaba a ofuscársele, perdía el control de sus facultades, sus pulmones ansiaban una bocanada de aire que se negaba a tomar.

El instinto, ese elemento tan molesto, le decía que él se marcharía si mostraba el menor indicio de estar despierta. Y Morana no quería que se marchara. Todavía no.

Sentía que aquel contacto... que aquello... la estaba devolviendo a la vida.

Él le trazó el contorno de la oreja.

Ella estuvo a punto de encoger los dedos de los pies.

Le recorrió la piel acalorada de la cara, pasando de nuevo por la mandíbula... y Morana agradeció y maldijo al mismo tiempo que no la tocara, porque si lo hubiera hecho su piel la habría traicionado. Era como espiar una conversación privada e íntima.

El corazón le latía a mil por hora, casi demasiado rápido como para que ella pudiera seguirle el ritmo, y Morana apretó los muslos, en busca de un poco de estabilidad.

En ese momento, el dedo se detuvo sobre sus labios.

Y ella perdió la poca estabilidad que había encontrado.

Los labios, tan sensibles e hinchados, todavía con la huella del beso que él le había dado, le temblaron.

Solo un poco, pero lo hicieron.

Se le paró el corazón. ¿Lo habría sentido él?

«Quieta».

Morana se quedó completamente quieta,, como una presa al detectar a un depredador.

Él se quedó quieto, como un depredador al detectar a su presa.

Aunque ¿quién había sido quién en los últimos minutos? ¿Lo habría sentido él?

Morana obtuvo la respuesta al cabo de una milésima de segundo.

Él apartó el dedo. Y se fue tan silenciosamente como había llegado.

Oyó el ruido de la puerta al abrirse. Y luego al cerrarse.

Se relajó. Se estremeció de arriba abajo. El pecho se le agitó como si hubiera corrido un maratón. Las manos le temblaron cuando se desarropó, con el cuerpo ardiendo por un fuego que no podía controlar.

La había dejado devastada. Por dentro. Por fuera.

Y ni siquiera la había *tocado*.

Hundió la cabeza en la almohada, con los pezones doloridos descubiertos al aire frío. Se llevo las manos, demasiado pequeñas, a los pechos y los apretó, jadeando al sentir que el roce de los pezones contra las palmas le provocaba un intenso placer que le envió una ráfaga de chispas hasta los dedos de los pies.

Él nunca le había tocado los pechos. Sin embargo, durante ese momento robado, Morana imaginó que eran sus manos grandes y ásperas, fuertes contra su carne blanda, las que le acariciaban con destreza los pezones. Imaginó los callos de esos dedos rozándole mientras él se los pellizcaba. Imaginó que la abarcaba por completo. Imaginó que era él quien se los apretaba mientras lo hacía ella misma, y sus labios se separaron en una respiración entrecortada.

Se sentía líquida, maleable, con los músculos tensos, en el umbral de un infierno que estaba a punto de consumirla, y dejó que sus dedos temblorosos se colaran entre sus muslos.

Estaba empapada.

Como no lo había estado nunca.

Absolutamente empapada.

Un pequeño gemido brotó de sus labios y volvió la cara hacia la almohada, tan al borde del precipicio que sabía que no haría falta mucho para que cayera al abismo de placer que la esperaba más abajo.

Deslizó un dedo en su interior con facilidad. Y luego otro.

El deseo la hizo tensarse en torno a ellos, sin control. Recordó lo que sintió al tenerlo dentro, tan grande, tan duro y tan poderoso. Recordó cómo la había embestido, con una concentración, una ferocidad y un fuego que la habían hecho arder. Recordó cada envite que había llegado a ese punto de su interior, cada empujón que le había hecho arquear la espalda, cada sonido que había provocado su piel al chocar contra la suya, haciendo que se mojara cada vez más.

Jadeando, se acarició el clítoris con el pulgar, solo una vez.

Y *explotó*.

De una forma gloriosa.

Arqueó la espalda mientras mordía la almohada para amortiguar sus gemidos. Elevó todo el su cuerpo de la cama durante una fracción de segundo mientras las llamas le corrían por las venas y se enroscaban en su interior, estallando en la más deslumbrante de las explosiones, cegándola durante un segundo.

Era pura locura.

Puro éxtasis.

Puro delirio.

Se dejó caer sobre el colchón, más agotada que antes, desmadejada y sin fuerzas para mover un solo músculo, mientras unos ligeros escalofríos la recorrían de arriba abajo.

Dios, ¿qué acababa de pasar? Él ni siquiera la había tocado, no había hecho el menor ruido y, sin embargo, había conseguido dejarla empapada.

Ese poder la asustaba. La emocionaba. La devolvía a la vida. No, *él* la devolvía a la vida.

Morana se relajó poco a poco. Se quedó con el cuerpo laxo, mucho más susceptible al sueño una vez liberada la tensión. Se colocó otra vez de costado y volvió a arroparse mientras se disponía a mirar la lluvia a través de la ventana una vez más.

Y se le detuvo el corazón.

Él estaba allí.

En la oscuridad.

Apoyado en la pared, junto a la ventana. Con las manos metidas en los bolsillos del pantalón, con la corbata desanudada colgando del cuello y con esos magníficos ojos clavados en ella.

Estaba allí. Había estado allí en todo momento.

A Morana se le atascó el corazón en la garganta mientras se enfrentaba al fuego de su mirada por primera vez desde que estuvieron en el cementerio, y se sintió abrasada. Al ser consciente de lo que él acababa de presenciar, el rubor se le extendió por todo el cuerpo bajo semejante intensidad.

Tristan Caine se había dado cuenta de que había estado jugando con él antes, y se la había devuelto.

Sonrojada hasta el nacimiento del pelo, Morana le sostuvo la mirada, aunque bajó los ojos un momento y los clavó en el enorme bulto que se intuía en sus pantalones. Volvió a mirarlo, enardecida por la certeza de que lo había excitado mientras se tocaba, sintiendo que algo salvaje despertaba en su interior.

Sabía que él no rompería el silencio, no esa noche.

Sin embargo, volvía a mirarla, aunque fuese con renuencia.

Eso le arrancó una pequeña sonrisa.

Vio que la mirada de él iba hacia sus labios, y después se puso de nuevo de espaldas, se arropó hasta la barbilla y cerró los ojos de forma deliberada.

Sintió sus pupilas clavadas en ella durante mucho rato, pero en esa ocasión el corazón no se le aceleró. En esa ocasión le latió en el pecho arrullado por un extraño consuelo que no podía entender, solo sentir. Había sobrevivido a los sucesos del día y ahora lo entendía mejor, y él había compartido un poco su pasado con ella y ahora la entendía mejor. Por alguna razón, eso la reconfortó.

Sintió que se iba con el mismo sigilo con el que había entrado, dejándola sola en el dormitorio, acompañada por la certeza del deseo que sentía por ella.

Casi al borde del sueño, Morana intentó que su mente desconectara y descansara todo lo posible. Porque la ansiedad y la expectación no dejaban de darle vueltas en el estómago.

Por la mañana comenzaría algo nuevo.

Por la mañana su vida cambiaría.

Por la mañana se irían a Tenebrae.

2

Pánico

La lluvia había parado, dejando a su paso un cielo azul despejado y la luz del sol derramándose por el salón del ático a través del ventanal. Bañada por los brillantes rayos de primera hora de la mañana, la ciudad entera se extendía más allá del cristal, con aspecto fresco y limpio, como si se hubiera borrado por completo la suciedad incrustada y acumulada durante días y acabara de despertar de su letargo. Durante ese breve instante, casi parecía pura.

Morana había vivido allí demasiado tiempo como para creerse ese espejismo.

No obstante, disfrutó de la impresionante panorámica sentada en un taburete junto a la isla de la cocina, mientras se bebía un café recién hecho, deleitándose en la calma reinante, ya que el dueño del ático seguía en su dormitorio, arriba. El día anterior había sido duro para ambos, y la noche no había sido muy diferente. Morana no le echaba en cara que siguiera descansando, si acaso eso era lo que estaba haciendo. Como no había vuelto a aventurarse en su habitación, solo era una suposición.

No se podía decir que no hubiera estado tentada, sobre todo después del espectáculo que le había dado sin querer la noche anterior.

Estaba soltando el aire despacio cuando el ascensor tintineó y vio que Dante entraba, tan compuesto como siempre. Iba vestido con un traje gris pizarra y una corbata del mismo color pero más oscuro que le sentaba como un guante. Llevaba el pelo bien peinado y apartado de su apuesto rostro. Lo vio acercarse a ella, con una expresión no tan distante como la noche anterior en sus ojos marrones oscuros, pero todavía precavida.

Morana se preguntó si a Dante le preocupaba que hubiera presenciado su momentánea pérdida de control después de que Amara se fuera. Decidida a ser más abierta, porque si bien él intentaba proteger a los suyos, no había sido sino amable con ella, lo saludó con un gesto de la cabeza.

—¿Te apetece un café? —le preguntó con educación.

Dante lo rechazó con buenos modales y se acercó al taburete que había junto al suyo, en el que se apoyó para mirarla con expresión pensativa.

—¿Se ha levantado ya Tristan?

Morana se encogió de hombros. Mantuvo la expresión neutra y trató de ignorar la forma en la que su cuerpo reaccionaba ante la mera mención de su nombre.

—Esta mañana todavía no lo he visto, si es lo que quieres saber.

Él asintió.

—Bien. Quería hablar contigo a solas.

Así que iba a intentar convencerla de que se quedara allí.

—Vale —accedió ella, fingiendo no haber oído nada de la conversación que mantuvieron los dos hombres la noche anterior.

Morana vio que la luz se reflejaba en los ojos oscuros de Dante cuando lo miró por encima del borde de la taza.

—Tristan tiene que volver a Tenebrae —dijo él sin rodeos, con voz fuerte y firme—. Y yo también. Quiere que vengas con nosotros y, aunque no tengo nada en tu contra, primero debo explicarte algunas cosas sin Tristan de por medio, para que puedas tomar una decisión después de tener toda la información.

Morana se llevó el café caliente a los labios y bebió un sorbo mientras la inundaba una oleada de gratitud hacia el hijo de su enemigo, que le había demostrado amabilidad cuando estaba herida y que seguía demostrándosela, incluso por motivos egoístas. A Morana le habían negado la capacidad de tomar decisiones propias durante tanto tiempo que ahora la atesoraba, y sintió un respeto renovado hacia Dante por darle herramientas en ese momento.

—Te escucho —contestó, animándolo a seguir.

—Amara te lo ha contado todo —afirmó con frialdad, aunque una miríada de emociones asomó a su rostro antes de que pudiera contenerlas. Morana asintió sin decir nada—. Y dado que sigues aquí, supongo que Tristan y tú habéis llegado a un acuerdo —añadió, aunque con cierta duda.

—Eso no es asunto tuyo —replicó ella en voz baja, zanjando cualquier pregunta sobre lo que había pasado la noche anterior entre ellos.

Dante inclinó la cabeza.

—Lo que sí es asunto mío es la Organización. Voy a serte sincero, Morana. Alguien está intentando incriminar a Tristan. Y eso de alguna manera está conectado con lo que le ha estado sucediendo a la Organización durante las últimas semanas, tal y como has descubierto.

Morana bebió más café y mantuvo los ojos clavados en el hombre que tenía a poca distancia.

—No es momento para que Tristan sea cabezota —siguió Dante resoplando—. Se está jugando la vida, y un paso en falso podría acabar con él. Y llevarte a Tenebrae… sería un paso en falso. Hace unos meses, yo le habría apoyado. ¿Habría sido problemático? Joder, claro que sí, pero lo habríamos solucionado de alguna manera. Sin embargo, ahora, tal y como están las cosas… —Meneó la cabeza y respiró hondo—. Y eso sin tener en cuenta a mi padre —añadió, pronunciando con sorna la última palabra—. ¿Crees que el tuyo es un mierda? Pues te aseguro que no le llega ni a la suela de los zapatos a Lorenzo Maroni. Sería capaz de invitarte a su casa como el mejor de los anfitriones y te rebanaría el pescuezo mientras le devuelves la sonrisa. No siente amor ni lealtad por nada ni nadie. Solo le importa el poder, el poder y el poder.

Morana ya odiaba a ese hombre, solo por lo que le habían contado.

Dante tomó una bocanada de aire antes de continuar.

—Lo que haya entre Tristan y tú no vale para nada, Morana. Sigues siendo la hija de tu padre y, para Lorenzo Maroni, eso te convierte en el enemigo. Si Tristan te mete en su territorio sin permiso, sin hacérselo saber, sobre todo después de lo que le hizo a tu padre ayer por la noche... —Se interrumpió de golpe.

Morana sintió que el corazón se le desbocaba.

—¿Qué hizo anoche? —preguntó, casi temiendo la respuesta, mientras notaba el pulso en los oídos.

Dante soltó un suspiro cansado y se pasó una mano por la cara.

—No importa.

Importaba.

Importaba mucho. Pero Morana se tragó la pregunta y no dijo nada.

Dante tomó aire, y su enorme cuerpo aumentó de tamaño un segundo.

—Lo que sí importa es lo que tú quieres hacer. Decidas lo que decidas, ten por seguro que contarás con mi protección, Morana. Si deseas escapar a otro sitio, puedo organizarlo. Si deseas venir, se nos ocurrirá algo. Y si te niegas a marcharte de aquí, Tristan no te obligará a hacerlo.

Levantó una ceja incrédula.

—¿En serio?

Dante soltó una risilla.

—Bueno, intentará intimidarte para que hagas lo que él quiere. Pero no te obligará.

—Así que ¿me dejará tranquila si decido quedarme aquí? —preguntó, totalmente en serio, deseando saber lo que él pensaba.

Dante sopesó la cuestión un momento, con la mirada clavada en las preciosas vistas de la ciudad, antes de volverse hacia Morana, también con sobriedad.

—Nunca te dejará tranquila, Morana. Estáis unidos por cosas que no creo que ninguno de los dos entendáis. Sin embargo, en realidad la pregunta es si tú quieres que te deje tranquila.

¿No había tomado ya esa decisión ayer, parada en un cementerio? ¿No lo había obligado a él ya a tomar una decisión también, quieto bajo una lluvia torrencial?

Sin embargo, la noche anterior solo podía en pensar en cómo los afectaba a ellos. Había ignorado deliberadamente todo lo demás.

En ese momento Morana sintió que la gravedad de la situación, de todas las cosas en las que no había pensado la noche anterior, la golpeaba como un mazazo. Se había centrado únicamente en sus propias emociones, se había guiado por el instinto, había pensado con el corazón.

Había llegado el momento de usar el cerebro. Había llegado el momento de ver la imagen al completo, no solo el pedacito que la afectaba a ella. Había llegado el momento de sopesar las cosas. Porque si bien entonces había decidido emocionalmente dónde estaba, a la luz del día no podía olvidar que sus decisiones podrían influir en todo lo demás.

Dante tenía razón. Si se iba a Tenebrae, no había forma de saber qué haría su padre. Aunque él mismo hubiera intentado matarla, Morana sabía que su ego había recibido un golpe muy duro y que trataría de vengarse. Seguramente usaría su marcha como excusa para declarar la guerra con la que los dos territorios llevaban años coqueteando. Tal vez incluso acusara a Tristan Caine de secuestrar a su hija.

Y eso solo era una parte de la ecuación. Morana ni siquiera se imaginaba cómo iba a reaccionar Lorenzo Maroni, pero a juzgar por lo que sabía, tal vez lo hiciera incluso peor que su padre. Además, teniendo en cuenta que la vida de Tristan estaba en juego, que había un desconocido experto en informática decidido a incriminarlo, alguien que le había enviado a ella información sobre la Alianza y que albergaba sabía Dios qué propósitos, Morana sintió que, de repente, todo caía sobre ella.

Se le aceleraron tanto el pulso como los pensamientos, y sus ideas saltaron de una a otra, cambiando, retorciéndose, transformándose antes de que ella pudiera asimilarlas por completo.

El peso de la responsabilidad empezó a ahogarla de pronto.

No quería ser responsable de esas personas. No quería ser responsable de nadie. Por primera vez en la vida, quería ser totalmente egoísta. Quería ser imprudente. Quería subirse a la moto de Tristan Caine y levantar las manos en el aire. Quería dormir por las noches con la certeza de que no le harían daño. Quería saborear la vida que había probado unos días atrás.

El sonido de su propio corazón la abrumaba, una gota de sudor le descendió por la columna y empezó a notar las palmas de las manos húmedas. Se volvió hacia la cristalera y clavó la mirada en la panorámica exterior mientras se le aceleraba la respiración, escapándose a su control, al sentir que la enormidad de la situación le caía de golpe encima y la hundía.

La oportunidad de elegir que tanto había agradecido poco antes la asfixiaba. Quería escoger subirse de paquete en la moto, no de conductora. No sabía cómo llevarla, no sabía cómo controlar la bestia, no sabía adónde dirigirla. Y se veía yendo directa a una colisión, sentía la certeza de que el impacto la destrozaría por completo.

Empezó a jadear.

No comprendía esa reacción, no comprendía su propio cuerpo en ese momento. Era como si hubiera salido de él, como si lo estuviera observando todo en una especie de reacción tardía.

Le faltaba el aire.

Una tonelada le aplastó el pecho, dejándola incapaz de llevar a cabo el sencillo acto de respirar.

Sintió que la taza medio llena de café se le escurría de entre los dedos entumecidos, oyó el ruido de la porcelana al romperse contra el suelo e incluso notó las gotas calientes que le salpicaron las piernas desnudas, que colgaban del taburete.

Sin embargo, se sentía anestesiada.

Mantenía la mirada clavada en un paisaje que ya no veía.

Existía en un lugar que ya no sentía.

Estaba llena de sangre que ya no notaba.

Con el cuerpo insensible y la mente en blanco, una sensación oscura y horrible se la tragó por entero mientras Morana luchaba contra ella internamente y el mundo exterior se alejaba;

al tiempo que la colisión se le acercaba a una velocidad vertiginosa.

Oía algo, todo vibraba a su alrededor, e intentó encontrarle sentido, averiguar de dónde procedían los sonidos, pero no lo logró y se hundió en lo que fuera que la estaba engullendo.

Los pensamientos pasaban volando por su cabeza, pero era incapaz de aferrarse a uno solo, y dio vueltas dentro de su propia mente hasta que se mareó. Sintió que se inclinaba mientras el horrible monstruo intentaba clavarle los dientes, devorarla, sepultarla todavía más.

Intentó luchar contra él.

Se revolvió. Mordió. Arañó.

Aun así, la bestia hundió los colmillos en ella y bebió hasta que a Morana le pareció que la presión que sentía en el pecho estaba a punto de estallar, como si fuera a deshacerse en un millón de pedazos y no fuera a poder recomponerse nunca, como si los trozos fueran a esparcirse y a perderse en los rincones de su propia mente mientras ese vacío horrible y oscuro intentaba consumirla por entero cual agujero negro.

Sintió que unos dedos, un contacto físico real, le rodeaban la garganta.

El monstruo que la estaba devorando levantó la cabeza.

Morana se revolvió contra la mano que la sujetaba del cuello con firmeza, y le clavó las uñas allí donde pudo en un intento por escapar de todo lo que había en lo más profundo de su ser.

En un abrir y cerrar de ojos, él le sujetó las muñecas a la espalda con una mano mientras usaba la que tenía en su cuello para zarandearla.

—Mírame.

La orden se abrió paso en la neblina.

Esa voz exigente. Ese tono afilado.

Whisky. Pecado.

Morana conocía esa voz. Conocía su tono grave y reaccionó al hielo que encerraba. Se aferró a ella, bebiéndose el whisky que contenía, dejando que le bajara por la garganta y la inundara, calentándola desde dentro mientras ella se estremecía, presa de los escalofríos.

La oscuridad de su visión disminuyó un poco y la horrible emoción que la mantenía cautiva la soltó.

Parpadeó en un intento por disipar la oscuridad.

Una vez. Dos.

La negrura retrocedió, dejando tras ella… Azul.

Un azul cristalino. Una azul magnífico.

Morana se aferró a él, a ese azul brillante que parecía un zafiro, a las pupilas oscuras dilatadas en esos pozos azules, a la intensidad que veía en ellos concentrada en su persona. Se aferró a ellos, sin atreverse a parpadear por si se ahogaba de nuevo, sin atreverse a mirar a otro lado por si perdía su ancla.

Dios, qué frío tenía.

Tenía muchísimo frío. Desde las puntas de los dedos de las manos hasta las de los dedos de los pies. Sentía que los temblores le recorrían la espalda, pero por más que lo intentaba, el hielo se negaba a abandonarla.

La presión que sentía en el pecho aumentó.

—Respira.

Sintió algo fuerte, sólido y cálido contra el torso, moviéndose a un ritmo que estaba consiguiendo apartar la piedra que le aplastaba el pecho. Se aferró a eso, se permitió concentrarse en el ritmo que sentía contra la piel e intentó copiarlo.

Aquello que tenía contra el cuerpo se contrajo.

Morana contrajo el pecho a la vez.

Dentro.

Esa primera inspiración de aire en los pulmones casi la dejó sin sentido.

Ansiosa, sin darse cuenta siquiera, tragó todo el aire que pudo, sin apartar la mirada de esos refulgentes iris azules. No se reconocía a sí misma en ese momento, pero sí reconocía esos ojos.

Dentro.

Fuera.

Dentro.

Fuera.

—Respira.

«Estoy respirando».

Estaba respirando.

La oscuridad que le nublaba los sentidos fue cediendo poco a poco; los largos dedos del monstruo que la había tocado se doblaron, alejándose, desapareciendo a medida que el cuerpo y la mente de Morana unían fuerzas de nuevo. Las sombras retrocedieron, se marcharon, devolviéndole la claridad que habían cubierto.

Despacio, al cabo de un rato, volvió en sí.

Despacio, al cabo de un rato, fue consciente de todo.

Fue consciente de él.

Sujetándola. Anclándola. Rodeándola.

Fue consciente de su propio cuerpo, que seguía en el taburete; de que tenía las piernas separadas para acomodarlo entre ellas. Fue consciente de que él tenía todo el torso pegado deliberadamente contra el suyo, para que ella pudiera sentir cada aliento que tomaba, para que pudiera imitar su ritmo calmado y tranquilizar su desbocado corazón. Fue consciente de que una de sus grandes manos le sujetaba las suyas a la espalda, por las muñecas, con firmeza pero sin hacerle daño, de modo que el ángulo hacía que su pecho se pegara más a su torso.

Un estremecimiento enorme la sacudió.

Los dedos que tenía en la garganta se flexionaron.

La presencia de esa mano grande y áspera alrededor del cuello la asaltó.

Pero no se sintió amenazada. Por primera vez, aunque lo había visto destrozar a gente colocando la mano en esa misma posición, mientras miraba esos ojos ardientes, Morana no se sintió amenazada.

Sino protegida. A salvo. Intocable.

Era una novedad y, durante ese momento de debilidad, se permitió disfrutarlo.

No recordaba cómo había llegado él ni cuándo. El tiempo desde que se le cayó la taza de café al suelo hasta ese momento estaba totalmente en blanco. ¿Qué le había pasado? ¿Había algo en el café?

Desechó esa posibilidad. Lo había preparado ella misma. Había sido otra cosa.

Mientras intentaba entender lo sucedido en los últimos minutos y recuperar el aliento, él hizo ademán de apartarle la mano del cuello.

Y el monstruo asomó su horrible cabeza.

—No.

No reconocía su propia voz, no reconocía la desesperación que destilaba, la imperiosa necesidad que transmitía.

Él se quedó quieto, con un destello atávico en los ojos, y Morana sintió que el corazón se le aceleraba, que el pecho le subía y le bajaba contra el suyo mientras se miraban a los ojos.

Sin mediar palabra, él cerró la mano de nuevo.

Algo en el interior de Morana se calmó.

Sabía que no era una persona dependiente. Nunca necesitaba a nadie. Pero en ese momento, descubrió en lo más profundo que necesitaba que él no se moviera. Ni de entre sus piernas, ni de su contacto, ni de ninguna parte. No hasta que volviera a ser ella misma.

Dejó que la invadiera la gratitud por lo que él estaba haciendo. No estaba obligado a hacer nada. Absolutamente nada. Podría haber dejado que ella se ahogara y que se perdiera a sí misma, durante el tiempo que fuera, en el interior de su cabeza. Habría acabado saliendo, tal vez bastante tocada, tal vez con cicatrices. Él podría haberlo permitido, pero no lo había hecho. Se había zambullido en su tempestad, la había atrapado, la había abrazado y se había quedado allí, anclándola. Y para Morana, que nunca había dependido de nadie más que de sí misma, aquello era tan liberador, tan crucial, que hizo que se le encogiera el corazón.

Alguien carraspeó y la sacó de sus pensamientos.

Volvió la cabeza hacia el sonido y parpadeó al ver a Dante allí de pie, con un vaso de agua en la mano y el rostro totalmente impasible.

Joder.

Se puso rojísima y se removió en el taburete, con el culo dormido por llevar sentada mucho tiempo. Estar en aquella situación delante de otra persona la incomodaba un poco. Dio un tirón para liberar las manos del agarre de Tristan Caine, notando el roce áspero de sus callos contra la piel, y extendió un brazo hacia el vaso de agua.

Él se apartó, quitándole las manos por completo de encima, aunque la calidez de sus dedos perduró, marcada en su garganta. Morana se concentró en esa sensación, se concentró en la calidez que la mantenía anclada.

Bebió con ansia, con la garganta seca de repente, y, tras apurar el agua, por fin consiguió respirar hondo y recuperar la compostura.

—Gracias —susurró, dirigiéndose a Dante mientras le devolvía el vaso. Se secó las manos en los pantalones cortos.

Él le hizo un gesto con la cabeza y la miró con expresión preocupada.

—¿Estás mejor?

Morana asintió, conmovida por su preocupación.

—Ahora sí. ¿Qué...? ¿Qué ha pasado? —preguntó, mirando de uno a otro.

Tristan Caine (sin mediar palabra, tal y como era su estilo) rodeó la isla y entró en la parte de la cocina. Iba vestido con unos pantalones cargo oscuros que se ceñían a su impresionante culo y una camiseta azul marino de manga corta que se pegaba a su torso, marcándole los anchos hombros y los bíceps. La ropa era informal, no como si tuviera pensado marcharse a ninguna parte.

Si era capaz de percatarse de todos esos detalles, Morana supuso que entonces ya se encontraba mejor.

Lo vio moverse por la cocina y abrir el frigorífico, del que sacó un paquetito.

—Has tenido un ataque de pánico. —La voz calmada de Dante hizo que se volviera en el taburete, embargada por la sorpresa.

—¡Yo no tengo ataques de pánico! —replicó, porque la idea le resultaba ajena.

Dante se encogió de hombros como si nada.

—Siempre hay una primera vez para todo. Tu mente ha pasado por mucho durante los últimos días. Solo era cuestión de tiempo.

Morana se quedó sin saber qué decir y pestañeó mientras recordaba la oscuridad, la opresión del pecho, la falta de aire... Y se dio cuenta de que, de hecho, había sufrido un ataque de pánico, y uno muy gordo. Y también de que Tristan Caine la había salvado de su propia mente.

Algo se deslizó por la encimera hacia ella, distrayéndola.

Morana miró estupefacta la barrita antes de alzar la vista hacia el hombre que se la ofrecía.

Le estaba dando chocolate. Como si nada.

Él se limitó a deslizar la barrita hacia ella antes de alejarse.

Morana se acordó de que en una ocasión había leído en una revista que los hombres acostumbraban a regalar chocolate a las mujeres para acostarse con ellas. Tristan Caine lo estaba haciendo al revés.

La abrumaron unas repentinas ganas de reír y se le escapó una carcajada antes de poder evitarlo. Miró el trozo de chocolate mientras el sonido de su risa, extraño incluso para ella, reverberaba en la amplia estancia. Le tiraban las mejillas, el estómago, todo. La risa no debería doler. Pero a ella le dolía.

No recordaba la última vez que se había reído. Ni siquiera recordaba cómo sonaba. De lo que sí se acordaba era de estar sola y asustada de niña, de los días en los que el pecho le dolía. Nadie le había dado chocolate en aquel entonces. Nadie la había abrazado. Nadie había hecho nada por ella.

Y no obstante, acababa de tener un ataque de pánico y ese hombre, precisamente, le había dado una barrita para reconfortarla. A su manera.

Las lágrimas se le deslizaban por la cara, por encima de su sonrisa, y Morana fue consciente de que había perdido la cabeza.

Por completo.

Le estaba dando un ataque de nervios.

Y, joder, era increíble.

Durante un instante suspendido en el tiempo, flotó en algún punto entre la agonía y la alegría, en algún punto entre la sensación y el entumecimiento, en algún punto entre que las cosas le importaran demasiado y las que no le importaban una mierda, y fue la perfección absoluta.

Un instante.

Se sintió libre, sin que los demonios, las responsabilidades y las historias intentaran hundirla.

Un instante…

Y después llegó a su fin. Cuando una mano grande la agarró del mentón y unos valientes ojos azules se clavaron en los suyos, el momento terminó y se transformó en algo nuevo.

—No les debes nada. —Una voz ronca. Grave. Áspera. Una voz que hacía que algo se removiera en su interior—. Y yo tampoco les debo una puta mierda. No dejes que te controlen.

Morana tragó saliva y vio como a él se le marcaba una vena en el grueso cuello.

—¿Quieres ir a Tenebrae? —le preguntó Tristan Caine en un susurro, con una suavidad engañosa en esa voz que recordaba al whisky.

«Conmigo» iba implícito, pero ella lo entendió. Inspiró hondo, con la mente libre de todo salvo sus propios deseos.

Asintió.

—Pues ya está.

Él le soltó la cara, se apartó un poco y miró a Dante.

Morana tomó aire entrecortadamente y también miró al otro hombre, que estaba un poco apartado, observándola con una débil sonrisa. Se quedó desconcertada al verlo, sin comprender. Dante inclinó la cabeza y se sacó el móvil del bolsillo de la chaqueta.

—Pues ya está. Hagamos unas cuantas llamadas.

Tras eso, echó a andar hacia el salón y la dejó a solas con Tristan Caine, que volvía a estar callado y se movía por la cocina preparando el desayuno. Lo vio cascar huevos en un cuenco con una mano mientras con la otra encendía un quemador donde ya había colocado una sartén. Cada gesto era elegante; cada músculo, prominente; cada línea de su cuerpo estaba delineada por el sol. Morana lo observó trabajar antes de mirar aquel trozo de chocolate que significaba muchísimo más para ella de lo que él entendería jamás.

Sintió que algo desconocido se le alojaba en el pecho. Solo que, en esa ocasión, no era un monstruo horrible que la congelaba.

No. En esa ocasión, era algo hermoso, casi titubeante, y la calentó hasta la médula.

No sabía de qué se trataba. Pero al observar a ese hombre, con su pasado horrible, su presente desastroso y su futuro incierto, trabajar en silencio, moviéndose con tranquilidad por la cocina después de haberla salvado dos veces en cuestión de minutos, Morana entendió el enorme significado que tenía aquel momento. Cogió la barrita de chocolate, le quitó el envoltorio (que se guardó con disimulo como recuerdo) con dedos temblorosos y le dio un mordisco.

El dulzor se le deshizo en la lengua y le bajó por la garganta, calentándola todavía más. Se sintió ella misma, pero mejor. Segura. Nada que ver con los últimos minutos.

Le dio otro bocado y observó la espalda de Tristan Caine.

—Gracias —dijo en voz baja en el espacio que los separaba, las palabras arrancadas de lo más profundo de su ser.

Salvo por una minúscula pausa mientras batía los huevos, Morana no obtuvo respuesta alguna, pero sabía que la había oído. Y si su agradecimiento lo reconfortaba aunque fuera una fracción de lo que él la había reconfortado a ella, sería suficiente.

De momento, era más que suficiente.

Con esa idea en la cabeza, Morana se quedó callada y se concentró en el divino chocolate y en la pecaminosa vista.

Morana había viajado siempre en primera clase: en algunas excursiones durante la universidad, en los dos viajes a simposios y en el vuelo improvisado a Tenebrae que hacía varias semanas le había cambiado la vida. Ir en primera era lo habitual para ella.

Y por eso se quedó de piedra cuando Dante les dijo, mientras disfrutaban de un desayuno delicioso de tostadas con mantequilla y huevos revueltos, que el jet estaba listo y esperándolos. Morana había supuesto que, simplemente porque así era como ella siempre viajaba, todos los mafiosos lo hacían del mismo modo. Su confusión hizo que Dante esbozara una pequeña sonrisa y le dijera que la Organización les aseguraba un avión cada vez que lo necesitaban… y lo necesitaban a menudo.

Aquello significaba que, o bien el padre de Morana no sabía que la Organización tenía jets privados (lo que quería decir que sus espías no eran tan buenos), o que era más pobre que ellos. Las dos opciones le provocaron un júbilo retorcido. Le gustaba la idea de que su padre no tuviera todos los juguetes del parque. En especial porque, para él, tenerlos era lo que más importaba.

Pero no los tenía. Y Morana se alegró.

Así que, tras asearse un poco y recomponerse, consciente de que no podría volver a perder la compostura cuando aterrizaran en territorio hostil, Morana empaquetó la poca ropa que tenía, la cual era prestada, lo que le recordó que necesitaba comprar algo pronto. También le mandó un mensaje a Amara para contarle las novedades, prometiéndose que se mantendría en contacto con ella. Ambas necesitaban una amiga, y no podían permitir que los demás volvieran a controlar sus vidas.

«No dejes que te controlen».

Él tenía razón. No podía permitirlo. Ya no.

3

Respiración

Tras guardar su preciado portátil y el resto de su equipo, con el envoltorio de la barrita a buen recaudo entre las páginas de la agenda, Morana estuvo lista en quince minutos. Lo primero que debía hacer nada más instalarse, en orden de prioridades, era ir de compras. Se había ido apañando con la ropa que le había prestado Amara, pero resultaba evidente que no le quedaba bien, y verlo una vez más hizo que se diera cuenta de lo desesperada que era su situación.

Fue al salón y clavó la mirada en el ventanal y en la vista del otro lado, despidiéndose en privado. No sabía cuándo o si alguna vez volvería a ver aquel paisaje, y despedirse de ese lugar estaba haciendo que quisiera conservar los valiosos recuerdos, las valiosas emociones que había vivido allí. Guardó en su interior el recuerdo de aquella noche lluviosa, uno de los más especiales que llevaba en el corazón, relacionado directamente con ese ventanal.

Presa de la emoción, se volvió hacia el ascensor, pero se topó con Tristan Caine apoyado en la pared, con camisa y pantalón de traje, pero sin la chaqueta, observándola en silencio.

Durante un instante, compartieron el recuerdo sencillo y querido de aquella noche.

Y después, todo siguió adelante.

Tristan Caine se alejó mientras Dante se reunía con ellos; ella los siguió y, en cuestión de minutos, estaba en la parte trasera del coche de Dante, de camino al aeropuerto, con los dos hombres sentados delante mientras otros dos vehículos los seguían.

Mientras aguardaba sentada en la sala de espera casi vacía del aeropuerto a que terminaran de preparar el avión, Morana observó a ambos hombres a través de las puertas de cristal. Estaban hablando con un hombre vestido con uniforme de piloto en frente del pequeño avión blanco. Habían dejado a dos de los miembros del equipo de seguridad con ella.

—No reaccione —dijo una voz grave con un leve acento a unos pasos de Morana, a su espalda, llamándole la atención.

Casi se dio media vuelta, pero se contuvo, presa de la curiosidad.

—¿Disculpe?

El dueño de la voz continuó:

—Ha cambiado el juego, señorita Vitalio.

—¿Quién es? —le preguntó Morana, concentrada en el hombre que se encontraba a su espalda, aunque seguía con la mirada clavada en los de la Organización, que estaban en el exterior.

Él ignoró la pregunta.

—No soy su enemigo, pero conozco a las personas que sí lo son. Y tengo una propuesta para usted.

Morana puso toda su atención en el hombre.

—¿A qué se refiere?

—Si encuentra algo para mí, le daré la información que necesita.

Ella permaneció en silencio.

—Acuérdese de mí —dijo él—. Hablaremos más adelante.

Morana levantó la vista y se descubrió atrapada por la mirada de un cazador.

Tristan Caine estaba junto a la puerta en vez de junto al avión donde lo había visto momentos antes. Los ojos azules de él relampagueaban mientras la capturaba y la retenía con la mirada. Morana sintió que, en cuestión de un segundo, la intensidad con la que la estudiaba la desintegraba y la recomponía. En cuestión de un segundo, con solo sentir la caricia de aquella mirada, el corazón se le aceleró y le bombeó sangre por el cuerpo.

La mantuvo cautiva un largo instante antes de apartar la vista y centrarla en el asiento que ella tenía detrás. Morana se dio media vuelta y lo encontró vacío.

Sin pronunciar palabra, sin mirarla de nuevo, Tristan Caine se dio media vuelta y echó a andar con grandes zancadas hacia el jet que los esperaba. Morana lo siguió, con el ceño fruncido por el desconcierto.

Acortaron la distancia en cuestión de segundos y llegaron a la escalerilla.

Y entonces él hizo una cosa extrañísima.

La cogió de la mano y la ayudó a subir el primer tramo. Como si ella fuera una especie de damisela medieval en apuros que necesitara ayuda para subir una escalera con una falta de un millón de capas y no una mujer del siglo XXI con unos vaqueros y zapatos cómodos, capaz de ascender los escalones sola.

Morana levantó muchísimo las cejas.

Tristan Caine no era la clase de hombre que abría la puerta a las mujeres o las ayudaba a subir escaleras.

Al menos, hasta entonces no lo había sido.

Sostuvo la mano de Morana con la suya (que era exactamente como ella sabía que sería: áspera, grande y envolvente) como si quisiera borrar todos las veces que otros la habían tocado. Duró un segundo. El gesto se alargó durante una milésima de segundo antes de que él apartara la mano y se la metiera en el bolsillo del pantalón.

Morana no dijo nada. Se limitó a morderse el labio y terminó de subir, en silencio y con rapidez, para por fin embarcar en el avión.

Un estremecimiento la recorrió entera. Sintió que él entraba tras ella y notó su enorme presencia a la espalda mientras avanzaba, observando el lujoso interior. Era la primera vez que estaba en un jet privado y no quería perderse ni un detalle.

La puerta daba acceso a un espacio reducido, aunque bien aprovechado, con una zona de estar con dos sofás y dos sillones anclados al suelo, alrededor de una mesa de cristal de centro. Había un minibar detrás de uno de los sofás y una tele en la pared de la derecha. Todo el interior estaba decorado en tonos

marrones y crema. Al otro lado de la estancia había una pequeña puerta, que se encontraba cerrada en ese momento.

Al ver a Dante sentado en un sofá, con la corbata aflojada y
un vaso de whisky en la mesa, Morana se dirigió hacia el sillón
delante de él y dejó el portátil en la mesa, consciente en todo
momento de que Tristan Caine agachaba la cabeza y se movía
tras ella. Notaba su aliento golpeándole en la nuca debido a la
cercanía en el estrecho pasillo.

—Ponte cómoda, Morana —la invitó Dante—. Va a ser un
viaje largo.

Morana se quitó los zapatos y se dejó caer en el sillón mullido antes de acomodarse sobre las piernas.

—¿No hay azafata? —preguntó desconcertada. Tenía la impresión de que a los hombres les encantaba que los atendieran
mujeres guapísimas en aquellos vuelos privados.

Dante negó con la cabeza mientras Tristan Caine seguía su
camino hasta la puerta cerrada y desaparecía tras ella.

Morana frunció el ceño.

—Le gusta dormir durante el vuelo —le aclaró Dante.

Eso explicaba que no hubiera nadie más, salvo los pilotos.

—Confía en ti —comentó ella.

Dante soltó una risa.

—Supongo que en la medida en la que es capaz.

El capitán se dirigió a ellos en ese momento para informarles
de que iban a despegar. Morana cerró los ojos, con los nervios a
flor de piel como en todos los despegues, mientras el avión vibraba bajo ella.

Había llegado el momento.

Ya no había vuelta atrás.

La presencia de Morana en ese vuelo originaría, sin ninguna
duda, una reacción en cadena de consecuencias, y ella no tendría ni idea de la mayoría de ellas hasta que fuera demasiado
tarde. Era consciente de ello.

La pista se convirtió en un borrón.

Morana miró por la ventanilla hacia la ciudad que había sido
su hogar toda la vida, mientras sentía que veía cerrarse un capí-

tulo de su historia. Estaba dejando atrás un montón de recuerdos, muchos de los cuales no merecía la pena conservar: su padre, su casa, su coche destrozado, su sitio preferido en el cementerio, el ático... Algunos eran queridos, otros no. Aunque la conocía desde hacía poco, saber que también estaba despidiéndose de Amara le dejó un mal sabor de boca.

Un instante después, Morana ya estaba surcando el cielo, con un hombre dispuesto a dormir y otro allí presente.

Miró a Dante y se lo encontró observándola con detenimiento tras esos ojos oscuros.

—Tengo que admitir que me has sorprendido, Morana —dijo con tranquilidad examinándola.

Ella levantó las cejas.

—Ah, ¿sí?

Él asintió, dio un trago al whisky y le ofreció un vaso. Morana lo rechazó.

—Aunque no estoy de acuerdo con el modo en el que te has enterado de la verdad —explicó Dante—, me has sorprendido. A lo largo de los años, cada vez que he imaginado esta situación se me han ocurrido muchas posibilidades..., pero nunca esta.

—¿Con «esta» te refieres a que me vaya con vosotros a Tenebrae?

Dante negó con la cabeza.

—Me refiero a que te hayas quedado. Cualquier otra mujer habría salido corriendo a estas alturas. Y, si te soy honesto, no sé qué habría hecho yo si hubieras huido. Porque sabes perfectamente que él te habría perseguido.

Morana cerró los ojos un instante mientras el corazón le latía con fuerza.

—Sí, lo sé.

—¿Qué pretendes, Morana? —preguntó Dante en voz baja, y la preocupación que ella detectó en su tono la hizo abrir los ojos despacio—. Por mucho que quiera a Tristan, y lo quiero más que a mi propia sangre, si tuviera una hermana nunca habría querido verlo con ella. Mentiría si te dijera que no estoy un poco preocupado... por los dos. Él está roto, y si has venido porque crees que puedes arreglarlo, será mejor que asumas que no puedes.

Morana lo miró en silencio mientras una pequeña bola de rabia iba creciéndole en el estómago.

—Voy a ser sincera contigo, Dante, me caes bien. Amara y tú me habéis tratado bien en un momento en el que yo lo necesitaba más que nunca. Y eso es algo por lo que siempre te admiraré. Pero —dijo antes de inclinarse hacia delante, con la sangre hirviendo— lo que hay entre él y yo se queda entre él y yo. Tal y como le dijiste a Amara anoche: si él quiere contártelo, te lo contará. De mí no vas a sacar nada. —Tomó una honda bocanada de aire para calmarse mientras se recordaba que Dante no era su enemigo—. Aunque, como no tienes mala intención —masculló—, te diré una cosa: no quiero arreglarlo. Quiero que él me arregle a mí. Y parece que es el único que puede hacerlo.

—Entonces —dijo Dante, con voz controlada y la mano apretando el vaso—, ¿te estás limitando a utilizarlo?

Morana sonrió.

—¿Acaso no está haciendo él lo mismo conmigo, para combatir los demonios que lleva dentro?

Dante se quedó callado. Los dos sabían la respuesta.

Morana miró fijamente a un punto de la mesa y bajó la voz mientras el corazón le palpitaba con suavidad en el pecho.

—Sus demonios bailan con los míos —murmuró, y notó la verdad de esa afirmación en cada poro de la piel—. Es todo lo que puedo decirte.

Descubrió que Dante la observaba con expresión pensativa.

—¿Y si tus demonios te superan, como ha sucedido esta mañana? —quiso saber él en voz baja.

Morana tragó saliva.

—Pues esperemos que los suyos los encuentren.

Él asintió y soltó un fuerte suspiro antes de levantar el vaso para brindar con ella.

—En ese caso, te deseo buena suerte. Con él desde luego que la vas a necesitar.

Morana esbozó una pequeña sonrisa.

—¿Así es como lo pusiste de tu parte? ¿Con suerte?

A Dante se le escapó una carcajada, meneó la cabeza y sus apuestas facciones cobraron vida con el gesto.

—Suerte y pura terquedad. Yo era muy tozudo en aquel entonces.

—¿«En aquel entonces»? —repitió ella.

La sonrisa de Dante decayó un poco, y de pronto Morana recordó la forma en la que Amara se había despedido de él. Le soltó que era un cobarde. ¿Sería cierto? Por lo que había oído de él y por lo que había presenciado, no parecía ser el caso.

La voz de Dante la sacó de sus pensamientos.

—Hostigué a Tristan para que aceptara ser mi aliado durante años —dijo, haciendo girar el líquido ambarino en el vaso—. Lo acabé agotando. —La miró—. Él es mucho más terco, Morana.

—Yo también.

Dante esbozó una sonrisa torcida y le dio un sorbo al whisky.

—Entonces esto va a ser muy entretenido.

Morana dejó pasar el comentario y miró por la ventanilla, hacia los castillos de nubes. Se sumieron en un silencio cómodo mientras él trabajaba en su móvil y seguía bebiendo whisky. Ella observó las algodonosas nubes blancas, preguntándose cómo habría sido su infancia si hubiera tenido a Dante de su parte, velando por ella, protegiéndola. ¿Habría dormido mejor por las noches sabiendo que él existía? Prácticamente la había comparado con una «hermana». Si hubiera contado con su amistad, con esa aura casi fraternal, ¿habría resultado todo más fácil?

No lo sabía, la verdad. Ahora se encontraba, de repente, rodeada de personas que le provocaban tales pensamientos, que hacían que se preguntara por un millón de posibilidades, y Morana lo agradecía y lo temía a partes iguales. Se sentía como un cervatillo dando sus primeros pasos sobre patas temblorosas.

No le había pasado desapercibido el hecho de que las dos personas que tenía de su parte en ese momento, Dante y Amara, lo hacían por el hombre al que eran leales, aunque sus motivos todavía se le escapaban.

Tristan Caine la necesitaba con vida. La necesitaba con él. La necesitaba y punto. Pero ¿más allá de eso...? ¿De verdad se podían borrar en el transcurso de unos días veinte años de odio acérrimo, de tener una única razón para vivir, de jurarse a sí mismo que «algún día» se vengaría? Morana no creía que fuera posible. No importaba lo fuerte, obstinado o decidido que fuera Tristan Caine, ella se resistía a pensar que algo así pudiera cambiar tan rápido.

Sin embargo, allí estaba ella, viva. A pesar de las dudas de Morana, él había tomado una decisión la noche anterior que contradecía los últimos veinte años de su vida. Allí estaba ella, después de que él la hubiera salvado del precipicio en dos ocasiones. Allí estaba ella, después de haberse comido una barrita que él le había dado sin mediar palabra después de verla sufrir un ataque de pánico. Tristan Caine la vigilaba como un halcón a su presa, había reclamado su cuerpo para sí mismo (incluso con pequeños gestos), y, aun así, seguía ocultándose una parte enorme de sí mismo mientras Morana mostraba una vulnerabilidad tras otra.

En aquel momento, se sentía incapaz de entenderlo.

Aunque, a decir verdad, dudaba mucho de que ni siquiera él mismo se entendiera.

Inspiró hondo y afianzó su determinación. Se prometió a sí misma hacerle caso al instinto e ir improvisando. Con un hombre tan impredecible como él, ningún plan le valdría de mucho. Lo que le había dicho a Dante era verdad: los demonios de Tristan Caine bailaban con los suyos. Así que dejaría que los de él llevaran la voz cantante, y ella actuaría en consecuencia.

Soltó el aire, desbloqueó el móvil y empezó a comprobar los programas que tenía activos, refugiándose en el lugar que siempre le aportaba paz, que siempre tenía sentido cuando el resto del caótico mundo carecía de él: sus códigos.

Las horas pasaron volando mientras Dante y ella se sumergían en sus respectivos trabajos, cambiaban esporádicamente de posición, picoteaban algo, bebían agua o whisky, se estiraban de vez en cuando y, en definitiva, disfrutaban de las maravillas de estar en un jet privado.

En un momento dado, cuando Morana cambió de postura y se acurrucó con las piernas bajo el cuerpo en la dirección contraria, Dante habló.

—Antes de que se me olvide —dijo él, y Morana lo miró—, debería avisarte de algunas cosas que seguramente Tristan ni te mencionará.

Morana bajó el móvil, presa de la curiosidad.

—Tú dirás —murmuró, bloqueando el teléfono y concentrándose en el hombre que tenía delante.

Él se rascó el cuello con gesto distraído antes de empezar a hablar.

—Tenebrae... En fin, tenemos una gran propiedad junto al lago...

Morana recordaba aquella bestia de mansión, pero no había visto el lago la última vez que había estado allí, demasiado distraída por el asesinato en potencia que estaba planeando cometer. Dios, le dio la sensación de que había pasado una eternidad desde aquella noche.

—Es una especie de complejo. —Al oír eso, su atención volvió de nuevo a Dante mientras él añadía—: Hay un total de cinco residencias en la propiedad, incluyendo la mansión principal, y no están conectadas entre sí. La única forma de ir de una a otra es atravesar los jardines. La propiedad está en una de las colinas a las afueras de la ciudad. —Morana se inclinó hacia delante, fascinada, mientras intentaba imaginárselo todo—. Una de las residencias es donde vive el personal con su familia: el ama de llaves y sus ayudantes, los jardineros y demás. —Gente como la familia de Amara—. Es enorme. —Dante guardó silencio y ella le indicó con un gesto que continuara. Él apoyó los codos en las rodillas—. La segunda es el centro de entrenamiento.

Morana recordaba lo que Amara le había contado acerca del niño al que habían encerrado en el complejo, en la zona de entrenamiento, siempre apartado de todos los demás. La bilis le subió por la garganta al pensar en cómo lo habían aislado, pero se la tragó de nuevo apretando los dientes.

—Nunca, bajo ninguna circunstancia, entres en esa residencia. —La voz sombría de Dante la devolvió a la realidad—. Nadie, salvo los entrenadores y los alumnos, tiene permiso para entrar. Jamás lo hagas. Ni por error ni por accidente. ¿Queda claro?

La severidad de su tono tuvo el efecto deseado y le provocó a Morana un nudo en el estómago, transmitiéndole sin que quedara lugar a dudas lo importante que era aquello. Asintió para indicarle que lo entendía.

—Bien —continuó él satisfecho—. Las otras dos residencias son mucho más pequeñas en comparación y están un poco más alejadas de la mansión. La tercera es mía.

Morana levantó las cejas.

—¿Solo tuya?

Él esbozó una sonrisa ladeada.

—Ser el primogénito tiene sus ventajas.

Morana sacudió la cabeza. Hombres...

Dante se puso serio de nuevo.

—Mi personal vive en esa residencia. A veces, mis primos vienen de visita. Será un placer que te quedes allí si quieres. Tiene su propio equipo de seguridad.

Morana asintió para mostrarle su agradecimiento, conmovida por el sincero ofrecimiento, mientras asimilaba toda la información.

—¿Y la cuarta?

—Es la de Tristan. —Por supuesto. Dante siguió hablando imperturbable—. Es la más pequeña, en cuanto a superficie. A decir verdad, es solo una casa. También es la que está más alejada de la mansión principal y de las demás residencias, ya que se encuentra junto al lago. Vive allí solo.

Solo.

Como un paria.

Morana sintió que se le encogía el corazón al pensarlo, al darse cuenta de la realidad de la vida que él había experimentado día tras días. Vivía en el complejo, sí, pero en la periferia. Vivía con los demás, sí, pero como un marginado. No lo habían aceptado, pero tampoco lo habían dejado marchar.

Con los puños apretados sobre los muslos, Morana soltó el aire entre los dientes mientras la furia que sentía le invadía los huesos. Otro monstruo asomó la cabeza en su interior, un monstruo conocido, un monstruo que la había hecho matar a sangre fría para vengarse. Quería destruir, arrasar con todo.

La fuerza de sus emociones la sobresaltó. Respiró hondo en un intento por controlarlo.

—Continúa —le pidió a Dante, necesitaba saber más.

Él se crujió el cuello y estiró las piernas, su enorme cuerpo pareció abarcar todo el espacio.

—La mansión principal es donde vive mi padre con sus hermanos y sus cónyuges.

Morana frunció el ceño.

—¿Y los otros… «centinelas» o como los llaméis?

—Todos tienen casas fuera del complejo, pero pegadas a él. ¿Por qué crees que consideran a Tristan una anomalía tan grande? —preguntó Dante, animándola a pensar.

—Porque es la única persona ajena a la familia que vive con el alto mando —susurró ella, entendiéndolo.

Dante asintió.

—Exacto. Esto lo ha convertido en un objetivo para muchos que están fuera y que quieren entrar, hombres que llevan más tiempo en el negocio de lo que él lleva vivo, y que nunca han tenido el privilegio de vivir con la familia.

Morana negó con la cabeza desconcertada.

—Pero ¿por qué tu padre lo mantiene allí? ¿Por qué no deja que viva fuera con los demás?

Dante soltó una carcajada siniestra, gélida.

—Mi padre —dijo, pronunciando con desdén la palabra, dejándole bien claro lo que sentía por ese hombre— valora una cosa por encima de todo: el control. Control sobre su imperio, control sobre sus marionetas, control sobre su familia. Y ¿sabes quién es la única persona a la que nunca ha podido controlar?

«Como me ponga una puta correa, lo estrangulo con ella».

Las palabras que Amara le contó que había dicho aquel chico de catorce años acudieron a la mente de Morana.

—Tristan Caine —susurró, asombrada de nuevo por la osadía que lo caracterizaba.

—Tristan Caine —asintió Dante, esbozando de nuevo una sonrisa ladeada.

Morana podía oír en la voz de Dante la misma perplejidad que ella sentía ante el hecho de que un adolescente le hubiera soltado a un capo que no iba a doblegarse ante él...

—He visto a hombres hechos y derechos lamerle las botas a mi padre para conservar su favor, Morana. Cuando cumplí los dieciocho, creía que no había una sola persona en la tierra capaz de enfrentarse a él. Y después apareció Tristan. —Él cerró los ojos mientras respiraba hondo, sin duda recordándolo—. Ese es el motivo por el que me acerqué a él en primer lugar: porque Tristan no tenía miedo. Le importaba una mierda lo que mi padre le hiciera. De hecho, la primera afición que descubrimos que teníamos en común fue cabrear al viejo.

Morana se hundió en el sillón, con algo llenándole el pecho.

—Y tu padre lo mantiene en el complejo porque...

—Porque, aunque jamás lo admitirá, mi padre le tiene miedo a Tristan —concluyó él, con un deje de respeto en la voz.

Lorenzo Maroni... le tenía miedo... ¿a Tristan Caine? ¡Eso era imposible!

El rostro de Morana debió de reflejar lo que pensaba, porque Dante añadió en voz baja:

—Le teme porque Tristan es impredecible. Hace lo que quiere, incluso viviendo bajo la atenta mirada del gran Lorenzo Maroni. Cada vez que Tristan desafía a mi padre, es una bofetada muy pública. También teme lo que Tristan podría hacer si dejara de vigilarlo. Ya es impredecible, pero mi padre teme que se descontrole por completo si se marcha y se lleva consigo lo que más valora.

—Su poder —concluyó Morana, encajando las piezas—. Espera, ¿eso quiere decir que no desea que se convierta en el heredero?

—Joder, ¡en absoluto! —contestó Dante con vehemencia—. Eso solo es un rumor que hicieron circular personas de fuera que creen que Tristan está dentro porque lo están educando para que tome las riendas. Mi padre alentó las habladurías solo para mantener las apariencias. Porque negarlo sería admitir la verdad, y eso lo haría parecer débil.

«Madre mía».

—Y si causa tantos problemas, ¿por qué no lo mata sin más? —se vio obligaba a preguntar Morana. Las palabras le dejaron un regusto amargo en la boca.

Dante se encogió de hombros.

—Orgullo. Poder. ¿Quién sabe? ¿Porque Tristan es su peón más valioso? ¿Porque el no ser capaz de controlarlo vivo sería como admitir la derrota? No tengo ni idea.

«Dios…».

—Morana… —Dante hizo una pausa—. Mi padre lleva años intentando doblegar a Tristan, conseguir aunque sea algo parecido al control sobre él. Ha probado con todo: tortura, chantaje…, lo que se te ocurra. Nada ha dado resultado. No importaba a qué sometiera a Tristan, siempre se topaba con un muro. —Morana sintió que el corazón se le encogía al mismo tiempo que la rabia, rabia contra un hombre al que ni siquiera conocía, la inundaba—. Mi padre —siguió él— va a odiarte. Y a utilizarte.

Morana tragó saliva. Una parte de ella tenía miedo, pero la otra estaba deseosa de desafiar a aquel hombre diabólico a atreverse a intentarlo.

—Yo no puedo controlarlo —le recordó a Dante, apretando los puños.

Dante le dio la razón.

—Tú lo sabes. Tristan lo sabe. Pero para cualquier otra persona que lo vea desde fuera… No puedes controlarlo, Morana, pero puedes hacer algo mejor.

—¿El qué? —susurró.

—Influenciarlo —contestó Dante—. Cualquiera que os vea se dará cuenta de que puedes influir en él. Y eso quiere decir que él te lo permite. Lo cual, Morana, va a alterar mucho, muchísimo, a mi padre. Porque después de todo lo que ha hecho, Tristan ha decidido permitir que influya en él una mujer…, y, para colmo, la hija de Vitalio. Las cosas entre esos dos vienen de lejos.

«Joder».

—No puedes bajar la guardia ni un momento con él —le advirtió Dante, y la seriedad de su voz la dejó sin aliento—. Intentará manipularte y utilizarte para llegar a Tristan. No sé cómo, pero debes tener muchísimo cuidado. No será fácil. —Morana guardó silencio, tragándose los nervios que intentaban atacarla—. Nada de esto es porque Tristan sea el heredero. No, ese placer va a ser solo mío. —Dante suspiró y se frotó la cara con una mano. El sarcasmo era evidente en su voz.

Al ver el cansancio que lo invadía, a Morana se le encogió el corazón.

—¿Qué querías ser? —La pregunta se le escapó antes de que pudiera contenerla.

Dante la miró a los ojos, con la corbata floja alrededor del cuello y el pelo alborotado. Soltó una carcajada, aunque no le llegó a sus ojos oscuros.

—¿En serio? —dijo. Morana asintió con curiosidad—. Escultor.

Ella se quedó sorprendida al oír la respuesta. Dante se dio cuenta y le dedicó una sonrisa genuina.

—Mi madre era pintora —explicó en voz baja y con la mirada perdida en el pasado—. Uno de mis recuerdos favoritos es hacer esculturas con arcilla mientras ella pintaba en la misma habitación. Mi madre siempre tarareaba la misma canción, y mis manos… —Dante dejó la frase en el aire, se sacudió la nostalgia de encima y se le endurecieron de nuevo los ojos mientras respiraba hondo.

Morana se percató de que había hablado en pasado. Se le encogió el corazón, y la sobrevino el súbito impulso de cogerle la mano y darle un apretón, pero se contuvo a sabiendas de que a él no le gustaría.

—Como ya te dije en una ocasión, Morana —continuó en voz baja—, tienes suerte de perseguir tu sueño.

La tenía.

Allí, sentada frente a Dante, mientras hablaban de la historia de un hombre que había sufrido más de lo que ella se había imaginado siquiera, Morana pensó en la amiga a la que había dejado atrás, aquella joven a la que habían secuestrado y torturado durante días en busca de información y que todavía llevaba la huella del suceso en la garganta; pensó en las niñas que habían desaparecido hacía tantos años; pensó en Luna Caine, en dónde podría estar, cómo sería o si acaso seguía viva, y se sintió afortunada por el mero hecho de respirar. Su pasado estaba lleno de soledad, pero no de horrores, cicatrices profundas o agonía infinita.

—¿Quieres un abrazo o algo? —Esa voz que le recordaba al whisky y al pecado resonó a su alrededor.

Morana levantó la mirada hacia Tristan Caine, que estaba de pie junto a la puerta, sin una arruga en la ropa ni nada que indicara que había estado durmiendo. Su expresión era una máscara estoica que no encajaba con las palabras que acababa de pronunciar. Ella se sorprendió al darse cuenta de que no lo había sentido salir a esa zona del avión. Lo habitual era que siempre supiera dónde estaba porque su cuerpo percibía su presencia de un modo que no entendía.

Vio que Dante esbozaba una sonrisa.

—Vete a la mierda, capullo.

Dios, a veces parecían unos críos. Y había algo tremendamente normal en ello.

Dante se volvió para mirar a Morana mientras Tristan Caine se dirigía al bar y se servía un vaso de whisky con hielo. La camisa azul se le tensaba sobre los músculos del torso mientras se movía. Se apoyó en la pared de cara a ellos.

—En fin —dijo Dante, reclamando de nuevo la atención de Morana—. Limítate a recordar que vas a ser la invitada de Lorezo Maroni, y eso implica fingir mucho.

Ella asintió.

—Se me da bien fingir.

Por el rabillo del ojo, vio que Tristan Caine arqueaba una ceja, pero lo ignoró.

Dante miró fijamente a Tristan.

—¿Todo listo?

Este asintió con gesto serio mientras la voz del capitán resonaba en la cabina, pidiéndoles que se abrocharan los cinturones para el aterrizaje. A Morana se le aceleró el corazón de repente, se acomodó en el asiento y se abrochó el cinturón, consciente de que Tristan Caine se sentaba a su lado, sin tocarla, pero con su presencia abrasándola.

Cerró los ojos, echó la cabeza hacia atrás y se concentró en respirar.

La hora que siguió se le pasó muy rápido. Todo le pareció irreal: el aterrizaje sin contratiempos, el viento que le agitó la coleta mientras desembarcaban y le daba las gracias a la escasa tripulación, sentarse en el sedán que los esperaba cerca de la pista junto a otros dos vehículos… Morana se fijó en cada detalle. En los hombres, en el bulto de las armas bajo sus chaquetas, en el sol resplandeciente, en las ráfagas de aire. Se fijó en todo aquello con más atención que nunca mientras atravesaba la ciudad en el asiento trasero del coche. Durante todo el trayecto, Morana se preguntó si Tristan Caine también tendría una moto en Tenebrae. Si su dormitorio allí también era un lugar sagrado. Si aquel territorio suyo también reflejaba su forma de ser.

Se preguntó dónde iba a alojarse. ¿En la mansión principal como invitada de Maroni… o con él?

Se preguntó muchísimas más cosas mientras todo parecía suceder a cámara rápida.

Y entonces los coches se detuvieron.

A Morana se le aceleró el pulso al echar un vistazo hacia el exterior y ver la enorme verja de hierro fundido que daba acceso a la propiedad, con el césped verde que se extendía hasta la linde de una zona boscosa. Es descomunal edificio, que parecía casi un castillo, se alzaba amenazador al otro extremo de la avenida de entrada. Había otra casa un poco más atrás, a la izquierda, pero a esa distancia no se podía apreciar mucho más.

La reja se abrió sin hacer ruido y Morana vio a cuatro hombres armados cerca de la garita de seguridad.

Tenía los nervios a flor de piel.

El coche arrancó de nuevo para entrar en el complejo.

Morana sintió que el corazón se le salía del pecho al contemplar la gigantesca mansión en la que todo había comenzado veinte años atrás y en la que su vida había tomado un nuevo rumbo hacía tan solo unas semanas.

Aquel lugar le había cambiado la vida dos veces. La magnitud de esa realidad la envolvió como un nubarrón.

El coche se acercó cada vez más a la boca del lobo. Y entonces, por fin, se detuvo.

El corazón de Morana también se paró. Sintió que se le atascaba el aliento en la garganta y su mirada se encontró con la de Tristan Caine a través del espejo retrovisor.

—Respira —articuló él con los labios, sin pronunciar la palabra en voz alta.

Morana respiró.

Habían llegado.

4

Presentación

Estaba sola.

Morana seguía dándole vueltas a lo fácil que había sido entrar mientras permanecía sentada en el monstruoso salón de la mansión principal. El sol brillaba sobre ellos cuando se bajaron del coche. Los guardias estaban por todas partes, pero nadie reaccionó al verla con los dos hombres y eso la sorprendió. Esperaba que Maroni y sus matones la recibieran en la enorme puerta de doble hoja. Esperaba encontrarse con armas apuntándole y discusiones. Esperaba que le dijeran que se largara si no quería morir. Lo que no esperaba era salir del vehículo con Dante y Tristan Caine, que los guardias los saludaran de forma respetuosa y que la dejaran entrar en la mansión sin más. Tampoco que Dante la escoltara hasta el salón, le hiciera un gesto tranquilizador con la cabeza y se marchara con Tristan Caine. No era que Morana quisiera estar con ellos todo el tiempo, pero no esperaba quedarse sola en la guarida del enemigo desde el primer momento.

Habían transcurrido veinte minutos desde que viera a los hombres adentrarse en la mansión para reunirse con Maroni (o eso suponía ella). Durante ese tiempo, se había dedicado a inspeccionar la estancia porque había mucho donde mirar. Exuberantes alfombras persas cubrían el suelo del monstruoso espacio, decorado con muebles de brillante caoba y mullidos cojines. Las paredes mostraban la misma piedra del exterior de la casa. La sala era una mezcla de estilo rústico y palaciego; el ladrillo gris, los toques dorados, la madera y la seda lograban encajar de una forma que resultaba agradable y escalofriante al mismo tiempo. El decorador de Maroni había dado en la diana en lo referente a los invitados: había logrado que se sintieran cómodos, pero no lo suficiente como para olvidar dónde estaban.

Morana también se había fijado que en las esquinas del techo había unas cámaras que le apuntaban directamente. Quienquiera que estuviese al otro lado pudo verle a la perfección la pierna cuando ella sacó los cuchillos del bolso y se los colocó en el muslo. Eran los mismos con los que había cometido la estupidez de intentar matar a Tristan Caine; los mismos que habían estado acumulando polvo en su bolso desde la noche que volvió al ático. Por alguna razón, nunca había sentido la necesidad de sacarlos. Si tenía en cuenta que durante años había dormido con las armas debajo de la almohada por las noches cuando vivía con su padre, haberlos dejado de lado era inaudito. Sin embargo, no había recurrido a ellos ni una sola vez en el ático; ni durante aquella primera noche ni ninguna otra desde entonces.

Al darse cuenta de ello, Morana se quedó atónita. Fue en aquel momento, sentada en ese salón, inquieta al enfrentarse a un peligro desconocido y habiendo dejado atrás el ático, cuando fue consciente de lo segura que había empezado a sentirse en aquel lugar. Había bajado la guardia poco a poco, cada vez que pensaba que no la miraban. En teoría, debería estar horrorizada por haberse sentido a salvo en el territorio de un hombre que la había odiado durante veinte años. Pero en su mundo, las teorías duraban poco. Desde la noche del cementerio, Morana había dejado de luchar contra lo que sentía, y lo aceptaba por completo. El hecho de que ella lo asumiera les allanaría el camino. Ya tenían bastantes obstáculos ante ellos.

A Morana la tranquilizó notar el frío del metal contra la piel. Se preguntó qué diría de ella el hecho de que esas armas letales la reconfortaran. ¿Sería por eso por lo que Tristan Caine también la reconfortaba? Se conocía a sí misma lo suficiente como para admitir que la presencia de aquel hombre, el mero conocimiento de su existencia, la reconfortaba más que nada.

Interrumpió sus cavilaciones cuando le rugió el estómago. Y entonces se dio cuenta de otra cosa: nadie había ido a recibirla. Por lo que sabía de la propiedad de los Maroni, la familia tenía mucho personal y supuso que una de sus obligaciones era atender a los invitados. Sin embargo, llevaba allí sentada más de veinte minutos y no había visto a un alma. Había silencio, demasiado silencio.

Morana se acomodó mejor contra los cojines y cruzó una pierna sobre la otra mientras el corazón se le aceleraba. Se apretó los cuchillos contra el muslo mientras intentaba parecer relajada ante las cámaras. Unos días antes habría sospechado que era una trampa, que los hombres de la Organización la habían embaucado y la habían llevado allí con algún propósito horrible. Ahora descartó el pensamiento en cuanto se le pasó por la cabeza. Después de todo lo que habían vivido, con todo lo que les esperaba, y si tenía en cuenta lo que había visto en ambos hombres, Morana sabía que no la habían engañado.

Sin embargo, había incógnitas. Morana no tenía ni idea de cómo iba a reaccionar Lorenzo Maroni al verla, por lo que Dante le había contado en el avión. Y, lo que era más importante, no tenía ni idea de cómo reaccionaría Tristan Caine a la reacción de Maroni. Según Dante, ese hombre era una bomba de relojería y solo él mismo sabía cuándo iba a explotar. Morana sentía curiosidad por verlos interactuar, por ver con sus propios ojos al infame líder de la Organización y al que se rumoreaba que era su protegido cara a cara.

También se preguntaba si habría gente en el complejo que se preocupara por Tristan Caine, quizá sin que él lo supiera, como hacían Dante y Amara. No obstante, la pregunta más importante que se hacía y la que le despertaba más más curiosidad era dónde iba a alojarse. Sabía dónde quería quedarse, pero había dos cosas que se lo impedían: la primera, que era la casa de Tristan Caine, su verdadero hogar, y él tenía que invitarla; la segunda, que Maroni debía aceptarlo porque, al fin y al cabo, Morana era su invitada y la hija del líder de Puerto Sombrío.

Desvió la mirada hacia la puerta al oír el repiqueteo de unos zapatos de tacón sobre el suelo de mármol. Una impresionante mujer morena apareció en el umbral. Llevaba puesta una blusa de seda de color canela que realzaba sus curvas, metida por la cinturilla de unos pantalones estilo *palazzo* que caían hasta el suelo, y la larga melena recogida en una coleta alta. El bonito atuendo hizo que Morana fuera consciente de su sencilla falda blanca y negra y de la camiseta y las bailarinas a juego que llevaba puestas ella, todo ello prestado por Amara. Necesitaba ir de compras cuanto antes, sobre todo si iba a encontrarse con más mujeres guapas pavoneándose por ese lugar.

Sin embargo, lo que más le llamó la atención fue la pequeña pistola que llevaba enfundada a plena vista a un lado de la cadera. La recién llegada se detuvo y clavó sus brillantes ojos verdes en Morana, frunciendo un poco el ceño.

—¿Puedo ayudarla? —le preguntó alzando la voz, pero sin resultar amenazante.

Morana dudó sobre cómo responderle mientras se ponía de pie, y al final se decantó por un cortés:

—No, gracias.

La mujer frunció todavía más el ceño.

—¿Espera a alguien? —preguntó. Morana permaneció callada. La desconocida dio un paso para entrar al salón. La luz del sol acariciaba su piel morena, haciéndola brillar mientras ella inclinaba la cabeza hacia un lado—. ¿Nos conocemos?

Morana se mostró confundida antes de caer en que esa mujer podría haber visto fotos suyas.

—No lo creo.

Ella continuó observándola de una forma que debería haber resultado grosera, pero que simplemente denotaba curiosidad. Y entonces sus ojos se iluminaron al reconocerla.

—Morana Vitalio —dijo.

La aludida se quedó inmóvil, aunque el corazón empezó a latirle con fuerza. Estaba sola en la casa de Lorenzo Maroni y era la hija de su enemigo. Si la cosa se torcía, ¿cómo podía explicar su presencia allí? Sin embargo, la mujer esbozó una sonrisa, se adentró más en el salón y le tendió una mano.

—Soy Nerea, la hermanastra de Amara.

Morana dio un paso adelante, sorprendida pero aún recelosa, y estrechó la mano que la mujer le ofrecía con un fuerte apretón. A esa distancia, se percató de que Nerea era por lo menos diez años mayor que ella, pues su rostro sin maquillar lucía arrugas finas, pecas y las señales evidentes del paso del tiempo.

—Encantada —respondió Morana manteniendo los buenos modales, pero todavía sin saber cómo interpretar la reacción de la otra mujer.

Nerea le dedicó una leve sonrisa, como si comprendiera su incertidumbre.

—Amara mencionó que ibas a venir. —Parecía que Morana tenía más cosas que agradecerle a su amiga. Nerea miró el elegante reloj que llevaba en la muñeca—. Ahora mismo tengo un poco de prisa, pero cuenta conmigo si necesitas algo. Las amigas de Amara son mis amigas. Además, tampoco es que tenga muchas.

—Gracias —dijo Morana agradecida pero aún recelosa.

Nerea esbozó una cálida sonrisa.

—Hasta luego.

La mujer salió de la estancia acompañada por el repiqueteo de los tacones con la misma rapidez con la que había entrado.

¿Cómo era posible que la hermanastra de Amara formara parte de la mafia si a ella la habían repudiado y su madre era ama de llaves?

Minutos después, mientras Morana seguía reflexionando al respecto, un grupo de desconocidos vestidos con trajes oscuros entró en el salón. Algunos la miraron con curiosidad, otros con lascivia y el resto la ignoró por completo. Todos se dirigieron al fondo de la estancia y se situaron contra la pared.

Morana los estudió. En total eran ocho, iban vestidos con trajes oscuros, camisas y corbatas a juego, y llevaban pistolas a la cadera. Eran de mediana edad, algunos altos, otros fornidos.

Uno de ellos, el que la miraba con tanta lujuria que la estaba incomodando, parecía un luchador de pesos pesados. Era tan alto como Dante, pero más corpulento.

Se fijó en otro de ellos que la ignoraba. Parecía el más joven del grupo y mantenía la mirada al frente, con las manos unidas por delante. Pero lo que hizo que se le erizara el vello de la nuca fue la fea cicatriz que le bajaba por un lateral del rostro, desde el rabillo del ojo izquierdo, por la garganta y hasta desaparecer bajo el cuello de la camisa. Era como si lo hubieran rajado de arriba abajo. Tenía la mirada vacía.

—Vaya, vaya, vaya... —dijo una voz femenina, interrumpiendo su escrutinio. Morana se volvió hacia la puerta y vio a una mujer. Si Nerea le había parecido guapa, la recién llegada era despampanante. Una melena pelirroja le caía en suaves ondas en torno a la cara. Llevaba puesto un precioso vestido azul marino (que a Morana le habría encantado tener) que le llegaba hasta las rodillas. Tenía unos ojos brillantes, entre verdes y dorados. Y estaban fijos en Morana con una hostilidad sorprendente. Ella, en respuesta, guardó silencio y mantuvo el rostro inexpresivo. La mujer se le acercó con mirada adusta y murmuró, lo bastante bajo como para que solo ella pudiera oírla—: Señorita Vitalio, me he enterado de que has metido a mi chico en un buen lío. ¿Eres consciente de lo que has desencadenado?

Morana ladeó la cabeza mientras se le encogía el estómago. ¿Su chico? ¿Se refería a Dante o a Tristan Caine?

Justo entonces, Lorenzo Maroni entró en la estancia.

Era un hombre de aspecto distinguido, de eso no cabía duda. Daba la impresión de que estaba envejeciendo con elegancia. Llevaba el pelo salpicado de canas cortado con estilo y la barba arreglada le confería cierto aire de seriedad vista de cerca. Su rostro mostraba arrugas marcadas, testimonio de la vida dura que había llevado, y la expresión de sus ojos oscuros era impasible. Clavó la mirada en la mujer que tenía delante, la que había logrado que la confianza de Morana se tambaleara.

—Vete al fondo, Chiara —ordenó Maroni con voz grave.

¿Chiara? ¿Chiara Mancini? ¿La misma Chiara Mancini que había llamado a Tristan Caine la otra noche? ¿Él era su chico? ¿Acaso se había equivocado Morana por completo y resultaba que Tristan Caine tenía pareja? ¿Y era aquella mujer?

Morana notó que se le caía el alma a los pies y que una ira abrasadora le inundaba el pecho. La hostilidad entre ella y Chiara, en aquel momento, se volvió mutua.

La mujer le dedicó una mueca de desprecio que desfiguró la impresionante belleza de su rostro. Morana, aunque se limitó a levantar una ceja, sintió que temblaba por dentro. Había asumido que Tristan Caine no era el típico hombre infiel porque no lo parecía, pero así era la mafia. Los cuernos se ponían y se llevaban incluso aunque hubiera un matrimonio de por medio. La idea de que él hubiera pertenecido a otra mientras se la follaba a ella enfurecía a Morana, pero lo cierto era que el simple hecho de pensar que Tristan Caine había sido de otra mujer cuando la besó como lo hizo, apoderándose de su boca y compartiendo con ella algo real, le dolía. Dios, no se había esperado algo así de él. ¿Se había equivocado?

Como si sus pensamientos lo hubieran conjurado, él entró despacio, prácticamente a regañadientes, por la parte trasera y se detuvo en el umbral. Recorrió a Morana con esos magníficos ojos azules durante un instante, fijándose en que tenía las manos sobre los cuchillos que ocultaba contra los muslos. Ella vio como los labios de él temblaban un poco de diversión, y aquello fue suficiente para que un millón de mariposas empezaran a bailarle la samba en el estómago en el momento más inoportuno. Tristan Caine se apoyó en el marco de la puerta, bloqueándola, con las manos en los bolsillos, la camisa tensa sobre el pecho y un tobillo cruzado sobre el otro.

Y entonces la miró a los ojos.

Lo que Morana observó en ellos la paralizó. Notó que se tensaba entera mientras esa mirada azul la taladraba, intentando interpretar lo que fuera que estuviera viendo en ella. Se obligó a sí misma a mirar a Chiara cuando se percató de que la mujer se acercaba a él con una sonrisa almibarada.

—Tristan.

Él no respondió. Chiara intentó ponerle las manos encima, pero él la agarró por las muñecas y la hizo retroceder, con los ojos clavados en Morana todo el tiempo. En ese momento, Tristan Caine negó con la cabeza una única vez, disipando cualquier duda que hubiera empezado a asaltarla. Morana debía confiar en él. Hasta entonces habían sido sinceros el uno con el otro, así que debía confiar en que seguirían siéndolo. Debía confiar en eso. Sobre todo allí, más que nunca.

Morana se dio la vuelta y vio a Lorenzo Maroni dirigirse al gran sillón. El sol iluminaba su pelo y su impecable traje. Cuando por fin clavó la mirada en ella, esos ojos, que antes se habían mostrado impasibles, la observaron con un destello de interés.

Los hombres de Maroni se colocaron detrás de él mientras el hombre ocupaba la enorme butaca. De pie ante ellos, a Morana la escena le pareció intimidante. Por suerte tenía práctica en escenarios como aquel gracias a su padre. Sabía nadar entre tiburones sin sangrar, y Lorenzo Maroni era un tiburón en la cima de la cadena alimentaria.

Morana mantuvo la expresión neutra y el cuerpo relajado, consciente de todas las miradas sobre ella, y en especial la de Chiara, que no había abandonado la sala. Si las miradas matasen, a esas alturas la de Chiara habría matado a Morana diez veces. Sintió que se le aceleraba el pulso mientras esperaba alguna señal por parte del Sabueso. Le sudaban las palmas de las manos…, y los fríos cuchillos que hasta entonces habían sido un consuelo le parecían muy afilados contra la piel en ese momento.

Alguien se puso a su lado. No se volvió para mirar, pero el aroma familiar de su colonia le indicó que era Dante. Por alguna razón, eso la tranquilizó un poco.

—Padre —oyó que decía el susodicho con voz fría junto a ella—, permíteme presentarte a Morana Vitalio. Morana, Lorenzo Maroni.

Cuando terminó de hablar, Dante permaneció de pie donde estaba, a su lado, sorprendiéndola una vez más. El simbolismo del gesto no le pasó desapercibido a Morana y, desde luego, tampoco a Maroni, que entrecerró un poco los ojos ante el descarado lenguaje corporal de su hijo antes de dirigirse a ella.

—Morana —dijo el hombre con voz grave, erizándole el vello de los brazos—, te has convertido en una mujer muy guapa. Te vi una vez cuando eras pequeña, hace...

—Hace veinte años —lo interrumpió Morana.

Él la taladró con la mirada.

—Dante y Tristan me han informado de que vas a ser nuestra invitada durante una temporada. ¿Es correcto?

—Sí. —Morana asintió—. Si está usted dispuesto a brindarme su hospitalidad, claro —añadió con una dulce sonrisa que no engañó a nadie.

A Maroni no se le escapaba nada.

—Muy bien. Sin embargo, comprenderás que esto me pone en una situación peculiar, ¿verdad?

—Por supuesto —contestó.

—Padre, como ya he dicho —interrumpió Dante—, Morana es *mi* invitada. Está aquí como mi amiga, y estoy dispuesto a brindarle toda mi hospitalidad.

Lorenzo Maroni miró a su hijo.

—¿Incluso sin mi consentimiento?

Dante guardó silencio durante un instante.

—Sí.

Parecía que las palabras de Amara habían calado en él. Morana deseó que su amiga pudiera presenciar ese momento. Permaneció en silencio.

La mirada de Maroni se desvió hacia donde estaba Tristan Caine, recostado contra el marco de la puerta.

—Y tú lo apoyas, supongo. ¿Verdad?

Tristan Caine no emitió respuesta verbal alguna, pero algún tipo de comunicación cruzó entre los dos hombres a juzgar por la tensión momentánea de los labios de Maroni, que se relajó al instante.

—De acuerdo. ¿Te han cacheado antes de entrar en la propiedad? —le preguntó a ella.

Morana negó con la cabeza mientras el corazón empezaba a latirle con fuerza. Sintió como si los cuchillos que llevaba se hicieran más pesados. Maroni esbozó una sonrisa. Se lo estaba pasando en grande el muy cabrón. Levantó un brazo, con el codo apoyado en el sillón, y le hizo un gesto a sus hombres. El luchador trajeado se acercó.

—Regístrala —le ordenó Maroni.

A Morana se le paró el corazón. El hombre se acercó a ella, con los ojos brillantes y los labios torcidos en una leve sonrisa.

—¿En serio, padre? —protestó Dante con la voz tensa—. Hasta a los niños se les permite ir armados aquí dentro, por Dios.

—Pero no son los hijos de Gabriel Vitalio, ¿verdad? —replicó Maroni con la mirada fija en ella—. Espero que no te importe, querida Morana. Hasta que no pueda confiar en ti, no podrás llevar armas mientras estés en la propiedad familiar.

Morana no iba a permitir que le arrebataran sus cuchillos. ¡Ni de coña!

El luchador se detuvo frente a ella y extendió un brazo, dirigiendo una de sus manos enormes hacia el pecho de Morana. Ella se preparó, apretando los dientes. Después de haber soportado que la toquetearan durante años a la mesa de su padre, poseía la templanza necesaria para no degollar a ese hombre y hacer que se atragantara con su propia lengua. Él la observaba con un brillo inquietante en la mirada que resultaba demasiado intenso para un simple cacheo corporal. El hombre estaba a punto de tocarla cuando, de repente, unos dedos se cerraron en torno a su muñeca.

Aunque Morana conocía esa nueva mano como la palma de la suya, se giró hacia él. Recorrió con la mirada los dedos, los tendones del antebrazo, el trozo visible del tatuaje, las venas y los fuertes músculos hasta llegar a su cara. Los ojos de Tristan Caine estaban clavados en el guardia, que le devolvía la mirada, irradiando animosidad en oleadas. Morana frunció el ceño, presintiendo una enemistad que venía de largo.

El tipo dio un tirón para liberar el brazo. Tristan Caine apretó los dedos y no lo dejó ir. Morana se quedó asombrada por su fuerza, porque fuera capaz de retener de aquella manera a un hombre enorme que parecía estar haciendo un esfuerzo considerable para soltarse.

—Tócala sin mi permiso —dijo Tristan Caine con un susurro tan suave que el efecto de su voz de whisky y pecado golpeó a Morana con fuerza, provocándole unos escalofríos en la columna que no tenían nada que ver con el miedo— y acabaré contigo.

Se hizo un silencio absoluto en la estancia. Morana observó a los demás matones y comprobó que casi todos ellos se habían llevado la mano al arma. Luego miró a Maroni, que observaba pensativo a Tristan Caine.

—Qué interesante... —murmuró, y en su rostro apareció una sonrisa que a ella no le gustó ni un pelo.

Tristan Caine soltó al luchador y se volvió hacia Morana, dándoles la espalda a Maroni y a sus guardias con un movimiento que dejaba clara tanto su absoluta confianza en que no podrían hacerle daño como en el hecho de que Dante lo protegería. El gesto la pilló desprevenida. No esperaba que se acercase tanto a ella delante de Maroni, por razones obvias, pero que, además de acercarse lo hubiera hecho casi como si estuviera alardeando delante de su jefe... la sorprendió.

Morana tragó saliva y echó la cabeza hacia atrás, atrapada por aquellos ojos tan azules. Él levantó las manos despacio, pidiendo permiso en silencio, y ella asintió, otorgándoselo. Sin apartar la mirada de la suya, Tristan Caine le posó las manos en los hombros, tocándola. Morana tomó aire y sintió que se le hinchaba el pecho. Él la rozó con suavidad mientras le deslizaba la mano por la espalda, recorriéndole la columna. Antes de poder controlarse, ella arqueó el cuerpo y lo rozó con el pecho, consciente de las muchas miradas que había sobre ellos.

Una vez que acabó con su torso, Tristan Caine apoyó una rodilla en el suelo para agacharse. Morana se mordió el interior de un carrillo y bajó la vista. Vio cómo le recorría las caderas con aquellas manos tan grandes que tenía y sintió que el corazón le martilleaba por todo el cuerpo. Bajó por las piernas y le tocó un tobillo por debajo del borde de la falda larga. A Morana se le cortó la respiración y apretó los puños para contener las ganas de acariciarle la mandíbula áspera. Notó un cosquilleo en los labios al recordar el roce de su barba en la boca mientras la besaba. Fue testigo del deseo que se reflejó en los ojos de él a modo de respuesta mientras subía las manos por sus pantorrillas. Los dedos ásperos de Tristan Caine le acariciaron la piel por primera vez en una sala llena de mafiosos. Pero, dado que la primer vez con él había sido en un restaurante de la mafia y con mafiosos al otro lado de la puerta, Morana se dijo que era lo apropiado.

Él detuvo las manos al llegar a las rodillas y esos ojos azules adoptaron una expresión incandescente. Morana respiró hondo. Tristan Caine sabía exactamente dónde estaban sus cuchillos, lo había sabido desde que entró en el salón. Podría haberla cacheado por encima de la falda. En lugar de eso, había hincado una rodilla en el suelo y le había colocado las manos directamente sobre la piel, sin levantarle la ropa en ningún momento. Ella era muy consciente de lo que estaba haciendo. Era una declaración de intenciones en toda regla ante los hombres de la estancia, ante la mujer que había intentado reclamarlo y también ante la misma Morana. El mensaje era alto y claro: era suya.

Morana sintió una opresión en el pecho mientras lo observaba. Aunque era consciente de todas las personas presentes, estaba ajena a cada una de ellas mientras las manos de Tristan Caine subían lentamente por el interior de sus muslos en un movimiento tan íntimo que parecía que ya lo hubieran hecho miles de veces. Notó que daba con los cuchillos, los mismos con los que ella lo había amenazado por la espalda aquella primera noche, y los sacaba de las fundas.

El aire entre ellos crepitó. El deseo palpitó entre los muslos de Morana.

Si subía un centímetro más, descubriría lo mojada que estaba, solo para él, en mitad de aquel salón lleno de gente. Podría hacerlo. Nadie lo vería, nadie se daría cuenta.

Morana intentó mantener el rostro inexpresivo incluso mientras empezaban a temblarle los muslos y se intensificaba el doloroso anhelo que sentía en las entrañas y que bajaba más y más hacia las manos que la tocaban. Notaba cómo se le tensaba todo el cuerpo bajo esos dedos, cómo sus músculos internos se contraían por la necesidad de sentirse llena, de tenerlo dentro. Tristan Caine nunca la había tocado ahí, no con la delicadeza con la que se movía sobre su piel en ese momento. Lo deseaba. Deseaba sentir esos dedos en su interior, moviéndose mientras él le besaba el cuello, mientras su olor la inundaba, mientras lo oía respirar junto al oído. Deseaba que él colmara todos sus sentidos. Lo ansiaba.

Él vio todo eso, todo aquel deseo descarnado en su mirada, y apretó un instante los dedos sobre su piel. Los subió solo unos centímetros. Solo un poco.

Ella contuvo la respiración. Él flexionó la mano.

Ella se estremeció. Él apretó la mandíbula.

Acto seguido, se incorporó con los cuchillos en las manos y se volvió hacia los presentes, dejando a Morana con el cuerpo tembloroso. Todos salvo Dante la estaban mirando. Respiró hondo para alejar el rubor de sus mejillas. Tristan Caine se colocó a su lado, se guardó los cuchillos y miró tranquilamente a Maroni.

—Creo que me va a gustar tener a Morana como invitada, Tristan —comentó Maroni con una sonrisa que enfrió al instante todo el deseo que ella sentía. Dante tenía razón: debía tener muchísimo cuidado con ese hombre.

Tristan Caine no reaccionó. Al menos no de forma evidente, aunque Morana lo conocía lo suficiente como para saber que en su interior estaban ocurriendo muchas más cosas de las que los demás creían.

—Morana, ¿cómo conociste a mi hijo y a Tristan? —le preguntó Maroni, aunque fue más una exigencia—. Cuéntamelo, tengo curiosidad.

Ella contuvo sus emociones e imitó la sonrisa del Sabueso.

—Es una larga historia.

Maroni torció el gesto y se volvió hacia uno de los matones.

—Que Antria prepare la habitación de invitados.

—No hace falta —dijo Tristan Caine, hablando por primera vez desde hacía un rato—, se queda conmigo.

Maroni negó con la cabeza y cruzó una pierna sobre la otra para acomodarse en el sillón.

—No, de eso nada.

Tristan Caine no replicó, sino que se limitó a mirar fijamente al hombre. Maroni le devolvió la mirada. Morana entendió entonces, a la perfección, lo que le había contado Dante.

—Tristan, cariño —terció Chiara desde atrás, y Morana apretó los dientes por la repentina necesidad de hacer algo violento—, Lorenzo debe hablar con las personas adecuadas antes de permitir que ella se hospede tan lejos de la casa principal. Morana tiene que ganarse su confianza. Hasta entonces, será una invitada bienvenida en la mansión, ¿no es así, Lorenzo?

—Por supuesto —contestó Maroni, sin apartar los ojos del joven.

Morana observó a Tristan Caine y vio su rostro completamente inexpresivo. No apretaba la mandíbula ni transmitía emoción alguna con la mirada. Ni un solo tic nervioso. Nada. Al verlo así, se dio cuenta, de repente, de que ella era la única capaz de bajar la guardia. Él lo había hecho, pero solo delante de ella o con Dante y Amara.

—Se queda conmigo —repitió.

—Imposible —lo contradijo Maroni al instante.

Justo cuando Tristan Caine estaba abriendo la boca para hablar, Dante tomó el relevo.

—Si se queda en la mansión, ¿me das tu palabra de que no sufrirá ningún daño?

Tristan Caine le lanzó una mirada penetrante a Dante, pero este se limitó a negar con la cabeza. Entre ellos se produjo una conversación silenciosa.

Maroni los observó con interés.

—Sí, siempre que ella no le haga daño a nadie.

Aunque a una parte de sí misma la cabreaba que hablasen de ella como si no estuviera presente, Morana se contuvo, consciente de que no era el momento ni el lugar para replicar.

—Me quedaré en la mansión principal —dijo antes de que la situación se les fuera de las manos.

Cosa que, como sabía perfectamente que aquellos hombres tan testarudos no iban a ceder, no debía de estar muy lejos de ocurrir. Ella era el hueso de Tristan Caine, y él se lo había restregado por la cara a Maroni, quien, a su vez, quería arrebatárselo para castigarlo. No hacía falta ser un genio para darse cuenta de lo que sucedía. Tenían que aguantarse.

—Estupendo —dijo Maroni con una sonrisa—. Vin te acompañará a tu habitación —añadió, señalando al hombre de la cicatriz y la mirada vacía—. Esta noche te unirás a todos nosotros para cenar.

Morana asintió de forma educada.

—Gracias.

Vin echó a andar hacia la puerta en silencio. Morana se lo tomó como una señal y se volvió hacia los dos hombres —Dante le dirigió una mirada tranquilizadora mientras Tristan Caine permanecía estoico— y les hizo un pequeño gesto con la cabeza. Deseosa de alejarse rápidamente de la creciente tensión de la estancia, se apresuró hacia donde la esperaba su escolta. En cuanto estuvo a unos pasos de él, el hombre reanudó la marcha y atravesaron el vestíbulo en dirección a la escalinata.

Morana recorrió con la mirada la impresionante escalera que no había tenido ocasión de admirar la primera vez. La araña colgante brillaba bajo los rayos de sol que entraba por los ventanales y la luz sobre los cristales provocaba destellos que se proyectaban sobre el suelo y le daban al lugar un aspecto mágico. A lo largo de las paredes había grandes cuadros de paisajes colocados de forma artística. Los examinó todos mientras seguía al hombre silencioso durante dos tramos de escalera. Al llegar al segundo descansillo, Vin giró a la derecha por un pasillo.

—¿Se aloja alguien más en esta planta? —le preguntó, iniciando la conversación y poniéndole fin al silencio.

—No —fue su cortante respuesta.

—¿Qué hay aquí?

—Habitaciones de invitados.

«Vale».

—¿Y no hay más invitados en este momento?

—Algunos.

Morana suspiró. Menuda mina de información era ese hombre… Mientras lo seguía por el pasillo, observó su forma de caminar y se dio cuenta de que cojeaba un poco del pie derecho. Se preguntó qué le habría ocurrido. Pasaron por delante de un par de puertas y, antes de que Morana pudiera seguir con sus cavilaciones, se detuvieron ante una tercera. Vin la abrió, y ella estaba a punto de entrar cuando él la frenó poniéndole una mano delante.

Ella levantó la vista, súbitamente consciente de que estaba desarmada con un desconocido y en un lugar donde nadie la oiría gritar. Con los músculos en tensión, retrocedió un paso cuando él se agachó para sacarse un cuchillo pequeño del calcetín. Sin mediar palabra, el hombre se enderezó y le ofreció el cuchillo.

Morana se quedó mirando atónita la mano izquierda llena de cicatrices del hombre y el cuchillo que descansaba sobre su palma.

Sin comprender qué pasaba y por qué lo hacía, cogió el arma con gesto titubeante.

—¿Por qué…?

—Ahora está con los buitres —susurró él—. Se alimentan de los muertos.

Un escalofrío le recorrió la espalda y apretó con fuerza el cuchillo.

Vin apartó la mano y le hizo un gesto para que pasara.

—Pronto pondrán la oreja en esta sala. Manténgase alerta. —Tras transmitirle esa información, se dio media vuelta y se alejó cojeando, dejándola totalmente confundida.

Aun así, Morana se sentía mejor sabiendo que disponía de un arma. Cerró la puerta del dormitorio a su espalda y echó un vistazo a la espaciosa estancia, comprobando si había cámaras en las paredes y en el techo. No encontró nada, pero estaba segura de que eso no significaba que no hubiera ninguna.

Con la puerta ya cerrada, Morana se adentró en la lujosa habitación, decorada en tonos cremas y azules. Una cama de matrimonio ocupaba el espacio central, con una pequeña zona de estar enfrente y un tocador y una cómoda de madera de roble adornando uno de los rincones. El ventanal, con un cómodo alféizar acolchado para sentarse, ofrecía unas vistas preciosas del extenso jardín de césped verde que ocupaba la parte trasera de la mansión. Morana contempló el paisaje, deteniéndose en la arboleda tras la cual sabía que estaban las otras residencias, y divisó las aguas azules del lago a lo lejos.

¿Acababa de cambiar una jaula por otra? Seguramente. Aunque aquella parecía menos estéril, allí estaba, bajo un techo en el que no se sentía segura, planeando dormir con un cuchillo debajo de la almohada y con la puerta atrancada otra vez. Allí estaba, preparada para cenar esa noche en una mesa llena de desconocidos otra vez. Allí estaba, sola, otra vez.

La vibración del móvil irrumpió sus pensamientos. Lo sacó del bolso y leyó el nuevo mensaje.

Tristan Caine
Estabas mojada?

Morana miró hacia los terrenos de la mansión, con una pequeña sonrisa en los labios.

Nunca lo sabrás.

Me enteraré.

Ella resopló.

Veo el lago desde mi ventana.
Yo veo tu ventana desde la mía.

Morana sintió que se le disparaba el pulso y miró a través del ventanal, intentando localizar su casa. Vio varios edificios que se extendían tras la arboleda y recordó lo que le había dicho Dante.

«Es la más pequeña, en cuanto a superficie. A decir verdad, es solo una casa. También es la que está más alejada de la mansión principal y de las demás residencias, ya que se encuentra junto al lago. Vive allí solo».

Con el corazón en la garganta, Morana entrecerró los ojos y buscó el único edificio distinto a los demás. Lo encontró. Allí, junto al lago. Mientras las otras residencias estaban desperdigadas al oeste del complejo, aquel solitario edificio se erguía en el este, rodeado de verde por un lado y de agua por el otro. Medio salvaje, medio domesticado; igual que el hombre que lo habitaba. A tanta distancia, ella no alcanzaba a distinguir ningún detalle del interior, pero el simple hecho de saber que él podía verla, que seguía observándola pese al esfuerzo que había hecho Maroni para alejarla de él, llenó a Morana de una calidez con la que no estaba familiarizada.

Podía verla.

Mientras observaba ese pequeño edificio en la distancia, Morana comprendió que se había equivocado.

No estaba sola. Ya no.

5

Posesión

Casi era la hora de cenar.

Una mujer de cuarenta y tantos años, a todas luces miembro del personal, había acudido a la habitación de Morana con un vestido colgado del brazo hacía casi una hora. No había dicho una sola palabra, se había limitado a entregarle el vestido cuando ella le abrió la puerta y se había ido. Aunque resultaba un gesto muy desconcertante, Morana no pudo evitar sentir curiosidad por el hecho de que Maroni le mandara un vestido, y se preguntó si debería ponérselo. Por desgracia, no le quedaba alternativa. No se había llevado ropa consigo al irse de casa, y para ir a Tenebrae había echado en la maleta tan solo la que Amara le había prestado, que era mucho más informal de lo que requería la cena.

Morana miró fijamente el vestido —largo, de seda color verde bosque, con mangas hasta las muñecas, escote recatado, espalda sencilla y con una escandalosa apertura en un lateral de la falda que le llegaba hasta la mitad del muslo—, sacudió la cabeza y después se quitó el albornoz, limpia tras haberse duchado, para ponérselo. Le quedaba como un guante y aquello, teniendo en cuenta que era Maroni quien se lo había hecho llegar, le resultó inquietante. El hecho de que la hubiera mirado con el suficiente detenimiento como para calcular su talla hizo que se le erizara el vello de la nuca, y no por un buen motivo. Contuvo un estremecimiento y alisó la prenda mientras consideraba la idea de ceñirse el cuchillo al cuerpo. Si bien llevarlo encima haría que se sintiera mejor, no le quedaban más armas y, si la volvían a cachear, lo perdería. Por mucho que le doliera, tendría que dejarlo escondido en la habitación.

Morana se cepilló el pelo y se aplicó meticulosamente un poco de corrector para disimular los moratones que le quedaban de la noche del cementerio. Una vez hecho eso, se puso el rímel y se pintó los labios de rojo sangre. Ya había cometido en una ocasión el error de entrar en aquella mansión sin estar preparada. No iba a volver a pasarle. A Morana no le gustaba nada la inseguridad que la invadía al ver a otras mujeres atractivas, sobre todo cuando una de ellas le tenía el ojo echado al hombre que consideraba suyo.

«¿Mío?».

Morana dejó suspendida en el aire la mano con la que sujetaba el pintalabios mientras se miraba en el espejo, con el corazón desbocado.

Era suyo.

¿De dónde cojones había salido esa idea?

No tenían esa clase de relación, y dudaba mucho de que llegaran a tenerla. Daba igual que Morana fuera suya incluso desde mucho antes de haberlo conocido. Daba igual que él llevara dos semanas declarando sutilmente que ella le pertenecía. Daba igual que la hubiera tocado por primera vez para dejar claro que era de su propiedad (por arcaico que pareciera). Cerró los ojos al recordar la sensación que le provocaron sus dedos ásperos y encallecidos al subirle por los muslos. Soltó el aire. Morana fue presa de un delicioso estremecimiento que le bajó por la columna y le erizó la piel. Era suya. Seguramente ahora todos en la mafia lo sabían. Ella, desde luego, lo sabía.

Pero ¿acaso él era suyo?

Respiró hondo y siguió retocándose los labios, examinándose con cuidado el rostro. Era muy guapa, pero no tanto como Chiara Mancini. Sin embargo, ¿acaso eso importaba? A ella, al menos, nunca le había molestado. Morana siempre se había sentido cómoda con su cuerpo, sobre todo porque le encantaban la inteligencia y el ingenio que había estado reprimiendo hasta encontrar a la persona adecuada con la que utilizarlos. Por esa misma razón sospechaba que a Tristan Caine tampoco le importaba. Recordó la forma en la que la había mirado y cómo había negado sutilmente con la cabeza cuando Chiara se le echó encima y esbozó una sonrisa.

Joder, sí, claro que era suyo. Por el tiempo que fuera, por más imperfecto y gilipollas que fuera, y fuera quien fuera, era suyo. Que Dios pillara confesado a quien quisiera interponerse entre ellos.

Con la fuerza que le daba aquella certeza calándole hasta los huesos, Morana se pasó el cepillo por el cabello una última vez, se puso unos zapatos dorados de tacón, abrió la puerta y se topó cara a cara con el diablo en persona: Chiara Mancini.

Interesante.

La otra mujer, despampanante con un vestido rojo ceñido que mostraba la cantidad justa de escote, la miró y le dedicó una sonrisa tan falsa como sus pestañas. Morana ni se molestó en devolvérsela.

—Espero que no hayas tenido problemas para instalarte bien —dijo Chiara con voz baja y suave.

Morana podía entender que los hombres que no vieran más allá de la fachada cayeran rendidos a sus pies. Por suerte, ella carecía del miembro necesario para ser un capullo superficial.

—Estoy segura de que la señora Mancini no ha venido a preguntarme qué tal estoy —repuso ella con su tono más cínico—. Porque es *señora*, ¿verdad? —Parpadeó con inocencia, a sabiendas de que había dado en el clavo al ver que el rostro de la otra mujer se tensaba.

—Sí, estoy casada con un primo hermano de Lorenzo —masculló ella—. No es un matrimonio ideal. Pero ¿cuándo le ha hecho caso la mafia a una mujer que acusa a su marido de violación?

No mentía. Morana lo vio en sus ojos y su corazón, que estaba duro como una piedra, se ablandó.

—Lo siento. —¿Qué otra cosa podía decir? Algunos hombres actuaban como si tuvieran licencia para ser unos monstruos.

Chiara se quitó de encima los pensamientos oscuros en los que se había sumido y se concentró otra vez en ella.

—No quiero tu compasión. Lo que quiero es que te mantengas alejada de Dante y de Tristan.

Morana inclinó la cabeza y se endureció de nuevo, aunque la compasión no desapareció.

—¿Y por qué iba a hacerlo?

Chiara dio un paso hacia ella y golpeó la puerta con la mano, fulminándola con la mirada.

—Porque son buenas personas y no se merecen el saco de mierda en el que los has metido, princesa. Ninguno de los dos, pero sobre todo Tristan.

Morana sintió que se le encogía el estómago.

—¿Y qué sabes tú de lo que se merece?

Chiara sonrió.

—Sé que no es el tipo de hombre que se ata a nada y que se ha pasado los últimos dos años follando conmigo.

Fuego. No había otra palabra para describir lo que se extendió por el pecho de Morana, consumiéndola por dentro. Sintió que el ardor le subía por el cuello y por las mejillas hasta nublarle la vista. Sin embargo, no podía permitir que se le notara, no podía permitir que la afectase. Pero dolía, dolía de verdad. No el hecho de que se hubiera acostado con esa mujer, sino que lo hubiera hecho de forma regular. Porque eso implicaba que Chiara le importaba en el plano emocional. Y eso quemaba, joder.

Gracias a todos los años que le habían servido de práctica, Morana ni siquiera apretó los puños y miró a la otra mujer con una sonrisa.

—Habla del pasado, señora Mancini. Pero yo soy el presente y el futuro inmediato.

La sonrisa de Chiara titubeó.

—Volverá a mí.

—Quizá —respondió Morana encogiéndose de hombros. Después se inclinó hacia delante—. O quizá yo haga que no vuelva a ninguna otra. —Antes de que la otra mujer pudiera replicar,

Morana puso un pie fuera de la puerta—. Has cumplido con tu deber y me has advertido. Y ahora yo no te voy a hacer caso. Las dos sabemos cuál es la postura de la otra y que ninguna va a ceder. En cualquier caso, tengo hambre, así que tendrás que disculparme.

Sin decir nada más, Morana cerró la puerta tras ella y se alejó sin mirar a la mujer que había echado gasolina a lo que solo era una chispa. Ahora era una hoguera, una que solo quería arrasar. Destruir. Hacer que Tristan Caine no deseara a ninguna otra.

Morana sacó el móvil y, por primera vez en su complicada relación, inició la conversación mandándole un mensaje.

> Te queda prohibida la entrada a mi coño.

Su respuesta le llegó casi de inmediato.

Tristan Caine
?

Una interrogación. Le había mandado una puta interrogación. Morana echaba humo por las orejas.

> Supongo que da igual. Seguro que
> tu chica de siempre estará encantada
> de acogerte en su cama.

No obtuvo una respuesta inmediata. Claro que no. Bajó la escalinata, sin reparar apenas en los cuadros de la pared, con la mirada fija en los escalones mientras el fuego se le enroscaba en las entrañas. Su teléfono vibró con un nuevo mensaje.

Celosa?

Dios, tenía que ser el hombre más idiota del mundo. No se le preguntaba a una mujer muerta de celos si estaba celosa. Eso no se hacía.

Te voy a preguntar lo mismo después
de buscarme a un tío bueno en el bufet
que hay en esta mansión.

Él no contestó.

Morana sacudió la cabeza en un intento por despejar el nubarrón que la envolvía y recuperar el buen humor. No le sirvió de mucho.

Cuando por fin llegó a la planta baja, vio que el vestíbulo estaba desierto salvo por dos miembros del personal ocupados con sus quehaceres. Morana los ignoró de la misma manera en que ellos la obviaron al verla y se dirigió hacia el comedor (que recordaba de cuando se coló unas semanas antes). Sus pasos quedaban amortiguados por la gruesa alfombra que cubría el vestíbulo y el pasillo. Había apliques en las paredes a ambos lados, como antorchas encendidas, lo que le añadía un toque antiguo al lugar. Iluminada por su cálido resplandor, Morana entró por fin en el comedor y se detuvo.

Estaba vacío salvo por una mujer, ataviada con el uniforme de ama de llaves, que estaba colocando los cubiertos. Morana contempló la mesa larga de madera a la que podían sentarse al menos treinta personas y se preguntó si era la misma en la que la habían colocado de pequeña o si aquello sucedió en otra estancia. No conocía ese detalle de la historia; no sabía si fue ante aquella mesa donde un niño inocente había quedado traumatizado de por vida. Se preguntó qué sentiría Tristan Caine al acudir a ese salón con regularidad y comer en el lugar donde se había derramado la sangre de su padre.

Allí, de pie en esa estancia llena de demonios, Morana entendió la tortura a la que lo sometían, y darse cuenta de ello provocó que se tambaleara. Se apoyó en el alféizar de la ventana junto a la que se encontraba para mantener el equilibrio, sintiendo que el corazón se le rompía por él. Lo habían obligado a sentarse con las personas que lo torturaron y lo entrenaron, a verlos reír y bromear, a alimentarse en el lugar donde se le había destrozado la vida… ¿Cómo se superaba algo así?

Morana le dio la espalda a la habitación y miró a través del cristal tratando de recuperar la compostura, a pesar de que quería llorar por el dolor que sentía por él, por ella, por los dos. ¿De verdad estaban condenados? ¿Qué estaba haciendo? ¿Qué estaba haciendo al pensar que un hombre tan traumatizado podría recuperarse lo suficiente para estar con ella? Lo suyo estaba acabado incluso antes de empezar, y esa era una idea muy pero que muy deprimente. El conflicto se abrió paso en su interior. Una parte de sí misma enarbolaba las pruebas que había reunido durante las dos últimas semanas mientras la otra le recordaba cuánto pesaban los últimos veinte años.

Morana soltó el aire lentamente mientras observaba la superficie inabarcable de césped que rodeaba la casa y que acababa en la linde oscura del bosque. La luna, una curva preciosa en el cielo nocturno, jugaba al escondite con las nubes. Varios hombres armados patrullaban la propiedad a pie, mientras que otros trajeados se congregaban alrededor de una hoguera charlando.

—Buenas noches.

Morana se giró y vio que un hombre apuesto, algo mayor, acababa de entrar al comedor vestido con un traje elegante, al igual que todos los demás.

—Buenas noches —respondió en voz baja.

—Soy Leo Mancini —se presentó él con una sonrisa.

Morana lo miró de arriba abajo con los ojos entrecerrados.

—¿Es usted el Mancini al que le gusta violar a su mujer o se trata de uno de sus parientes más pobres?

Todo rastro de modales desapareció de la expresión, hasta el momento sonriente, del hombre. Morana se preparó, con la espalda recta y sin apartar la mirada.

—Tenga mucho cuidado, señorita Vitalio —la amenazó.

La tensión aumentó en la estancia y solo se rompió por el sonido de personas que se acercaban. Morana miró hacia la entrada y vio a un grupo de hombres y mujeres, adultos y adolescentes, que accedían al comedor. Solo reconoció a tres.

Lorenzo Maroni la vio junto a la ventana y esbozó esa sonrisa que le puso el vello de punta. Morana apartó la mirada deliberadamente y localizó a Dante, que estaba atravesando el arco. Llevaba el pelo mojado y peinado hacia atrás, dejando al descubierto su fuerte rostro. Se había vestido con una camiseta blanca y unos pantalones vaqueros, por cuya cinturilla tenía metida un arma. Era la primera vez que lo veía con ropa tan informal. Él la miró y esbozó una sonrisa, a la cual ella correspondió, agradecida de tener un amigo en ese lugar desconocido.

Y entonces entró Tristan Caine, vestido de forma similar a Dante, con una camiseta negra y unos vaqueros desgastados, aparentemente desarmado. Morana no sabía si se habían presentado así por atrevimiento o estupidez, o tal vez por ambos. Fuera como fuese, no le quedó más remedio que admirar su confianza. Al ver a los dos hombres entre aquella multitud que se había ataviado con sus mejores galas, Morana se preguntó si se vestían siempre así para la cena o si era una forma de insultar a Maroni y a sus normas. A juzgar por la expresión de desaprobación de este, Morana apostaría por lo último.

Morana se dirigió al asiento que Lorenzo le indicó, consciente de las miradas curiosas que se clavaron en ella. El personal empezó a distribuir la comida por la mesa mientras todos se sentaban en una coreografía que denotaba años de práctica. Retiró la silla, situada de forma estratégica entre un adolescente de pelo oscuro y un hombre mayor desconocidos. Buscó con la mirada a los dos hombres que sí conocía y los vio sentados al otro lado de la mesa, pero más cerca de la cabecera, donde Lorenzo se sentaba como si fuera un emperador autoproclamado.

—¿Eres de la familia? —le preguntó el adolescente curioso.

Ella negó con la cabeza. El chico estaba abriendo la boca para preguntarle algo cuando una sombra se cernió sobre ellos. Morana levantó la vista y vio a Tristan Caine detrás del muchacho, con expresión impenetrable y los ojos fijos en ella.

—¿Te quieres sentar con tu primo? —le preguntó al chico.

Él puso los ojos como platos.

—Pero no tengo permiso para sentarme tan arriba.

—Ahora sí. Muévete.

No hizo falta que se lo dijera dos veces. El adolescente se levantó y tomó asiento junto a Dante, emocionado como solo un muchacho podía estarlo. Morana observó a Tristan Caine sentarse junto a ella, muy consciente de que todos los ojos estaban clavados en ellos, muy consciente de su cálido, enorme y poderoso cuerpo a escasos centímetros del suyo. Tragó saliva y se concentró en respirar mientras adoptaba una máscara de cuidada indiferencia, como si aquello no fuera nada del otro mundo. Exacto, nada del otro mundo. Tristan Caine había cambiado la distribución de los comensales, que seguramente llevaba asignada durante años, para cenar a su lado delante de todos…, nada del otro mundo. A Morana le llegó ese aroma almizcleño que era su esencia. Escuchaba el aire cada vez que él inhalaba y espiraba con suavidad. Notaba en todo el cuerpo la suave caricia de su presencia.

Sirvieron la cena. Nadie habló. Él no habló. Morana percibía casi de forma física que la tensión aumentaba mientras mantenía la mirada fija en el plato que tenía delante como si contuviera la solución a la paz mundial.

—Tristan —dijo Maroni desde la cabecera, en voz alta. El sonido de los cubiertos se detuvo. Ella sostuvo la mirada baja, consciente de que el hombre que tenía a su lado levantaba la cabeza en silencio—, que esto no vuelva a pasar —le advirtió.

—Sí, que no vuelva a pasar —replicó él con el mismo tono.

Joder. Morana levantó la vista a tiempo para ver la expresión irritada de Maroni. Tristan Caine siguió comiendo. Nadie dijo nada, pero poco a poco, todos volvieron a sus platos. Morana miró la sopa que tenía delante, aunque había perdido el apetito por la tensión que la consumía. Se obligó a comer un poco y casi dejó caer la cuchara cuando una mano se coló por la raja del vestido, y se le aferró por la cara interna del muslo como si estuviera en su derecho. Sabía lo que él estaba haciendo: la estaba poniendo a prueba.

Morana relajó el cuerpo y cerró los muslos con fuerza, atrapándolo entre ellos, a centímetros de ese sitio donde estaba casi ardiendo. Él dobló los dedos, y el movimiento le provocó una sensación que se le clavó entre las piernas. No las separó ni le dio espacio para moverse. Él le agarró el muslo con más fuerza, separándola lo justo para sacar la mano. Morana sintió la pérdida en la piel y supo, por el calor que notaba, que le había dejado la huella de la mano marcada en la carne del muslo. La excitaba tener una prueba de que él había estado ahí, el testimonio de su contacto impreso en la pierna, tan cerca. Estaba empapada.

—Morana… —Como si fuera una jarra de agua fría, la voz de Maroni disipó la neblina provocada por la lujuria. Ella lo miró y vio que el hombre se limpiaba la boca con una servilleta—. He informado a tu padre de que estás aquí.

Morana se tensó, pero no apartó los ojos de Maroni.

—Estupendo —contestó con voz tranquila.

Bajo la barba, Maroni esbozó una sonrisa ladina y miró a los presentes.

—Queridos, os presento a Morana Vitalio, la hija de Gabriel Vitalio.

El ambiente en la mesa, que antes había sido de curiosidad, pero que se había ido relajando a medida que avanzaba la velada, se enrareció ante el anuncio. Todos los asistentes clavaron la mirada en Morana mientras ella seguía observando al hombre sentado a la cabecera de la mesa.

—Por supuesto, Morana es nuestra invitada —continuó él—, por lo que todos la trataréis como tal. Si alguien observa que se la trata de alguna otra forma, me lo dirá de inmediato. —Morana captó la advertencia dirigida a ella que escondían las palabras de Maroni: «No te pongas cómoda». Sin embargo, él fue un paso más allá y les dijo a todos—: Se aloja en el dormitorio de invitados de la segunda planta. Nadie debe molestarla. Al fin y al cabo, es hija de su padre. —Morana apretó los dientes y el puño, abrumada por las ganas de levantarse y golpear en la cara a ese cabrón engreído. Maroni echó un vistazo a los presentes hasta detenerse en Tristan Caine—. Y nadie debe tocarla. —Morana volvió a sentir la mano sobre el muslo. En esa ocasión, no hizo nada para apartarla—. No obstante, debes tener cuidado, Morana. Los accidentes pueden suceder en cualquier lugar.

Lo que quería decir era que cualquiera podía hacerle daño y que él no movería un dedo al respecto. Morana sabía cuál era la intención de Maroni. Estaba atrapada en un pulso entre el hombre que tenía al lado y él, pero ella se había colocado en esa posición de buena gana. Era consciente de dónde se metía.

Y eso fue lo que la animó a replicar:

—¿Y si quiero que alguien me toque?

Maroni la miró a la cara sorprendido. Era obvio que no se había esperado esa respuesta. Un segundo después, esbozó aquella sonrisa taimada que despertaba en Morana el deseo de reventarle la cabeza.

—En ese caso, recibirás más de lo que esperas, niña.

Cabrón asqueroso.

La sangre de Morana hirvió. Hizo ademán de levantarse, pero la mano que le tocaba el muslo se tensó, reteniéndola en el sitio, pidiéndole que se calmara. Por primera vez desde que empezaron a cenar, Morana miró a Tristan Caine con la rabia desatada, pero la tormenta que vio en él hizo que se parase a pensar. Sus ojos, esos magníficos ojos azules, estaban clavados en Lorenzo Maroni y le prometían la muerte de una forma que provocaba escalofríos. Morana se dio cuenta en ese momento de que jamás podría odiar a Maroni más de lo que lo odiaba Tristan Caine. Y eso la tranquilizó.

—Creo que a los únicos a los que estás asustando es a los niños, padre —intervino Dante con sorna desde su lugar a la mesa—. Déjalos cenar en paz.

Al oír eso, los niños empezaron a llenarse la boca con comida, y los adultos los imitaron.

El resto de la velada pasó en un abrir y cerrar de ojos, con la tensión flotando en el ambiente. Y durante lo que duró la cena, Tristan Caine siguió con la mano en el muslo de Morana, sin acariciarla, sin moverse, sin hacer nada más que estar ahí. Morana nunca había sentido nada similar que le sirviera de ancla. La única vez que había experimentado algo parecido fue cuando sufrió el ataque de pánico, pero la situación actual era distinta. Ahora, ella estaba consciente y atenta a todo; tenía las emociones a flor de piel y podía sentir con precisión cómo el contacto que él le ofrecía, que no tenía nada de sexual, la mantenía serena. Se dio cuenta de lo mucho que había ansiado sentirse así durante toda su vida, lo mucho que su piel anhelaba el consuelo que nunca había tenido, lo mucho que había deseado que él la tocara con esa normalidad. El simple peso de su mano en el muslo bastaba para hacer que Morana se sintiera ligera, más ligera que antes.

Una vez terminada la cena, los niños se excusaron y salieron del comedor. Algunos adultos los siguieron y también se saltaron el postre. Morana quería hacer lo mismo y escapar del sofocante ambiente. No lo hizo porque él no se movió.

—¿Sabías que estuviste aquí hace unos cuantos años, Morana? —le preguntó Maroni como si tal cosa mientras tomaba un sorbo de su bebida—. De hecho, te sentaste a esta misma mesa y estuviste jugando.

Morana se percató de que el hombre que tenía al lado se tensaba y, por primera vez, fue ella la que le puso una mano en la pierna de forma instintiva, con la esperanza anclarlo de la misma manera que él la había anclado a ella. Sintió que él tensaba los muslos y lo sujetó con fuerza.

—Padre… —dijo Dante a modo de advertencia desde el otro lado de la mesa.

—Aunque fue un día terrible —siguió Maroni—. Un día espantoso. ¿Te acuerdas, Morana?

Ella le dedicó una sonrisa relajada.

—Por supuesto que no. A diferencia de usted, yo no soy un vejestorio, señor Maroni.

Dante tosió para disimular una carcajada mientras la sonrisa de Maroni desaparecía ante la pulla.

—Llevo aquí mucho tiempo, sí. Y sigo donde estoy por un motivo.

Morana no perdió la sonrisa.

—Miedo.

—Poder.

Morana asintió, fingiendo que le daba la razón.

—Senilidad. Es uno de los indicios de la edad.

El silencio que se hizo en la mesa le habría resultado aterrador si no hubiera sentido que la mano que tenía en el muslo le daba un apretón.

—Olvidas dónde estás, niña —replicó Maroni, en voz tan queda que ella pudo captar su rabia.

Morana decidió que se habían acabado las gilipolleces.

—Permítame dejarle algo bien claro. Creo que comete usted el error de pensar que puede manipularme, señor Maroni —dijo ella, con un deje tirante en la voz que igualaba la tensión de su espalda recta—. No es así. Soy su caja de Pandora. Así que, si quiere un consejo, debería asegurarse de que esté contenta y siga con vida. Porque si se abre la caja, destruirá su poder, su imperio y a usted. Y no podrá hacer nada para impedirlo.

Chiara Mancini estornudó y Morana le lanzó una mirada. Sintió amargura hacia la mano que le apretaba el muslo. Harta, hartísima de esa miserable velada, echó la silla hacia atrás, apartándolo de ella.

—Ahora, si me disculpa… —le dijo a Maroni.

Sin esperar respuesta, Morana se puso en pie, se dio media vuelta y dejó atrás el comedor. Se dirigió al exterior por una puerta lateral en busca de aire fresco. Salió al atrio y buscó un lugar tranquilo. Localizó la hoguera a unos metros a la izquierda, y también una patrulla a la derecha. Echó a andar para rodear la mansión y respiró hondo mientras observaba las ventanas oscuras de la casa. Las que albergaban luces encendidas al otro lado tenían las cortinas cerradas.

—Ten cuidado cuando estés sola fuera.

Morana se detuvo al ver que Dante se colocaba a su lado, con los ojos clavados en los hombres que había junto a la hoguera.

—Estoy harta de que me digan que tenga cuidado.

Dante relajó su enorme cuerpo mientras sacaba un cigarro, lo encendía y le daba una calada. Morana se sorprendió.

—¿Fumas?

—Antes sí —contestó él al tiempo que soltaba el humo—. Ahora solo en ocasiones.

—¿Y a qué se debe la ocasión?

Dante esbozó una sonrisa torcida.

—Es por haber disfrutado de ese espectáculo en el comedor. Gracias, por cierto. Como sigas así, al viejo le dará un infarto de la impresión de que alguien aparte de Tristan sea inmune a su poder.

Morana soltó una carcajada, muy consciente de ello.

—Me esforzaré para que así sea.

Se quedaron en silencio un instante mientras Dante fumaba y ella se sumía en sus pensamientos.

—Bueno, ¿qué hay entre Chiara y él? —preguntó Morana, rompiendo el silencio.

—¿Quién?

—¡Dante! —exclamó ella poniendo los ojos en blanco.

Él la observó de reojo, con una sonrisa, antes de apartar la mirada.

—Deberías preguntárselo a él.

—Y lo haré. Solo quería saber tu opinión —explicó Morana.

Dante resopló y se rio.

—Chiara es una víbora: elegante, preciosa y venenosa.

Morana desvió la mirada.

—Me ha contado que su marido la violó.

—Así es —confirmó Dante—. Y después empezó a perseguir a chicos que ni siquiera habían alcanzado la mayoría de edad porque no le recordaban a su marido. No malgastes tu compasión con esa mujer, Morana.

Qué retorcido. Sintió que se le revolvía un poco el estómago.

—En fin —dijo, balanceándose sobre los talones—, gracias por ponerte de mi parte hoy.

Dante correspondió a sus palabras con un asentimiento seco. Como no quería que la cosa se pusiera incómoda, Morana le dio las buenas noches y regresó al interior. Estaba deseando dar por terminada esa velada. Solo necesitaba acostarse, una buena noche de sueño, y, cuando se despertara, esa pesadilla habría mejorado.

Morana subió la escalinata, por fortuna sin encontrarse con nadie, siguió hasta su habitación y abrió la puerta. Entró y cerró sin mirar atrás, pero se dio cuenta de que no había oído ningún golpe tras ella. Se quedó inmóvil un segundo, y después se giró. Descubrió que Tristan Caine sujetaba la puerta abierta, apoyado contra el marco.

Ah, no. Ni de coña. No, no y mil veces no. No estaba de humor para lidiar con él esa noche.

Morana lo ignoró. Se giró de nuevo, se acercó al tocador y se quitó los zapatos de tacón. La puerta se cerró a su espalda. Con llave. A juzgar por la reacción de su cuerpo, supo que él seguía dentro.

—Bonito vestido.

Se estaba quitando los pendientes, pero se detuvo. Tristan Caine se unió a ella delante del espejo y Morana clavó la mirada en él.

—Gracias —respondió, quitándose un pendiente—. Maroni me lo mandó como regalo de bienvenida.

Vio a través del espejo que a él le relampagueaban los ojos. Punto para ella.

Él se acercó un paso y casi se pegó a su espalda.

—¿Te ha gustado el bufet?

Morana respiró hondo, con la mirada fija en él.

—De momento solo he echado un vistazo al menú. Pero, a juzgar por lo que he visto, tiene muy buena pinta.

Antes de que pudiera parpadear siquiera, Tristan Caine la pegó al espejo, le enterró los dedos en el pelo y le tiró de la cabeza hacia atrás. Cruzaron la mirada en el espejo. Morana sentía respiración de él en el cuello, cálida y suave. Él hinchaba el pecho, pegado a su espalda, con cada inspiración que tomaba, y ella acompasó el ritmo de su respiración con el suyo. El corazón empezó a latirle con fuerza, la sangre le corrió por las venas. Notaba la excitación por haberlo hecho saltar, por haberlo hecho reaccionar.

—Mira el menú todo lo que quieras, fiera —dijo él, y el whisky y el pecado se derramaron sobre la oreja de Morana y le impregnaron el cuerpo—, pero el único plato que va a llenarte es este.

Morana contuvo un gemido al sentir la caricia de sus dientes en el lóbulo mientras le lanzaba una mirada ardiente.

—No me gusta compartir —dijo.

Él le dio un ligero tirón en el pelo, aspirando su aroma.

—A mí tampoco.

Estaban en una encrucijada. Los dos respiraban con dificultad. Y entonces Morana recordó que había micrófonos en la habitación.

—Nos están escuchando —le recordó.

—Que nos escuchen —replicó él, acariciándole el cuello con la nariz—. Que oigan todo lo que pienso hacerle a cualquiera que te toque. —Le soltó el pelo y le rodeó la garganta con la mano. Morana sentía el pulso desbocado contra su palma—. Le romperé todos los dedos de la mano que te ponga encima —susurró él, escribiendo una sentencia de muerte sobre su piel, mientras ella notaba que los pezones se le endurecían como si sus palabras los estuvieran acariciando, con su enorme cuerpo a la espalda, y miraba el reflejo de ambos en el espejo—. Después le cortaré el cuello, solo un poco, y dejaré que se desangre y grite mientras lo despellejo vivo —continuó, provocándole un estremecimiento de miedo y de placer. Tenía esos relampagueantes ojos clavados en ella y seguía agarrándole la garganta con la mano—. Y luego le prenderé fuego.

Morana se sentía poseída.

—¿Y si quiero que alguien me toque? —dijo, haciéndole la misma pregunta que a Maroni.

Vio que a él le temblaban los labios como si estuviera conteniendo una carcajada. Usó una mano para apretarla contra su cuerpo.

—No vas a querer.

—¿Cómo lo sabes?

—Lo sé —comenzó él, se inclinó hacia su cuello y le pasó los labios por la piel mientras hablaba— porque solo cobras vida para mí.

Morana se estremeció y sintió un millar de mariposas en el estómago. Le tembló la mandíbula. Él tenía razón.

Dispuesta a no quedarse atrás, frotó las caderas de forma descarada contra las suyas y sintió que se le ponía dura a su espalda antes de declarar:

—Eres mío.

Por primera vez desde que lo conocía, lo vio esbozar una sonrisa. Era un gesto pequeño, un tirón en las comisuras de los labios, pero era auténtica y estaba ahí. Y el mundo de Morana dio un vuelco al verla porque se dio cuenta de que Tristan Caine tenía un hoyuelo.

Tenía.

Un.

Puto.

Hoyuelo.

Se quedó mirándolo, sorprendida y desconcertada por algo tan simple, y se preguntó quién habría sido la última persona que lo había visto.

Sus miradas, que seguían entrelazadas a través del espejo, mantenían una conversación propia. Poco a poco la sonrisa de él empezó a desaparecer y ella negó con la cabeza. Levantó un brazo para acariciarle con la palma de la mano la barba corta por primera vez. Y él perdió el control.

Le levantó el vestido por encima del culo con la otra mano al tiempo que ella se inclinaba hacia delante para darle más espacio, sin apartar la mirada en ningún momento. Sintió sus dedos entre las piernas, comprobando si estaba mojada. Estaba empapada.

—¿Estás sana?

Morana sintió el peso de esas dos palabras en su susurro ronco. Sabía que aquello cambiaría las cosas, sabía que los acercaría demasiado. Sin decir nada, asintió. Él también.

Y, también sin decir nada, la rozó con la punta de su miembro. Morana se puso de puntillas para estar a la altura justa y echó las caderas hacia atrás para facilitarle el acceso al mismo tiempo que él le cogía una rodilla y se la levantaba. Apoyó el pie en el borde del tocador y se mantuvo con el otro en el suelo gracias a que él la sostenía. La otra mano permaneció en la garganta de ella, y Tristan Caine no apartó en ningún momento los ojos de los suyos. Morana se dio cuenta de que aquella sería la primera vez que lo viera mientras la penetraba, la primera vez que lo harían sin protección.

La expectación creció; Morana sintió que el latido del corazón le atronaba los oídos y que la piel le hormigueaba allí donde se tocaban. Era consciente de cada aliento que él tomaba.

Y entonces él se la metió de una sola embestida.

A Morana se le escapó un grito. El tocador dio contra la pared. Se quedó sin aire al sentirse tan llena. El hecho de que hubiera micrófonos en la habitación, de que a él no le importase, de que ella tampoco y de que los golpes del mueble sin duda alertarían a los demás habitantes de la mansión sobre lo que estaba pasando le provocó un escalofrío de excitación.

Sin apartar la mirada el uno del otro, entendiéndose a la perfección, él la incorporó para pegarla por entero a su torso y volvió a meterle la polla hasta el fondo, haciéndola arder. Se la sacó casi por completo y el interior de Morana se estremeció por la pérdida, antes de que él la embistiera de nuevo con ímpetu. El espejo golpeó la pared con más fuerza. Ella gimió, con la respiración cada vez más entrecortada mientras que la de él se aceleraba. Morana lo aferró con los músculos internos. Él le soltó la rodilla y le frotó el clítoris con los dedos.

Morana cerró los ojos al sentir la avalancha de sensaciones.

—Mi nombre —gruñó él. Ella entreabrió los ojos para mirarlo a la cara confusa—. Di mi nombre.

Se le paró el corazón. Tomó una honda bocanada de aire y, al hacerlo, sintió lo dentro que lo tenía. Él apretó los dedos con los que le rodeaba la garganta, con esa mano tan grande que se la abarcaba por completo, y Morana sintió la embriagadora mezcla de sentirse en peligro y a salvo al mismo tiempo.

—Caine —susurró con los ojos fijos en los suyos.

Él le mordió el cuello y le tiró un poco de la piel con los dientes.

—Mi nombre.

—Tristan Caine —masculló, y él le pellizcó el clítoris, haciendo que moviera las caderas de forma involuntaria—. Tristan —suspiró Morana, aferrándose con fuerza al tocador.

Él la embistió, casi dejándola sin sentido por el súbito movimiento con el que llegó a tocar ese punto mágico en su interior.

—Ese es el nombre que va a pasarse un buen rato gritando, señorita Vitalio. Apréndaselo.

—Pues entonces deje de hablar y fólleme, señor Caine —lo desafió ella.

El espejo del tocador empezó a sacudirse por la fuerza de sus envites. El ruido de la madera contra la pared seguía el ritmo de sus acometidas. Sus miradas permanecieron conectadas a través del tembloroso cristal mientras él empujaba las caderas y la penetraba una y otra vez, cambiando el ritmo. El interior de Morana se cerraba en torno a él al compás, colmándose y vaciándose. La fricción le extendió fuego por todo el cuerpo, el sudor le impregnó la piel y sus jadeos entrecortados se convirtieron en gemidos roncos que, a su vez, pasaron a ser gritos incontrolables.

—Tristan —jadeó, animándolo a seguir, moviendo las caderas contra él sin dejar de mirarlo. Resultaba erótico verlo de esa manera, verse a sí misma de esa manera; los dos vestidos pero, al mismo tiempo, tan desnudos.

—Más alto —gruñó él entre dientes.

Morana se estremeció.

—¡Tristan! —gimió más fuerte.

Sentía su polla por completo; cada centímetro, cada relieve y cada vena, por primera vez sin ninguna barrera entre ellos. Él empezó a frotarle el clítoris con más fuerza, acelerando el ritmo. Morana se golpeó las rodillas contra el mueble, pero consiguió mantenerse de puntillas y que no se le cayera la pierna del tocador gracias a que él mantenía la mano en torno a su cuello, anclándola al sitio. No la sujetaba con demasiada fuerza, pero sí con la suficiente como para que ella se sintiera rodeada por completo, poseída por completo en ese momento. Morana lo poseía a su vez, intentando retenerlo en su interior cada vez que él la embestía. Poco a poco, el fuego de su interior se concentró en ese punto ardiente mientras todo el cuerpo le temblaba y la cabeza empezaba a darle vueltas por la sobrecarga de sensaciones.

Y entonces él le clavó los dientes en el cuello con fuerza.

Morana explotó y gritó mientras se le aflojaban las rodillas. Se olvidó de mantener el equilibrio y se corrió como nunca lo había hecho, con el corazón totalmente desbocado latiéndole con tanta fuerza que lo sintió por todo su ser. Notó su propia humedad bajándole por los muslos antes de buscar sus magníficos ojos azules en el espejo, que la observaban mientras ella se deshacía como si estuvieran memorizando el momento.

De repente, él se la sacó, la obligó a inclinarse sobre el tocador y Morana vio cómo se acariciaba la polla con el puño. Su rostro mostró un placer agónico cuando se derramó sobre su espalda, manchándole el vestido. Lo observó, fascinada y todavía conmocionada por su propio orgasmo; y lo oyó soltar un gruñido gutural mientras seguía masturbándose durante unos segundos más, exprimiendo hasta la última gota. Después, exhaló despacio.

Abrió los ojos, que había cerrado durante un momento, y miró a Morana. Se metió el miembro en los pantalones y se subió la cremallera. Morana se enderezó lentamente. Vio que él le acercaba las manos a los pechos, aunque no fue para tocárselos. No, no se los tocó, aunque sus pezones suplicaban que los acariciaran con un ansia que solo él podía saciar. No, no se los tocó. Se limitó a agarrar el vestido por el escote con ambas manos y a desgarrarlo de un tirón. El sonido resonó en el dormitorio. La miró fijamente sin bajar la vista ni por un instante a su sujetador, que había quedado totalmente expuesto, ya que el vestido le colgaba de los hombros.

Con cuidado, en silencio, él le bajó las mangas por los brazos y tiró la prenda al suelo.

—Tíralo.

Tras mascullar esa orden, se dio media vuelta y salió del dormitorio, cerrando la puerta tras de sí.

Morana se quedó paralizada. Todo había ocurrido demasiado deprisa como para asimilarlo. ¿Qué cojones acababa de pasar?

Bajó la vista al vestido verde que Maroni le había mandado. Estaba desgarrado, destrozado y manchado con su semen. Mientras lo observaba, Morana empezó a sonreír. Se le escapó una carcajada porque de repente la situación le pareció graciosísima. Recogió la prenda, la llevó a la papelera del cuarto de baño y la tiró. Tarareando por lo bajo, se dio media vuelta para lavarse las manos y mirarse al espejo. Su mirada recayó en la marca roja que tenía en el cuello. Él le había dejado un chupetón. Se lo tocó con tiento, sonriendo de oreja a oreja.

Se dio una ducha rápida, se puso un pijama mono y se metió en la cama, con el cuchillo debajo de la almohada y un cojín pegado al pecho. Se acurrucó y repasó la jornada llena de emociones.

Su primer día en Tenebrae. A pesar de encontrarse en la ciudad y en la casa del enemigo, que estaba llena de desconocidos peligrosos, una burbuja de felicidad anidó en su corazón. Su vida, en muchos aspectos, era mejor que hacía unas semanas. Había encontrado a una verdadera amiga en Amara y a un protector en Dante. Y había encontrado, entre toda la locura y el caos, a Tristan.

Tristan.

Solo Tristan.

Soltó el aire y Morana sintió que se le encogía el corazón al darse cuenta de los enormes pasos que habían dado.

No sabía si al día siguiente él admitiría lo que había entre ellos o si, por el contrario, volvería a ser el de siempre. No sabía cómo iba a responder Maroni a sus palabras. No sabía si alguien intentaría hacerle daño. Lo que sí sabía era que se despertaría y se pondría a descifrar los misterios que la atormentaban. Mañana trazaría un plan para lidiar mejor con los tiburones. Mañana buscaría la manera de lidiar con Chiara. Mañana llamaría a Amara para hablar con ella. Mañana.

Tal vez Morana no estuviera a salvo, pero por lo menos sentía que era importante. Que le importaba a alguien. Y él había empezado a importarle muchísimo a ella.

Y, tal y como se decía, mañana sería otro día.

6

Calidez

Aquella no fue la mejor noche que había pasado Morana, pero tampoco fue la peor.

La peor había sucedido hacía mucho tiempo en la mansión de su padre, cuando uno de sus hombres se coló en su dormitorio. En aquel entonces Morana era joven, sí, pero sabía defenderse. Le dio en la nariz con el pie antes de romperle la lámpara en la cabeza. Asustado por su espíritu de lucha y por el ruido que hacía, él escapó. Para su alivio, su padre lo descubrió y lo castigó. Para su decepción, no lo hizo por haber intentado agredir a su hija, sino por haberse atrevido a desafiar su autoridad bajo su techo. Después de aquel día, Morana se guardó un arma bajo la almohada por primera vez, y desde entonces había dormido todas las noches con una al alcance de la mano, consciente de lo insegura que estaba.

La noche más tranquila, para su sorpresa, tuvo lugar en el ático del hombre que había jurado matarla. Fue después de que su padre destrozara sus esperanzas dejándola caer por la escalera; cuando, sin saberlo, buscó consuelo y seguridad en el territorio de la única persona que debería haberla aterrorizado, pero que no lo hacía. Fue la noche en la que Dante se coló un poquito en su corazón, la noche en la que Tristan la ayudó a sentir una seguridad que no había experimentado nunca en su vida. Se quedó dormida —vulnerable, expuesta, herida y sin armas— con la absoluta certeza de que no sufriría daño alguno a manos de nadie mientras Tristan estuviera allí.

Tristan.

Morana sonrió un poco, todavía con la sensación cálida de la noche anterior en el pecho. Él le había pedido que lo llamara así, y eso iba a hacer. No solo verbalmente, sino en su mente. Por alguna extraña razón, nunca había pensado en él como Tristan a secas. Quizá le había resultado demasiado personal; quizá reflejaba una intimidad que no estaba dispuesta a admitir. Pero él había dejado clara su postura al respecto la noche anterior, y con ello había roto una barrera mental que ella había creado entre ellos. En ese momento, la barrera yacía destrozada, y Morana llevaba en la piel que le pertenecía, para que cualquiera la viese. Porque aquel hombre con la voz de whisky y pecado había exigido que dijera su nombre en voz alta.

Tristan.

Ahora era Tristan.

Su Tristan.

El calor se extendió.

Morana se sentó en el alféizar de la ventana, mirando hacia el exterior. El sol jugaba al escondite con las nubes, tal y como había hecho la luna la noche anterior. La luz se derramaba sobre el exuberante césped verde, y las sombras oscuras se extendían desde la linde de los árboles. A lo lejos brillaba el agua cristalina del lago, con una casa solitaria en su orilla, oculta detrás de esa arboleda que creaba una división visible entre el interior y el exterior. Comprendió lo que había querido decir Dante: Tristan estaba dentro para los de fuera, pero fuera para los de dentro, sin pertenecer realmente a ningún sitio salvo a sí mismo. Comprendió por qué tenía aquel ático en lo alto de un edificio, desde donde podía ver a todo el mundo a través de aquel inmenso ventanal, pero donde nadie podía verlo, a menos que él lo invitara explícitamente a entrar en su territorio. Con esa certeza, aquella primera noche junto a la pared de cristal le pareció más hermosa si cabía; el cambio que supuso para su relación, más crucial.

Unos guardias patrullaban la propiedad, de forma muy parecida a como lo hacían en casa de su padre, pero con menos ostentación. Esos hombres parecían diestros, rápidos. Era evidente en su forma de moverse, en la facilidad con la que portaban las armas. Los observó durante un largo minuto antes de que un movimiento atrajera su atención hacia la casa situada al borde del lago. Alcanzó a distinguir la figura diminuta de Tristan saliendo de ella para detenerse en la orilla, con las manos en los bolsillos y la mirada perdida en la distancia. Fascinada por la oportunidad de observarlo sin que él lo supiera, se limitó a mirar, incapaz de apartar los ojos de él.

Se quedó quieto, de una manera que le pareció sobrenatural, hasta tal punto que a esa distancia bien podría haber pasado por una estatua para cualquiera. Semejante quietud estando solo hizo que Morana cayera en la cuenta de lo poco quieto que estaba con ella. Desde el principio, había irradiado cierta energía, un aura que la había envuelto una y otra vez. Aunque su cuerpo permaneciera quieto, siempre estaba en movimiento: empujando, tirando, rodeando, sujetando, pegándose a ella. No sabía si era algo deliberado por su parte o que no podía controlar (aunque sospechaba lo segundo por la evidente frustración que le mostró al principio), pero suponía un enorme contraste con lo que estaba contemplando en ese momento.

Observó la enorme silueta de Dante que se acercaba con paso ligero a Tristan desde la arboleda. Morana se preguntó dónde estaría su residencia mientras lo veía aproximarse a él. Se quedaron el uno junto al otro, hermanos, de una forma que su mundo no podía comprender, y Dante se sacó otro cigarro del bolsillo. Vio que Tristan le lanzaba una mirada al cigarro antes de volver a dirigir la vista hacia delante. Luego hablaron de lo que fuera que estuvieran hablando. Su lenguaje corporal no delató absolutamente nada del tema. Tristan se quedó como estaba y Dante mantuvo una postura relajada. El sol de la primera hora de la mañana brilló sobre ellos durante un tiempo y ella sintió en los brazos la fría caricia del viento que se coló por el ventanal.

Se arrebujó más con la manta, removiéndose en el alféizar acolchado de la ventana.

Fue como si el movimiento distrajera a los hombres, porque Tristan volvió la cabeza de repente y la miró. Sabía que él no podía verla mejor de lo que ella lo veía a él, pero notó que el calor de esa mirada la calentaba más que la manta. Un escalofrío recorrió su columna y sintió un pálpito entre las piernas por el recuerdo fantasmal de la noche anterior. Apretó los muslos como si aún lo sintiera en su interior.

Dante también se volvió hacia ella. La saludó con la mano que no sostenía el tabaco. Morana sonrió al ver el gesto y se lo devolvió.

Su teléfono vibró.

Tristan Caine
[Imagen]

Morana se quedó mirando fijamente la foto que le había enviado. Era de su tarjeta, con su nombre y sus datos visibles. Confundida, tecleó una respuesta.

???

Levantó la vista hacia la figura de Tristan y vio que estaba mirando el móvil que tenía en la mano. Contestaba el mensaje con el pulgar, porque se había metido la otra mano en el bolsillo. Debió de darle a enviar, porque un segundo después el teléfono de Morana vibró de nuevo.

Cómprate lo que necesites. Supongo que no tienes ni tu tarjeta ni acceso a tu cuenta, o te habrías comprado ropa para que no te la tuviera que prestar Amara.

Morana leyó el mensaje con sentimientos encontrados. No estaba del todo equivocado. Tenía sus tarjetas de crédito, pero la hacker paranoica que llevaba dentro le había impedido comprar online mientras estaba en el ático para no correr el riesgo de alertar a su padre. Por aquel entonces, todavía le importaba que él no la encontrara. A esas alturas y dado que Maroni había tenido la amabilidad de informar a su padre, le importaba una mierda.

> Gracias. Es un detalle, pero puedo
> usar mi propia tarjeta para comprar
> lo que me haga falta.

Lo vio bajar la mirada de nuevo hacia el móvil y, según alcanzó a ver, o exhaló o suspiró. Luego empezó a teclear.

> Usa la que quieras. La tuya o la mía, da igual.
> Lo importante es que no tenga
> que destrozar más ropa.

Bueno, dicho así... Sintió que sus labios esbozaban una sonrisa por la insinuación.

> Entonces a lo mejor tengo que aceptar
> más ropa de Maroni solo para
> que me la arranques. Me gustó.

Morana levantó la mirada despacio y lo vio con la vista clavada en la ventana. En ella. El corazón empezó a latirle con fuerza, solo por ser testigo de su reacción tras ese mensaje. Sus ojos no se apartaron del ventanal durante un largo momento, tras el cual Tristan volvió a prestarle atención al móvil.

Soltó un suspiro que no sabía que había estado conteniendo y sintió de nuevo la vibración del teléfono en la mano.

> Compra.

Morana resopló, un tanto desanimada por esa respuesta tan decepcionante. Esperaba un mensaje más parecido a «Yo, Tarzán; tú, Jane». Su móvil vibró de nuevo y lo miró al instante. Sorprendentemente, el mensaje procedía de otro hombre.

Dante Maroni
Querida Morana, no sé lo que acabas
de decirle a Tristan pero, por favor, no vuelvas
a hacerlo.
Ya se muere de ganas de ir a darle un puñetazo
en la cara a mi padre, y eso sería un gran
inconveniente para nuestros planes. No quiero
entrometerme en lo que sea que esté pasando
entre vosotros, pero, por favor, no lo provoques
ahora. Lo necesito concentrado. Gracias. Dante.

Morana soltó una carcajada al leer la forma en que Dante había redactado el mensaje. El humor estaba implícito, y también la exasperación que ella se imaginaba en su expresión al enviarlo. Saber que lo que Tristan escribía y lo que sentía era muy distinto la devolvió a la cresta de la ola. Se preguntó cuántas veces lo había «provocado», como lo había descrito Dante con tanta elocuencia. Bueno, ya que estaba provocando...

Querido Dante, por supuesto. Lo entiendo
perfectamente. Si Tristan supiera que me estás
contando esto, supongo que querría pegarle a
otro Maroni más, pero eso no viene al caso. Por
cierto, ¿puedes pasarme el número de Amara?
Quiero hablar con ella. Gracias. Morana.

Ya tenía el número de Amara, por supuesto. Solo quería tocarle las narices.

Quiere pegarme cada cinco minutos.
Yo quiero pegarle cada cuatro. Y sé que
ya tienes el número de Amara. Salúdala
de mi parte. Gracias.

Morana sonrió.

> Admiro el autocontrol que tenéis
> los hombres. Y no quiero entrometerme
> en lo que sea que esté pasando entre vosotros.

Touché.

Por primera vez, Morana se sentía llena de energía y estaba muy contenta de tener una relación poco convencional en la que podía ser ella misma sin preocuparse por ello, de tener una amistad en la que podía tomar el pelo y que se lo tomaran a cambio. Se sintió liberada de una forma que no podía explicar. Mientras desterraba esos pensamientos y planeaba lo que haría ese día, le envió otro mensaje a Dante.

> Ya que me has invitado
> a ir a tu residencia cuando lo necesite,
> tengo tres preguntas.
> a) Hay micros o cámaras ocultas?
> b) Hay cocina?
> c) Tienes wifi?

Vio a Dante hablar de algo con Tristan, quien asintió, tras lo cual Dante tecleó su respuesta. Interesante.

> a) No, no hay invasión audiovisual
> de la intimidad. Hay cámaras de seguridad
> en el exterior, pero ninguna en el interior.
> b) Sí, hay una cocina con un frigorífico
> bien surtido para que puedas comer.
> También puedes pedir algo de la casa principal
> y alguien del personal te lo llevará.
> c) Y sí, por supuesto, tengo wifi. Supongo
> que quieres trabajar allí, no?

> Sí, si te parece bien. Me gustaría
> ponerme al día sobre la búsqueda
> del programa. Después de todo lo
> que ha pasado, es hora de retomar el tema.

En cuanto a lo demás:

a) Estupendo. Me sentiré más cómoda haciendo llamadas y trabajando donde sepa que nadie me oye ni me observa.

b) Me sentiré más cómoda comiendo allí que pidiendo algo a la casa. En el mejor de los casos, alguien escupiría en la comida; en el peor, me envenenarían.

c) Llevaré mi equipo.

Muy bien. Allí no te molestará nadie. Ponte cómoda y avísame si necesitas algo más.

Morana miró el sencillo mensaje y se le empañaron los ojos. Parpadeó para librarse de la sorprendente humedad y tecleó:

Gracias. Solo necesito que me digas cómo llegar.

Enviaré a alguien para que te acompañe.

Gracias.

Tras apartarse del ventanal, se puso rápidamente unos vaqueros cómodos y una camiseta, metió los pies en unas bailarinas, contenta de poder empezar a organizar sus cosas ese día. Se cepilló el pelo, se pintó los labios de rosa, se puso las gafas y sacó el cuchillo de debajo de la almohada. Acto seguido, cogió el maletín del portátil de una de las estanterías y guardó todo lo importante que iba a necesitar para el día, incluido el cuchillo en uno de los bolsillos interiores, y cerró la cremallera. Tras colocarse el asa al hombro, cogió el móvil de la cama y estaba a punto de echar a andar hacia la puerta cuando vio que tenía una notificación.

Al desbloquearlo, se encontró con otro mensaje de Tristan.

Dante y yo estaremos todo el día fuera.
No hables con nadie. No vuelvas
a la mansión hasta que regresemos.

Morana levantó una ceja al captar el tono del mensaje y negó con la cabeza.

Sí, señor Caine. Por supuesto,
señor Caine. Algo más, señor Caine?

Pasaron unos segundos hasta que llegó su respuesta.

A ver si esta noche eres
tan graciosa.

Morana sintió que se le cortaba la respiración.

Qué pasa esta noche?

Voy a hacer algo que debería
haber hecho hace mucho tiempo.

El qué?

Encargarme de esa boca
que tienes, fiera.

«Ay, Dios».

Morana levantó la mano libre para abanicarse la cara, aunque la brisa hizo bien poco para aliviar los latidos acelerados de su corazón o el rubor de sus mejillas acaloradas solo por esas seis palabras. ¡Seis dichosas palabras! «Encargarme de esa boca que tienes». ¿Qué le pasaba a su boca? ¿Qué iba a hacer con ella? ¿Iba a acariciarle los labios? ¿Morderla? ¿Besarla con lengua? ¿O se trataría de algo más carnal? ¿Le permitiría saborearlo con ella? ¿Explorarlo? Explorar los músculos de su pecho, recorrer sus pectorales, lamer sus cicatrices, besar sus abdominales, bajar y bajar y bajar…

«Ay, Dios».

Sentía que todo el cuerpo le vibraba por culpa de esos pensamientos, por culpa del deseo que le corría por las venas a toda velocidad, haciendo que todo le palpitara. Tras desterrar esas fantasías, respiró hondo e intentó concentrarse de nuevo. Siguió respirando despacio y al cabo de unos minutos, cuando sintió que la piel ya no le ardía, se guardó el móvil en el bolsillo y salió de la habitación. Por suerte, no vio a nadie acechando al otro lado de la puerta.

Cerró el dormitorio con llave (como si eso fuera a cambiar algo en la mansión de los Maroni), echó a andar hacia la escalinata y bajó, ansiosa por salir y alejarse de allí lo antes posible para ir a la residencia de Dante. Ese día tenía cosas que hacer, entre ellas comprarse ropa online y llamar a Amara. Lo que le había dicho a Dante era cierto. En los últimos días, con todo lo que había ocurrido entre Tristan y ella, el motivo por el que se habían conocido había quedado relegado a un segundo plano.

Todavía había un peligroso programa ahí fuera, a saber dónde. Todavía había alguien perverso que intentaba inculpar a Tristan. Todavía había alguien misterioso experto en informática que le enviaba información aleatoria. Y a esas alturas también había otra cosa más que sabía que iba a investigar, sin decírselo a nadie: la desaparición de las niñas hacía veinte años. Con independencia de la relación o la dinámica que tuviera con Tristan, lo cierto era que a ella la habían secuestrado y la habían devuelto a su casa mientras las demás niñas desaparecidas jamás fueron encontradas, y eso la inquietaba. Necesitaba descubrir esos secretos enterrados. Y si había alguna posibilidad de hallar a Luna, lo haría. Pero hasta que no tuviera pruebas concretas de algo, no le diría nada a él.

Perdida en sus pensamientos, Morana no vio a Maroni salir del salón mientras ella se dirigía a la puerta principal.

—Morana.

Su voz la paró en seco. Se volvió y vio al hombre caminando hacia ella, con esa sonrisa espeluznante que siempre le provocaba un escalofrío. Se preparó, apretando con fuerza el asa del maletín del portátil.

—Señor Maroni —lo saludó con voz tranquila y serena.

El Sabueso se detuvo tan cerca que invadió su espacio personal y ladeó la cabeza mientras la examinaba con esos ojos oscuros.

—Sabes que llevo años intentando llegar a Tristan. Anoche fue la primera vez que lo vi reaccionar.

Morana guardó silencio y dejó que el hombre hablara y la observara, manteniendo el rostro carente de toda emoción.

Maroni sonrió.

—Es interesante, ¿verdad? Las cosas que le he hecho a ese muchacho... He intentado doblegarlo durante veinte años. Cuanto más lo intentaba, más fuerte se hacía. —Suspiró. Morana sintió que le hervía la sangre, aunque permaneció callada—. Torturas, asesinatos... Ni se inmutaba. Había empezado a creer que era la máquina de matar perfecta. Hasta anoche, cuando lo vi con mis propios ojos. Creo que, por fin, he encontrado su talón de Aquiles. Así que gracias, Morana.

El veneno que sentía en su corazón por ese hombre alcanzó un nuevo nivel. La sonrisa que esbozaba por la simple idea de someter a una persona que a ella había llegado a importarle mucho hizo que sus instintos despertaran como nunca lo habían hecho. Que semejante monstruo hubiera engendrado a un ser humano como Dante era una maravilla. Sin embargo, contuvo todas sus emociones y miró a Maroni con una sonrisa almibarada.

Morana contempló con satisfacción cómo la sonrisa de él vacilaba, un poco solo, bajo la cuidada barba.

—Se equivoca, señor Maroni —replicó en voz baja y suave—. Con su mente limitada, supone que las mujeres solo podemos ser dos cosas: esposas o putas. Yo no soy ninguna de las dos. Soy una mujer que se ha liberado de los grilletes que me habían puesto los hombres como usted. Soy una mujer que ha descubierto esa libertad gracias a dos hombres buenos que me han hecho volver a creer. —Maroni abrió la boca para hablar, pero ella se lo impidió levantando una mano. Acto seguido, se inclinó hacia delante, mirándolo fijamente a la cara, aunque era mucho más alto que ella, y añadió con voz amenazadora—: No soy una víctima. Soy la venganza —afirmó—. Recuerde mis palabras, señor Maroni. Le haré pagar por todas y cada una de las cicatrices que ha dejado en Tristan. Por todo el daño, por mínimo que sea, que le ha infligido a Dante. Por haber desterrado a Amara de su hogar. Y por todas las niñas que desaparecieron.

—Lo vio abrir los ojos un poco al oír eso último y asintió—. Sí, sé que está implicado. Aunque desconozco de qué manera. Sin embargo, cuando me entere, lo pagará.

—Si vives lo suficiente —la amenazó Maroni, desaparecido cualquier asomo de civismo de su rostro.

Morana soltó una risa despreocupada.

—Dice que nunca había visto reaccionar a Tristan hasta anoche. Pruebe a matarme y verá qué puto infierno le cae encima. Inténtelo. Lo desafío.

La mano de Maroni se acercó a su cuello al oír su insolencia y se quedó suspendida en el aire, a centímetros de su piel. Morana miró esa mano y luego clavó de nuevo los ojos en los suyos, inquebrantable.

—No tienes ni idea de lo que acabas de hacer, niña —susurró Maroni con una mirada letal.

Debería sentirse aterrorizada. Ese era el hombre que hacía temblar a los hombres adultos. Pero ella había presenciado otros ojos con mucha más muerte en ellos, con mucha más rabia que los del Sabueso.

—Le he dicho que no me amenazara —repuso con la misma voz serena de antes—. Acaba de hacerlo. A partir de ahora verá cómo van cayendo las fichas del dominó.

—¡Un respeto, niña! —le soltó Maroni.

Morana levantó una ceja.

—El rey ha muerto. ¡Viva el rey!

Y con esas palabras se dio media vuelta y salió por la puerta de la mansión hacia la hermosa y cálida luz del sol. Morana sentía la adrenalina recorriéndole el cuerpo, revolviéndole las entrañas con el veneno que le provocaba ver que ese hombre seguía respirando después de todo lo que había hecho. Sabía en lo más hondo que, de algún modo, estaba implicado en la desaparición de las niñas. No era invencible, y ella iba a demostrárselo.

La figura silenciosa de Vin, de pie junto a una de las columnas del atrio, la hizo detenerse. Estaba callado, igual que cuando la acompañó a su habitación.

—¿Vas a escoltarme hasta la casa de Dante? —le preguntó, medio esperando que no respondiera.

El hombre la sorprendió con un escueto «sí» en voz baja, tras lo cual se sacó las gafas de sol del bolsillo de su traje oscuro y le hizo un gesto para que caminara a su lado.

Morana se mantuvo a su altura mientras se dirigían hacia el oeste de la propiedad, observando todo lo que los rodeaba. Los hombres que había visto desde su ventana seguían patrullando los terrenos. Una gran superficie de césped separaba la mansión y la arboleda del norte, tras la cual se encontraba el lago. Hacia el oeste podía ver dos residencias, una pintada de blanco y la otra sin pintar, con la fachada de ladrillos rojos, situadas prácticamente en extremos opuestos de la propiedad. La blanca era una mansión enorme, y se alzaba un poco más atrás que la roja. Tenía cuatro plantas y una azotea, y barandillas negras de hierro forjado en los balcones. La construcción de ladrillo rojo era muchísimo más pequeña, de tres plantas, con tejado inclinado y un sencillo porche que recorría todo el perímetro.

A esa se dirigían.

—La de la derecha es la de Dante —dijo Vin, interrumpiendo su silencioso paseo, al tiempo que señalaba la casa de ladrillo rojo.

A Morana le sorprendió el hecho de que a) le ofreciera la información, y b) llamara a Dante por su nombre de pila. Tomó una nota mental para analizarlo más tarde y aprovechó la oportunidad para sonsacarle más datos.

—¿Y el edificio blanco que hay detrás, a la izquierda? —le preguntó, siguiendo el enérgico ritmo de sus pasos.

—Es donde vive el personal —contestó Vin—. Dentro hay apartamentos.

Morana asintió con curiosidad.

—¿Y el centro de entrenamiento?

El paso de Vin vaciló una fracción de segundo antes de que lo retomara al tiempo que la miraba de reojo bajo sus gafas de sol. Morana mantuvo una expresión inocente en la cara.

Después de un largo silencio, cuando ya pensaba que no respondería, Vin dijo:

—Está en la dirección opuesta. Le aconsejo que se mantenga lo más lejos posible de ese lugar.

«Anotado».

—¿Por qué me diste ayer el cuchillo? —dijo, haciéndole la pregunta que le rondaba la cabeza desde que lo había visto esperándola—. No es que no te esté agradecida, que lo estoy. Pero no entiendo el motivo. —Cerró la boca y parpadeó, sorprendida consigo misma. En sus pensamientos parloteaba mucho. Todo el tiempo. Pero era la primera vez que lo hacía en voz alta. Tenía que ser más cuidadosa, mucho más cuidadosa. Vin se encogió de hombros. Y guardó silencio. No le bastó—. En serio —insistió—. Necesito saber si eres de los buenos.

Vin la miró de nuevo.

—Aquí no hay ningún hombre bueno, señorita. Pero ¿voy a meterle una bala en la cabeza? No, a menos que me traicione personalmente. Si cabrea a otro, no nos incumbe ni a mí ni a mi pistola.

Muy bien, eso sí le bastaba.

Asintió, contenta de haber despejado esa incógnita. Al llegar a casa de Dante, Vin llamó con brusquedad a la puerta. Unos segundos después, la abrió una mujer mayor de pelo canoso, rostro amable y arrugado, y con los mismos impresionantes ojos verdes de Amara. No podía ser otra que su madre. Que Dante la hubiera llevado a su residencia como ama de llaves dejaba muy claro el tipo de hombre que era.

Vin se despidió de ambas con un gesto de cabeza, y se marchó sin decir palabra. Nada más ver a Morana, la mujer esbozó una sonrisa de oreja a oreja que dejó a la vista sus hoyuelos. Acto seguido la sorprendió muchísimo al extender sus manos encallecidas tras años de duro trabajo para cogerle las suyas, con los ojos empañados por las lágrimas.

—Mi hija me ha dicho que eres su amiga —le dijo la mujer con una voz que tenía un marcado acento—. No tiene muchos, ¿sabes? Te lo agradezco.

La pureza del corazón de esa señora conmovió algo en el interior de Morana que creía muerto desde hacía mucho tiempo. Acababa de presenciar el amor universal de una madre. Tras darle un apretón en las manos a la mujer con todas las emociones que la embargaban, le dijo con suavidad:

—Su hija es la persona más amable y generosa que he conocido. Se ha convertido en una verdadera amiga para mí. Y sé que la echa mucho de menos.

La mujer sonrió entre lágrimas y retiró las manos para secárselas. Abrió más la puerta e invitó a Morana a entrar.

—Pasa, niña —le dijo cariñosamente, y cerró la puerta después de que ella entrara, tras lo cual la guio hacia el interior.

La casa era cálida. Las paredes, las cortinas, los muebles de madera, los tonos marrones, rojos y cremas la envolvieron en su calidez. En el ambiente flotaba una mezcla de olores: huevos revueltos, café y pachulí, mientras las ventanas abiertas dejaban entrar la suave brisa y el tintineo de los carillones de viento que colgaban en el exterior. No se parecía a ningún otro lugar en el que hubiera estado. Era una casa cálida. Acogedora. Agradable.

—Dante me dijo que vendrías —siguió la mujer, guiándola hacia un cómodo y mullido sofá marrón en el que la invitó a sentarse. Morana se hundió en el cojín—. Estás en tu casa. ¿Has desayunado?

Morana negó con la cabeza, abrumada por todas las emociones. La mujer sonrió.

—Te traeré café y algo de comer. Te gusta el café, ¿verdad?

Morana asintió. La mujer le acarició la coronilla con suavidad, tal y como una madre haría con una hija sin pensar, tal y como ella lo habría hecho innumerables veces antes. Era la primera vez que alguien le acariciaba así, que ella recordara. Sintió que le temblaba la barbilla.

—Ponte a trabajar y si necesitas algo, llámame. —La mujer se volvió para marcharse.

—¿Cómo se llama? —le preguntó Morana de repente.

La mujer sonrió, y su rostro se iluminó y se arrugó.

—Puedes llamarme Zia, por supuesto. Así me llama Dante.

Morana sonrió mientras la mujer se alejaba y soltó el aire. Más conmocionada de lo que esperaba por el simple encuentro, sacó con manos temblorosas el portátil del maletín, así como todo lo demás. Lo colocó despacio en la mesa que tenía delante y luego se sentó con las piernas dobladas bajo el cuerpo.

Zia volvió con una bandeja en la que llevaba una tortilla de aspecto delicioso, rebanadas de pan tostado, fruta fresca y un café. Morana le dio las gracias mientras disponía la bandeja sobre el regazo y ella se marchó, cerrando la puerta para ofrecerle intimidad. Al oír que le rugía el estómago por no haber comido casi nada en la cena, se zampó el desayuno con ganas. Al cabo de unos minutos, los platos estaban vacíos y su estómago, contento.

Después dejó la bandeja en el suelo a su lado, bebió un sorbo de café y se puso con la primera tarea del día: las compras. Normalmente no tardaba mucho en elegir ropa. Conocía su estilo y sabía lo que le gustaba ponerse. Pero esa mañana se tomó su tiempo para escoger conjuntos que iban desde «ropa cómoda para salir a la calle» hasta «ropa incómoda pero elegante de narices». Zia entró y se llevó la bandeja con otra sonrisa, que ella le devolvió. Y luego pasó a la ropa interior. Quería lencería buena y sensual, pensando en alguien en particular y en su tendencia a arrancarle la ropa. Después los zapatos y el maquillaje. Por último, los accesorios. Cuando acabó con todo, la mañana había quedado atrás. Había invertido muchas horas y dinero, pero se sentía muy bien. Programó la entrega para el día siguiente, introdujo la dirección del complejo y se levantó.

Tras desperezarse, echó a andar hacia el ventanal del salón y contempló la propiedad desde la ventajosa posición. Desde allí podía ver la bestial mansión colina arriba en todo su esplendor, además de los jardines y la verja de la entrada. Desde allí también podía ver el lago, más abajo, y la casa de la orilla. Aunque seguía bastante lejos, estaba más cerca que desde el ventanal de su habitación. Alcanzó a atisbar que era una estructura marrón de dos plantas, nada más.

Sin apartar los ojos de la vivienda, se sacó el teléfono del bolsillo y marcó el número de la mujer a la que ya consideraba su amiga. Amara contestó al segundo tono.

—Morana —la saludó con su voz grave y ronca.

De no haber sabido su triste historia ni haber visto la terrible cicatriz que le atravesaba la garganta y dañaba sus cuerdas vocales, Morana habría pensado que tenía una voz hecha para el sexo. Pero algo tan brutal no podía asociarse con algo hermoso. ¿O sí?

Se sacudió mentalmente para librarse de esos pensamientos y replicó con toda la emoción que sentía:

—Gracias a ti, he conocido a dos personas que me han recibido de maravilla.

Amara se rio entre dientes.

—Ese lugar es una trampa. Las mujeres tenemos que cubrirnos las espaldas mutuamente. Se me ocurrió que te vendría bien contar con todo el apoyo posible.

—Te lo agradezco —contestó ella con una sonrisa—. Gracias. Por todo.

—De nada, Morana —replicó la suave voz de Amara. Tras un momento de silencio, preguntó—: ¿Qué tal Tenebrae?

Morana soltó una carcajada.

—El tiempo ha sido bueno hasta ahora. La gente, sorprendente.

—¿En qué sentido?

—Bueno —Morana plantó el culo en el alféizar del ventanal y empezó a juguetear con el borde—, como te decía, tu hermanastra me sorprendió. Tu madre también.

—Yo que tú no me fiaría del todo de Nerea —le advirtió Amara sorprendiéndola—. A ver, conmigo siempre ha sido buena y me quiere mucho. Pero tú eres una desconocida y es una mujer dura. Le he hablado bien de ti, pero sinceramente dudo que la veas mucho. Casi siempre está fuera de la ciudad.

Morana sintió que se derretía por dentro ante la sinceridad de Amara.

—Vale. De momento no he notado nada raro, pero tendré cuidado. Por cierto, tu madre me dijo que la llamara «Zia». ¿Se llama así o significa algo?

Morana percibió la sonrisa de Amara en su voz.

—Significa «tía».

«Tía». Una mujer a la que no había visto en la vida le había pedido que la llamara «tía» solo porque se había portado bien con su hija. Nunca había tenido una tía. Mucho menos una que le acariciara el pelo con cariño y le preparase comida. Sintió un nudo en la garganta.

—Es una mujer maravillosa —continuó Amara, interrumpiendo sus cavilaciones emotivas—. Pero no le cuentes tus secretos porque se los contará a Dante. Quiere a ese hombre con locura.

—¿Porque tú lo quieres? —le preguntó, antes de darse cuenta de repente de que tal vez no debería haberlo dicho.

Para su alivio, Amara se echó a reír con una carcajada entrecortada por la herida en sus cuerdas vocales.

—No. Bueno, es posible. ¿Quién sabe? Mamá siempre ha querido a Dante, incluso cuando nadie sabía que yo estaba enamorada de él. Creo que simplemente desarrolló un instinto maternal hacia él después de que su madre muriera. —Morana quiso preguntar más al respecto, pero no lo hizo porque sabía que Amara no compartiría con ella nada relacionado con Dante. Tras una breve pausa, su amiga preguntó por fin—: ¿Cómo está?

Morana no pudo contener la sonrisa que asomó a sus labios.

—Bien. Ya me ha cubierto las espaldas en múltiples ocasiones con su padre.

Amara soltó el aire de golpe.

—Eso está bien. Me alegra oírlo.

Morana titubeó.

—¿Sabes si algún día podrás volver a casa?

—No. Al menos no hasta que Maroni abandone el trono o Dante se case con alguna otra.

—¿Y eso no te molesta? —quiso saber Morana.

La voz de Amara se suavizó.

—Antes sí. Ahora ya no. Puede estar con quien quiera.

Morana cambió de postura en el alféizar y decidió dejar el tema, consciente de que estaba hurgando en viejas heridas.

—Por cierto, ¿sabes algo de Tristan y Chiara Mancini?

Silencio. Durante un largo momento. Después Amara suspiró.

—Tristan fue la primera aventura extramatrimonial de Chiara después de llegar a Tenebrae. Lo eligió porque acostarse con él heriría los egos de su marido y de Lorenzo. Creo que él se acostó con ella precisamente por la misma razón.

Morana tragó saliva.

—Me dijo que ha sido una constante en su vida durante bastante tiempo.

Amara se burló de inmediato.

—¡Uf, ni caso! Es una víbora. —Dante había dicho lo mismo. Interesante—. Querría que creyeras eso porque es el tipo de mujer que se siente amenazada de inmediato por cualquier otra. Más lista, más guapa, da igual. Además, si hay alguna que haya sido una constante en la vida de Tristan eres tú, incluso en tu ausencia.

—Eso emocionó a Morana, aunque resultara un poco retorcido. Dejó escapar un suspiro aliviado. Al oírla exhalar, Amara añadió con firmeza—: Morana, no les des el gusto, ni a ella ni a los demás, de dejar que sus palabras te afecten. Lo que dije iba en serio. Nunca he visto a Tristan tan vivo como cuando está contigo. De verdad que creo que tenéis la posibilidad de construir algo bueno. No permitas que nada lo arruine, mucho menos en ese lugar. Esa casa está llena de gente a la que le encantaría ver destruido a Tristan. Así que debes ser fuerte por el bien de los dos.

Morana respiró hondo.

—Lo haré. Gracias, Amara.

—No hay de qué, ya te lo he dicho —replicó su amiga con su voz suave y ronca—. Si necesitas información privilegiada o una conversación entre chicas, aquí me tienes. Me gustaría que siguiéramos siendo amigas, independientemente de lo que ocurra con Tristan o Dante.

Morana empezó a toquetearse la camiseta sonriendo.

—A mí también me gustaría.

—Genial. Tengo que dejarte, pero luego hablamos, ¿vale?

—Vale. —Morana miró al cielo y sintió que se había quitado un peso de encima.

Después de despedirse de Amara y de hacer otra llamada, soltó el móvil y observó el paso de las nubes por el cielo azul, la mezcla de grises y blancos que se fundían, creando algo mágico. Y se maravilló. Se maravilló de todo lo que había ganado en unas cuantas semanas. En muy poco tiempo, tenía amigos y relaciones. Gente que se preocuparía por ella si le pasaba algo, gente a la que a su vez quería proteger.

Esa nueva emoción que crecía dentro de su pecho era algo muy extraño. Se aferró a ella con todas sus fuerzas, atesorándola.

Porque era importante.

7

Abrazo

Morana volvió a darle las gracias en silencio a Amara por haberle dicho la verdad. Que Tristan no hubiera estado mucho tiempo con esa mujer, como ella había querido hacerla creer, la relajó. Morana había sido la única constante en su vida, aunque estuvieran unidos por un pasado traumático. Sin embargo, tenían la posibilidad de algo hermoso. Así lo había intuido, sentido y saboreado.

Con esa alegría inesperada, comió un poco de la ensalada que Zia le había dejado discretamente mientras hablaba con Amara, y por fin se puso en modo trabajo. Debía rastrear el programa. Y lo más importante: había que contener cualquier daño que hubiera hecho o que pudiera hacer. Se apresuró a crear un nuevo software, tal y como unos días antes le había dicho a Dante que haría. Ese nuevo programa la alertaría en cuanto se ejecutara el original y frenaría cualquier daño que quisieran hacer. Además de eso, también lo estaba personalizando para que rastreara y localizara cualquier función del programa original, de modo que si en algún momento se ejecutaba por separado, sin importar el lugar, ella lo sabría. Dado que el ladrón tenía conocimientos de informática, no quería correr ningún riesgo.

Estuvo horas concentrada en el trabajo. Se había puesto los auriculares para escuchar su lista de reproducción instrumental relajante y las gafas. Zia entraba y salía, sin molestarla ni una sola vez y siempre cerraba la puerta cuando se iba. Oyó que su móvil vibraba, pero ni lo miró. Unas cuantas horas después, con los dedos agarrotados, por fin había puesto en marcha el nuevo software; la trampa estaba preparada. Su genialidad solo tenía una pega: quien tuviera el programa original debía usarlo o el nuevo no detectaría nada. Se podría pasar años funcionando sin más. Pero ella confiaba en que el culpable lo utilizara. Si no, ¿por qué iba alguien a llevar a cabo la elaborada estratagema de hacer que Jackson se interesara por ella y lo robara para después inculpar a Tristan? Tendrían que ejecutarlo en algún momento, ¿no? Si no, ¿para qué lo habían robado?

Cansada tras haber pasado horas concentrada en la tarea, Morana se desperezó para estirar la espalda rígida y se crujió el cuello a la vez que miraba por el ventanal. Ya había oscurecido. El tiempo había pasado volando mientras ella trabajaba imperturbable. Era uno de los mejores códigos que había hecho.

Cogió el teléfono para echarle un vistazo a la notificación que había llegado y vio que era de su padre.

En serio estás en Tenebrae?

Morana contempló el mensaje durante un buen rato, preguntándose si debía responder, pero decidió no hacerlo. A la mierda con él y con sus planes. No le debía nada. Por primera vez en la vida, tenía algo bueno, incluso en medio del caos. No iba a dejar que él lo estropeara. Nunca más.

Asqueada, arrojó el teléfono sobre el cojín que tenía a un lado y puso los pies encima de la mesa, cruzando los tobillos. Tras colocarse el portátil en el regazo, minimizó los programas que estaba utilizando y abrió otra ventana. Ver el nombre de su padre le había recordado algo que había querido averiguar desde que escuchó a escondidas la conversación de Dante y Tristan la noche de la Elección, como a ella le gustaba llamarla. Sí, con mayúscula. Dante había mencionado que Tristan entró en el territorio de su padre cuando ella desapareció. Y Morana sentía una enorme curiosidad por saber qué había ocurrido.

Por eso iba a ver las imágenes de las cámaras que había instalado hacía años en el gabinete de su padre, de cuya existencia él no estaba enterado. Aunque en aquel entonces ella había estado al margen de todo lo que sucedía, quiso ponerse al día. ¿Y qué mejor manera de hacerlo que poner cámaras en el gabinete del jefe? Ver y escuchar las conversaciones la mantenía informada y, además, le permitía acumular munición de peso que usar contra muchísimos hombres de su mundo. El más importante, su padre. Conocía la mayoría de los trapos sucios en los que estaba implicado, había tomado nota de conversaciones y reuniones, y las había archivado por si algún día las necesitaba.

Eran su seguro.

Cerró los ojos al pensar en la decepción y en el dolor que le había causado ese hombre, pero los desterró y se concentró en lo que tenía entre manos, que era más importante. Tecleó con rapidez las múltiples contraseñas, se conectó al sistema de videovigilancia e introdujo la fecha del día que quería ver. Puso la hora posterior al último mensaje que Tristan le había enviado y pulsó «intro».

La pantalla se iluminó y vio la imagen que grababa la cámara, oculta en la esquina superior derecha del gabinete de su padre. Estaba vacío. Avanzó unos minutos y pulsó «play» cuando vio que entraba su padre nervioso. Cogió el teléfono del gabinete y empezó a hablar. Su voz era dura y se oía entrecortada a través de los auriculares.

—¿Está hecho?

Morana sabía que se refería a la explosión de su coche, de su querido coche. Al parecer, lo que le dijo la otra persona no le gustó mucho. Su padre se sentó en su sillón y se llevó una mano a la frente.

—¿Cómo que los hombres no contestan? ¡Llámalos! Necesito saber si se han ocupado de ella.

«Ocupado de ella». Qué bonito…

A partir de ese momento se limitó a observar impasible. Su padre colgó el teléfono y se quedó mirando por la ventana durante un buen rato. Le habría gustado pensar que veía en él un atisbo de remordimiento, una pizca de tristeza en su interior después de lo que acababa de hacerle a su única hija, pero no lo creía. Un hombre que dejó que su hija se cayera por la escalera, que ordenó que colocaran un artefacto explosivo en su coche, era incapaz de sentir remordimientos. La única razón por la que se había puesto en contacto con ella ahora era porque Maroni lo había informado de su presencia y eso lo sacaba de quicio.

En ese momento algo llamó la atención de su padre. Morana sintió que el latido del corazón se le aceleraba.

Inclinándose hacia delante sin darse cuenta, observó, atónita, que Tristan irrumpía hecho una furia en el gabinete. Sin avisar, sin dar explicaciones. Entró sin más, como si fuera el dueño del lugar, con el cuerpo en tensión, listo para atacar en cualquier momento y sin mirar siquiera a los tres hombres que lo seguían apuntándole con sus armas. Era una bomba de relojería y la cuenta atrás se había activado.

—Se ha colado ahora mismo —dijo uno de los guardias, jadeando, a modo de explicación—. Hemos intentado detenerlo, pero se ha cargado a dos hombres.

Morana observó, hipnotizada y conmocionada, que Tristan Caine... No, que el Cazador se sentaba en una de las sillas colocadas frente a la mesa de su padre, con todo el cuerpo irradiando una rabia que nunca había visto en él. Con el corazón martilleándole en el pecho, no se atrevió a mover ni un músculo mientras veía cómo aumentaba la tensión en la estancia.

—Me acuerdo de ti, muchacho —dijo su padre, que se acomodó en su sillón sin apartar los ojos de Tristan—. Le disparaste a tu padre a bocajarro entre ceja y ceja. Solo eras un crío. Es algo difícil de olvidar. No te reconocí cuando nos encontramos hace poco. Ahora ya sí lo hago.

El Cazador se limitó a mirarlo.

—¿Dónde está Morana?

Su padre sonrió como lo hacía Maroni.

—Y también recuerdo que te acercaste a ella y le limpiaste la sangre de la cara.

Morana sintió que se le aceleraba el pulso. No se acordaba de nada del incidente, pero la simple noción, la simple idea de que aquel niño le hubiera limpiado la cara a un bebé, que hubiera tenido ese gesto con ella, hizo que se le encogiera el corazón.

—¿Dónde está?

—Y la forma en la que la mirabas tan fijamente en el restaurante —continuó su padre, fingiendo no inmutarse por la mirada de un hombre letal. Sin embargo, ella sí veía indicios de preocupación en él. Tenía un tic nervioso en una mejilla—. Es sorprendente, ¿verdad? ¿Las mujeres que pueden atraerte? Quería casarla con el hijo de uno de mis socios. Lo tenía todo planeado. Pero esa puta se abrió bien de piernas para ti, ¿me equivoco?

Antes de que Morana pudiera parpadear, Tristan se levantó de la silla, rodeó la mesa y agarró a su padre, retorciéndole un brazo por la espalda y estampándole la cara contra la mesa.

—Se llama Morana —susurró al tiempo que se inclinaba hacia delante.

Ella sintió un escalofrío.

Pausó el vídeo, intentando recuperar el aliento, y se le encogió el estómago. Observó al hombre que había dejado entrar en su interior en más de un sentido, contempló su imagen congelada en la pantalla, inclinado sobre su padre, con los labios entreabiertos mientras pronunciaba la última sílaba de su nombre.

Tragó saliva con fuerza y volvió a pulsar «play». Los hombres apuntaban a Tristan con sus armas. Su padre gimió. Un escalofrío había recorrido su espina dorsal al oírlo pronunciar su nombre por primera vez, al sentir las sílabas envolviéndole la lengua, al escuchar cómo esa voz de whisky y pecado daba forma a su nombre. Soltó un suspiro tembloroso y observó la escena absorta.

—Si vuelves a llamarla puta —continuó Tristan—, lo que le hice a mi padre no será nada comparado con lo que te haré a ti. —Retorció con más fuerza el brazo de su padre, lo que lo hizo chillar de dolor. Ni se dignó a mirar hacia las múltiples armas que le apuntaban—. Te lo preguntaré una vez más. ¿Dónde está?

Las palabras de su padre no se oyeron con claridad porque tenía un lado de la cara aplastado contra la mesa. Tristan aflojó un poco la presión.

—Está muerta.

Silencio.

Un silencio absoluto se apoderó de la estancia e hizo que a ella se le pusiera la carne de gallina, y eso que ni siquiera estaba allí. Esperó con la respiración contenida, el corazón en la garganta y los ojos pegados a la pantalla en blanco y negro.

—Mientes —dijo Tristan con voz clara.

—No —replicó su padre—. Yo mismo di la orden.

Tristan le estampó la cabeza contra la mesa al tiempo que le daba un tirón en el pulgar, momento en el que se oyó un fuerte crujido. Su padre gritó y uno de los hombres disparó. Tristan se agachó, sacó su pistola y apuntó hacia los guardias mientras mantenía inmovilizado a su padre.

—No tengo ningún problema con vosotros —dijo—. Marchaos ahora que estáis vivos. O moriréis.

Morana vio que los hombres vacilaban y que dos de ellos se marchaban, evidentemente conocedores de su reputación. El tercero, que trató de hacerse el valiente, levantó el arma. Tristan se encogió de hombros, le disparó en el hombro y señaló la puerta con la pistola. El guardia escapó, dejándolo solo con su padre.

Tristan se acercó a él y volvió a guardarse la pistola en la cintura.

Su padre le dedicó una la mirada cargada de veneno. Tristan se sentó en el borde de la mesa y se inclinó hacia delante.

—¿Dónde está?

—Muerta.

Tristan sonrió, una mueca fría y dura, sin mostrar los hoyuelos que ahora ella sabía que tenía.

—Tienes nueve dedos más que puedo romper. Luego dos muñecas. Dos codos. Dos hombros. Seis costillas que puedo partirte sin provocarte daños internos, y no me hagas enumerar lo que hay por debajo de la cintura. A tu edad las heridas no curan bien, viejo. —Ladeó la cabeza y cogió la mano de su padre casi con indiferencia—. Tengo el tiempo y la paciencia necesarios para hacerte sentir un dolor que no has sentido en la vida.

Un dolor que te hará desear la muerte. Así que te lo pregunto de nuevo. ¿Dónde está? —Sus dedos se posaron sobre el otro pulgar.

Morana vio que el brazo de su padre temblaba y que apretaba los dientes mientras contemplaba algo mucho peor que la muerte.

—No estoy mintiendo. Yo mismo di la orden.

—¿Dónde?

—En un cementerio que hay detrás del aeropuerto —respondió su padre—. Mis hombres la han seguido hasta allí varias veces.

Tristan se enderezó, apartó la mano y se volvió para marcharse.

—¿Ella es tu debilidad, Cazador? —Su voz detuvo a Tristan en seco. El padre de Morana, al parecer el hombre más imbécil del mundo, acababa de provocar a Tristan en vez de dejar que se fuera—. Después de todos estos años, creía que ella sería la última persona en la que te fijarías. —Tristan se dio media vuelta, levantando una ceja y con las manos relajadas a los lados—. Sabes que te arriesgas a una guerra, ¿verdad?

Tristan soltó una risa carente de alegría.

—No tienes huevos para empezar una guerra, viejo. No los tuviste en aquel entonces para proteger a tu hija indefensa cuando tenía una pistola apuntándole a la cabeza, y no los tienes ahora.

Su padre se enderezó, ofendido por el golpe a su masculinidad. En serio, ¿qué parentesco la unía a ese capullo pomposo yególatra?

—Siempre he protegido a mi hija. Has cometido una estupidez al venir aquí —replicó su padre.

Tristan se acercó de nuevo a él y se inclinó hacia delante con las palmas de las manos apoyadas en la mesa.

—Como le hayan tocado un solo pelo, volveré. Y no será agradable. Vendré a tu casa, te mataré y me tomaré mi tiempo para disfrutarlo.

—No me amenaces.

—Te estoy advirtiendo. Pon todos los guardias que quieras —dijo Tristan con esa voz suave y letal—. Y reza para que ella esté bien.

—¿Por qué te importa? —le preguntó su padre sin rodeos.

Morana sintió que se le paraba el corazón al oír la pregunta, y empezaron a temblarle las manos mientras esperaba la respuesta.

Tristan tardó un poco en contestar. Y luego dijo con el mismo tono amenazador:

—Eso es entre ella y yo. No es asunto de nadie más. —Se dio media vuelta, echó a andar de nuevo hacia la puerta y luego se detuvo para mirar a su padre con esa expresión tan brutal—. Déjala tranquila, viejo —le advirtió con dureza—. Si vuelves a ir a por ella, yo vendré a por ti.

—Debe de tener un coño mágico para que…

Antes de que su padre pudiera terminar la asquerosa frase, Tristan lo inmovilizó en el sillón y le dio un fuerte puñetazo en la nariz, que acababa de recuperarse de otro. Empezó a salirle sangre por la boca, lo que quería decir que seguramente le había roto algún diente. Acto seguido, Tristan lo agarró con fuerza por el mentón y se inclinó hacia él, quedando casi nariz contra nariz.

—Di una sola palabra más —dijo con un tono de voz escalofriante—. Dame un solo motivo más y te corto la lengua. —Su padre lo miraba boquiabierto—. Una sola palabra —repitió, y ya no quedaba rastro de la máscara de frialdad en él.

Su padre negó en silencio con la cabeza.

—Escúchame bien, y presta atención —dijo Tristan al tiempo que le zarandeaba la cabeza a su padre para enfatizar sus palabras—. Está bajo mi protección. Es mía. Nadie puede hacerle daño. Nadie puede hablar mal de ella. Ni yo, ni tú, ni nadie. La próxima vez que te oiga referirte a ella en términos que no sean dignos de la mujer que es, te cortaré la lengua y se la echaré de comer a tus perros. La próxima vez que acerques a ella, te mataré. No vuelvas a acercarte a ella —dijo, enfatizando cada palabra—. ¿Me has entendido?

Su padre asintió.

Tristan asintió.

—Bien. Cada vez que lo olvides, recuerda que solo era un niño cuando maté a mi padre por ella. Y luego piensa en la gente a la que sería capaz de matar ahora que soy un hombre para protegerla.

Su padre volvió a asentir en silencio.

En esa ocasión, Tristan Caine salió del gabinete.

Morana se echó hacia atrás atónita.

Abrumada.

Se quedó con los ojos pegados a la pantalla, viendo a su padre hacer llamadas y demás. Retrocedió para ver de nuevo la escena desde el principio. La entrada, el pulgar roto, las amenazas, el disparo, más amenazas, la salida. Y volvió a verla una y otra vez hasta que cada expresión, cada matiz y cada palabra se grabó en su alma. Las palabras de Tristan le golpearon el corazón, abriéndolo lentamente hasta conseguir partirlo en dos para hacerse un hueco dentro.

Morana no recordaba que nadie la hubiera defendido ni una sola vez en la vida. Había vivido con hombres que supuestamente eran fuertes y tuvo miedo. Había vivido con su padre mirando hacia otro lado cuando los hombres la manoseaban por debajo de la mesa. Había vivido sola, sin pensar jamás que algún día alguien irrumpiría en el gabinete de su padre sin temor alguno y le haría daño y lo amenazaría en su nombre.

Tristan lo había hecho. Había tomado una decisión incluso antes de que ella se lo pidiera. Había querido protegerla antes de saber que ella estaba al tanto de todo. La había deseado antes incluso de que ella se expusiera como lo hizo. Toda esa escena con su padre —horas antes de que la encontrara y basándose solo en sus interacciones tal y como habían ocurrido— solo servía para demostrarle su feroz afán protector y el respeto que sentía por ella.

Una lágrima le resbaló por la mejilla mientras dejaba el portátil sobre la mesa. Se la enjugó, con el corazón rebosante como nunca. Porque estaba en un lugar cálido y seguro, con una mujer desconocida hasta entonces que le había abierto el corazón, con amigos y con un hombre que iría hasta el fin del mundo por ella.

Se puso en pie y se acercó a la ventana mientras seguía llorando. Alegría, tristeza, dolor, alivio, gratitud..., todo se mezclaba hasta que le fue imposible distinguir qué era lo que sentía. Siguió sin moverse, con la mirada fija en el césped, hasta que la entrada principal se abrió y oyó la voz de Dante. En ese momento se volvió hacia la puerta, con el corazón en la garganta, y esperó a que se abriera.

Así fue.

Dante y Tristan entraron, todavía vestidos con los mismos trajes que por la mañana, pero con signos del ajetreo del día. La corbata de Dante estaba torcida, y Tristan se había quitado la suya. Dante miró a Morana y esbozó una sonrisa. Tristan la miró sin más.

Y ella fue incapaz de contenerse.

Sin dudarlo un instante, corrió hacia él y le echó los brazos al cuello para estrecharlo con fuerza. Sintió que se ponía rígido por la sorpresa y le enterró la cara en el cuello.

—Dante —lo oyó decir, y sintió las vibraciones en su pecho.

—Estaré fuera —replicó el aludido.

Morana oyó que la puerta se cerraba.

Y luego sintió que sus brazos la rodeaban, con gesto titubeante, como si no estuviera seguro de cómo abrazarla. Ella lo apretó con más fuerza, poniéndose de puntillas, apoyando todo su peso en él, pegándose por completo a su cuerpo por primera vez. Tristan la rodeó despacio, con un brazo alrededor de la cintura y el otro subiendo para acariciarle la nuca.

—¿Ha pasado algo? —susurró con un tono sereno, casi tranquilizador, hablándole con esa voz ronca cerca del oído.

Abrumada por todas las emociones que la inundaban, Morana negó con la cabeza llorando.

—¿Estás bien? —insistió él, relajando un poco la voz.

Ella asintió sin separarle la cara del cuello.

Percibía la confusión que le provocaba su actitud, pero por

primera vez en su vida no le importó. Morana se merecía abrazar a alguien que se preocupaba por ella como él lo hacía. Y Tristan se merecía que lo abrazara alguien que se preocupaba por él como lo hacía ella.

Sin decir nada más, él la levantó del suelo y echó a andar. Morana se agarró a los fuertes músculos de su cuello y dejó las piernas colgando. Al llegar al sofá donde ella había estado sentada, Tristan se volvió y se sentó, y ella dobló las rodillas para acomodarse a horcajadas sobre él. Sintió que la pistola que llevaba en la cintura le presionaba contra la cara interna de un muslo, pero no separó la cara de su cuello.

Su olor almizcleño y el toque amaderado de su colonia se unían, asaltándola con cada latido de su corazón. Sentía el pulso de Tristan en la mejilla mientras permanecía allí acurrucada contra él. Sentía la suavidad de su pelo en los dedos mientras se lo acariciaba. Sentía su corazón latiéndole contra los pechos, aplastados contra su torso. Sus cálidos músculos le parecían muy duros pegados a sus curvas. Sus caderas encajaban a la perfección.

Tristan siguió abrazándola sin mover los brazos. Ni para acariciarla, ni para explorarla, ni para hacer nada. Morana notaba que se sentía dividido entre el temor de incitarla a hacer algo y la confusión por verla colgada de él como si fuera un koala en su rama favorita.

Tras unos minutos abrazándolo sin que él rechistara, Morana apartó la cara de su cuello y le miró la nuez, expuesta porque él llevaba el cuello de la camisa blanca desabrochado.

Dejó que su mirada vagara hacia arriba y, por fin, lo miró a los ojos.

Suspiró al encontrarse con aquellos ojos azules. La observaban con expresión paciente, no con la mirada alerta de un depredador, sino con suavidad, con ternura. Estaba esperando a que ella le explicara su extraño comportamiento.

Morana levantó los brazos para rodearle la cara con las manos y sintió el maravilloso roce de su barba en las palmas.

—Gracias —le dijo, con el corazón encogido.

Lo vio fruncir un poco el ceño al tiempo que ladeaba la cabeza hacia la izquierda, intentando comprenderla.

—¿Por qué? —preguntó él al cabo de un momento.

Morana le acarició las mejillas con los pulgares.

—Por preocuparte por mí.

No la entendió. Claro que no. ¿Cómo iba a entenderla? No conocía toda la historia de Morana. No sabía en lo que se había convertido para ella. No sabía que había visto lo que le había hecho a su padre cuando ella desapareció. No la entendía porque no sabía que había puesto su mundo patas arriba, que la había abierto en canal y que la había calentado hasta la médula de tal manera que estaba segura de que nunca volvería a tener frío ni a sentirse sola.

Sin embargo, Morana se veía incapaz de hacérselo entender, de transmitírselo con palabras. Así que lo hizo de la única forma que podía en ese momento.

Se inclinó hacia delante y pegó los labios a los suyos.

Tristan no se movió.

Se quedó completamente inmóvil.

Tensó un poco las manos sobre sus caderas, pero salvo por ese detalle fue como si se quedara congelado bajo ella. A Morana no le importó. Lo abrazó con todo lo que sentía por él en el corazón y lo besó intentando volcar todo en ese único beso. Le acarició los labios con los dientes, bebió de ellos, los besó con suavidad, con delicadeza, ofreciéndole una ternura que sabía que él no había recibido en veinte años.

Tristan se lo permitió. Dejó que los cubriera con lo que sentía. Lo aceptó. No le devolvió el beso, pero tampoco la apartó.

Y Morana saboreó su boca de la forma que llevaba tanto tiempo deseando. Después cambió el ángulo de la cabeza y volvió a unir sus labios, entrelazándolos un instante antes de chuparle el inferior, sintiendo el roce áspero de su barba en la barbilla, en la piel.

Alguien llamó a la puerta.

Morana puso fin al beso más bonito y más sencillo del mundo y lo miró fijamente a los ojos.

—Tristan Caine —susurró, prácticamente pegada a él—, eres un hombre maravilloso. Y si mi corazón late, es por ti.

La confusión y la sorpresa de su cara no tenían precio. En ese momento, Morana no tenía ante sí al Cazador, sino al niño al que habían llamado monstruo por hacer algo valiente, al que habían dejado solo y al que jamás le habían dicho que era digno. Era el chico que se había enterrado en lo más hondo del interior del hombre, mucho más fuerte, el que no podía comprender ni procesar sus actos ni las emociones que los provocaban. Pero ella había metido la mano bajo la fachada y lo había encontrado.

Se apartó de él y se puso en pie sin decir nada. Que él se lo permitiera dejaba claro que estaba conmocionado.

Cuando abrió la puerta, se encontró a Dante mirándola con las cejas levantadas. Ella negó con la cabeza. Él sonrió satisfecho.

—Deberíamos irnos a la mansión. Es hora de cenar —anunció Dante, que hizo un gesto con la cabeza hacia la puerta principal—. Podemos hablar de camino.

Morana asintió.

—¿Te parece bien si dejo aquí mi portátil? Tengo unos cuantos programas en marcha y no me sentiré cómoda con ellos en esa casa.

—Por supuesto.

—¿Nos dejas que hablemos un momento? —oyó que preguntaba la voz de whisky y pecado a su espalda, dirigiéndose a Dante.

—¿Otro momento? —Él sonrió, antes de menear la cabeza y echar a andar hacia la puerta principal sin decir nada más.

Morana se volvió para preguntarle a Tristan de qué quería hablar cuando, de repente, se descubrió pegada a la pared junto a la puerta. Desconcertada y sin aliento, levantó la mirada y solo alcanzó a ver el brillo salvaje de sus ojos antes de que se apoderara de su boca.

El placer le llegó a la punta de los dedos de los pies mientras se aferraba a su estrecha cintura, sintiendo bajo la palma de la mano la pistola que llevaba metida por la cinturilla de los pantalones. Con el cuerpo en llamas y el corazón retumbándole en el pecho, Morana se rindió a él como la arena bajo las olas del mar.

Tristan le enterró las manos en el pelo y le echó la cabeza hacia atrás mientras la devoraba. Ese beso no se parecía en nada al de hacía unos minutos. Era brusco, casi doloroso por su intensidad, pero bajo él se atisbaba la presencia de algo puro. Morana seguía sintiendo su confusión en el gesto, pero había algo más. Algo precioso. Algo que ella no podía comprender y que él intentaba decirle. Separó los labios con gusto cuando él se los acarició con la lengua, y dejó que se la introdujera en la boca. Él la arrinconó por completo, apretándola contra la pared —pies con pies, caderas con caderas, pecho con pecho—, inclinándose hacia ella al tiempo que Morana se ponía de puntillas.

Las sensaciones recorrieron su cuerpo, el deseo le abrasó las venas y fue quemándola desde dentro hacia fuera, arrasándolo todo a su paso. Tristan le mordió el labio inferior y le arrancó un gemido que él procedió a tragarse mientras le acariciaba la lengua con la suya, uniéndolas durante una fracción de segundo antes de separarse de nuevo. Morana le pegó las caderas a las suyas y le dio un tirón desde la cintura para acercarlo más mientras él se deleitaba con su boca, agarrándola del pelo, con firmeza, pero sin hacerle daño.

No fue solo un beso. Fue más, mucho más.

Se separaron para tomar el aire que tanto necesitaban.

—La cena —murmuró ella con la mente nublada.

—Prefiero comerte a ti —replicó Tristan, y volvió a besarla con ferocidad.

Morana se abandonó a él y dejó que la arrastrara y la sostuviera al mismo tiempo. No sabía si se besaron durante segundos, minutos u horas. Lo único que tenía claro cuando él se apartó fue que tenía los labios hinchados y que quería más. Él también. Morana podía notarlo en su cuerpo, verlo en sus ojos azules.

—Así es como tienes que besarme la próxima vez —le dijo, separándose un poco de ella.

Morana puso los ojos en blanco.

—Gracias por el tutorial.

Captó el atisbo de un hoyuelo cuando él se volvió hacia la puerta. Así que le tiró del hombro y le plantó otro beso. El hoyuelo tenía la culpa. Él se lo devolvió. La pasión se desató de nuevo entre ellos.

Tristan se apartó de ella jadeando y en esa ocasión se separó más. Ella se alisó la ropa y se pasó los dedos por el pelo. Tras seguirlo hacia el vestíbulo, vio que Dante se fijaba en su boca hinchada y en el pelo revuelto de Tristan.

—Ni una palabra —le advirtió él, volviendo a colocarse su máscara habitual.

Dante se limitó a sonreír y a meterse una mano en el bolsillo del pantalón mientras le pasaba el otro brazo a ella por los hombros antes de echar a andar hacia la mansión. Morana vio que Tristan miraba fijamente la mano de Dante, pero él no la retiró. Tristan volvió a mirar hacia delante y siguió andando. Ella se relajó.

La noche era tranquila, preciosa. El cielo seguía con bastantes nubes, pero la luna aún asomaba por detrás de ellas. Los guardias que durante el día habían sido visibles por los terrenos de la propiedad volvieron a hacerse invisibles. Mientras paseaba hacia la mansión con los dos hombres, Morana rompió el silencio al anunciar:

—Hoy he tenido un pequeño encontronazo con el señor Maroni. Nada que no haya podido manejar.

Les habló de la conversación, al menos de parte de ella, y del nuevo software en el que había estado trabajando todo el día. Sin embargo, omitió que había visto la grabación de la cámara y que había hablado con Amara.

Morana caminó bajo el brazo de Dante y al lado de Tristan. Le parecía surrealista. Se sentía segura.

A medida que se acercaban a la mansión, la tensión de los hombres se hizo evidente. Al cabo de un rato, Dante le quitó el brazo de encima para entrar en la casa. Tristan volvió a ser el de siempre, estoico y frío, cuando llegaron a la puerta. Le hizo un gesto para que lo precediera. Ella obedeció, todavía con el corazón y el cuerpo alborozados.

Entraron en el vestíbulo. Cuando la puerta se cerró tras ellos, Tristan la sorprendió pegándola a su cuerpo y mirándola a los ojos. Levantó una mano y le recorrió los labios con el pulgar, donde aún era evidente la huella de su boca.

—Esta noche.

Morana cogió aire bruscamente, con el cuerpo palpitante por el contacto. Tragó saliva y asintió. Él bajó la mano.

—Dales duro —le susurró.

Ella sonrió. Tristan observó su sonrisa durante un larguísimo minuto, con esa magnífica mirada clavada en la boca de Morana.

Y en ese momento sucedió algo precioso, maravilloso.

Esos ojos fríos y distantes se calentaron.

8

Advertencia

Algo no iba bien.

Mientras miraba el móvil y seguía en remoto el progreso de los programas que había dejado ejecutándose en casa de Dante, Morana tenía un mal presentimiento que se negaba a abandonarla. A su software, por complejos que fueran los algoritmos que había empleado, nunca le llevaba mucho tiempo cumplir su cometido. Era algo de lo que se sentía orgullosa. Sin embargo, ya habían transcurrido veinticuatro horas desde que había activado los programas y, para su asombro, solo llevaban un cuarenta por ciento en la barra de progreso. Un puto cuarenta por ciento. Era imposible que fueran tan lentos…, a no ser que hubiera interferencias externas. Sin embargo, lo había comprobado y no había dado con nada. De modo que no entendía por qué narices su programa estaba avanzando al ritmo de un caracol reumático.

Morana salió al jardín, desconcertada y molesta con su creación. Se sentía frustrada, pero no era solo por el programa, sino también por lo de la noche anterior.

La cena fue sorprendentemente tranquila. Se notaba cierta tensión subyacente, por supuesto, pero Maroni no hizo ni uno solo de sus comentarios mordaces. Había informado a Morana de forma educada de una fiesta que llevaba tiempo planeando, una fiesta que se celebraría la noche siguiente, y después había permanecido callado durante toda la velada. Quizá aquel era su comportamiento habitual a la mesa, y la primera noche fue una suerte de excepción. Morana había estado preparada para recibir miradas furibundas o alguna de aquellas sonrisas que tan poco le gustaban. Había estado preparada para ser el objetivo de amenazas veladas o, aún peor, para que lo fuera el cazador que permaneció a su lado durante toda la noche y que, para cuando tomaron asiento en la mesa, ya había borrado de su rostro cualquier rastro del hombre que Morana había visto en casa de Dante. De no haber sentido aún el escozor de su pasión en torno a la boca, Morana habría asumido que todo había sido fruto de una ensoñación febril.

Sentado a su lado, Tristan no había sido Tristan, sino el Cazador. Silencioso, alerta, vigilante. Después de haber descubierto lo que ocultaba bajo algunas capas de sus defensas, Morana seguía maravillándose de la facilidad con la que volvía a ponerse su máscara habitual. Y no era el único capaz de hacer algo así. Dante también había sido pura seriedad y había sustituido sus sonrisas amables por gestos carentes de humor.

Cuanto más conocía Morana a los dos hombres, más se daba cuenta de lo mucho que ocultaban su verdadera personalidad, tanto que había muchas capas que todavía no había descubierto. Y lo mismo podría decirse de ella. Sin embargo, Morana se conocía a sí misma lo suficiente para reconocer que el problema radicaba en que no sabía quién era realmente detrás de toda su fachada. Estaba viendo por primera vez una parte de sí misma, y se debía a que, también por primera vez, se sentía lo bastante a salvo como para hacerlo. Fuera como fuese, le quedaba mucho camino por recorrer, por averiguar quién era de verdad ahora que ya, en el fondo, había dejado de ser la hija de su padre. Lo único que tenía claro era que estaba hecha un lío. Como casi todo lo que la rodeaba en ese momento.

Y a pesar de todos los avances que había hecho, seguía sin confiar en nadie por completo.

Se fiaba de Tristan y de Dante más de lo que había confiado en alguien en su vida, pero sabía que se estaba reservando parte de sí misma, sobre todo en lo referente al primero. Confiaba en él para mantenerla a salvo. Confiaba en él para que no le hiciera daño. Confiaba en él lo suficiente como para enseñarle la yugular una y otra vez. Estaba encariñándose con él a una velocidad que no podía, ni quería, controlar. Pero una parte de ella, una parte pequeña pero poderosa, le decía que se guardara algo de sí misma, que no se rindiera por completo. Sentía algo fuerte, profundo y sincero por él. Algo que nacía de las partes más dañadas de su ser y, al mismo tiempo, era lo más puro que había experimentado nunca. Morana sabía que Tristan tenía el poder de hacerle daño de un modo en el que su padre nunca había sido capaz. Ella se lo había otorgado, y él podría usarlo para arruinarla para cualquier otro hombre.

Esa pequeña parte de sí misma que se guardaba era su seguro, su «por si acaso». Porque si lo peor llegaba a pasar, si él la traicionaba y la echaba a los leones, al menos Morana no caería como un cordero indefenso. Esa pequeña parte le permitiría sobrevivir, reconstruirse. Esa pequeña parte era suya y solo suya. Y no tenía la menor idea de cómo entregársela si algún día quería hacerlo. Ese era otro de los numerosos motivos de su frustración.

También estaba molesta porque esperaba que le entregaran las compras que había hecho al mediodía, pero había llegado la tarde y aún no había llegado nada. Normalmente, el retraso no le habría importunado, pero esa mañana había tenido un encontronazo con Chiara Mancini. La hermosa mujer le había recordado, de la forma más desagradable posible (y Morana suponía que había sido así de desagradable porque, probablemente al igual que toda la casa, había escuchado su apasionado encuentro con Tristan dos noches atrás, justo después de amenazarla para que no se acercara a él), que la cena que Maroni había organizado para sus «socios de negocios» tendría lugar esa noche. El motivo de la fiesta era celebrar que había cerrado un acuerdo importante del que Chiara no conocía los detalles. A juzgar por la primera fiesta que Morana había visto en la propiedad, sabía que tenía que ir impresionante, sobre todo si Chiara pensaba vestirse de punta en blanco y hacerle ojitos a su hombre. Era un tema entre mujeres.

Necesitaba un vestido.

Otro de los motivos por los que Morana estaba de mal humor era el propio Tristan. La noche anterior, tras la cena, después de anticiparle todo tipo de cosas con la mirada, después de susurrarle promesas de placer con la boca sobre la suya, la había acompañado a su habitación. Le había abierto la puerta y entonces, por primera vez desde que lo conocía, Morana había visto cómo Tristan Caine se acobardaba y la dejaba allí plantada.

Se había acobardado.

Tristan Caine, el «temible pero jamás temeroso» Cazador, se había acobardado. Morana no podía creérselo, pero ella misma lo había visto en su mirada, en aquellos magníficos ojos azules.

Tenía miedo. Se había asustado. Ella, con los limitados medios a su alcance, lo había asustado. Y él, durante la silenciosa cena, había tenido tiempo de sobra para procesar lo que fuera que se le había metido en la cabeza.

De modo que se había echado atrás. Por completo. Morana no había recibido ni un solo mensaje suyo, ni lo había visto en toda la mañana. Ni siquiera por la ventana. Y no sabía si enfadarse o si echarse a reír por el increíble cariz que habían tomado los acontecimientos.

Sabía que Tristan tenía mucho que procesar, así que entendía que necesitara espacio. Además, a juzgar por lo que había visto de él, gestionar emociones no era su punto fuerte. Era más de reaccionar que de pensar o sentir. O al menos, intentaba serlo. Morana suponía que era buena señal que lo que sentía por ella lo hubiera alterado tanto, así que decidió intentar ser comprensiva y no atosigarlo, aunque quisiera hacerlo. Pero Tristan necesitaba aclararse pronto, porque, si no, iba a ser ella la que llamara a su puerta.

El ruido de un vehículo enorme deteniéndose en la entrada de la propiedad la sacó de sus pensamientos. Morana observó que la verja se abría y que una furgoneta blanca de reparto recorría la avenida de entrada. Suspiró al ver que al menos uno de sus problemas se había solucionado y se dirigió hacia el final del camino de entrada para recibir al repartidor y firmar la entrega.

Acababa de llegar cuando se dio cuenta de que los guardias que patrullaban la propiedad se habían detenido. Estaban mirándola tanto a ella como a la furgoneta, con curiosidad más que nada, pero también estaban alerta. Morana levantó las cejas. ¿Es que en aquella casa nadie compraba cosas por internet?

El sonido de la puerta del vehículo al abrirse hizo que se volviera. Saludó a los dos repartidores uniformados, que miraban a su alrededor bastante nerviosos.

—Entrega para Morana Vitalio —dijo el mayor de los dos.

Ella asintió y firmó en el dispositivo que le ofrecía. Una vez hecho eso, empezó a dirigir a los dos hombres para que dejaran las cajas en los escalones de entrada. Era obvio que estaban deseando largarse. Morana no podía culparlos del todo, no con los guardias mirándolos como lo hacían.

Unas treinta cajas después, los repartidores se despidieron con un gesto de cabeza y se metieron en la furgoneta a toda prisa. Maniobraron marcha atrás para enfilar la avenida y se largaron a toda velocidad. Morana suspiró al constatar una vez más que su normalidad no era, ni mucho menos, normal. Los que estaban fuera de su mundo se sentían totalmente aterrados por él a no ser que lo vieran a través de una historia romantizada.

Sacudió la cabeza, miró las cajas y suspiró de nuevo.

—Veo que ya te estás gastando el dinero de Tristan —dijo Chiara desde la puerta, con la vista clavada en los paquetes.

Morana puso los ojos en blanco. Ambas habían dejado atrás cualquier fachada de buena educación.

—El verde no te sienta bien, Chiara.

La aludida llegó a mirarse el vestido azul antes de entender a qué se refería. Resopló.

—Venga ya, por favor. Si quisiera, tendría a hombres haciendo cola para regalarme cosas. Puedo hacer lo que me dé la gana.

Morana asintió con gesto serio.

—Sí, menos dejarme en paz al parecer.

La otra mujer apretó los dientes.

—Tristan no te protegerá para siempre, zorra.

Morana cogió un paquete con gesto decidido y lo examinó, sin prestarle atención a la otra mujer.

—No necesito su protección, Chiara. Eso es para mujeres como tú. Lárgate, anda. Vete a reptar por las esquinas de otro sitio. Tengo cosas que hacer.

Morana notó que la otra mujer se cabreaba al ser despachada así, pero le importó una mierda. En serio, ¿cómo había podido Tristan acostarse con ese ser sin que el paquete, por más impresionante que fuera, se le cayera después?

Chiara se alejó y Morana se estremeció. Se concentró de nuevo en decidir qué hacer con las cajas. Podía pedirle a alguien del personal que la ayudara a llevarlo todo a su habitación. Sin embargo, las pocas personas que veía ya estaban ocupadas con otras tareas relacionadas con la fiesta, y no quería dejar los paquetes allí sin vigilancia, no después de todo el dinero que se había gastado de su propio bolsillo.

Mientras debatía qué hacer, se percató de que alguien se colocaba tras ella. Se dio media vuelta, blandiendo el paquete que tenía en la mano como un arma, y miró con los ojos entrecerrados a los tres guardias que había visto cerca del perímetro. Llevaban los rifles colgados a la espalda. Todos eran más grandes que ella (aunque eso tampoco significaba nada del otro mundo, porque Morana no era precisamente una gigante), pero dos de ellos parecían algo más bajos y el tercero, por algún motivo que se le escapaba, le recordó a Chris Pine.

Bajito, Fornido y Pine la miraron en silencio.

—Mmm… —Morana meneó la cabeza por la situación tan rara—. ¿Puedo ayudaros en algo? —¿Qué otra cosa se le podía preguntar a tres tíos armados de aspecto feroz que patrullaban la propiedad del enemigo?

Bajito gruñó.

—¿Eres la chica de Caine?

Morana sintió que le temblaban los labios por contener la risa, pero se obligó a no sonreír.

—Sí.

Bajito y Fornido asintieron a la vez. Se acercaron a las cajas y cogieron unas cuantas. Sin mediar palabra, entraron en la casa. Morana los vio alejarse, desconcertada, antes de volverse hacia Pine, que estaba allí de pie, vigilando el resto de su pedido.

¿Se había caído a una dimensión alternativa sin darse cuenta? ¿Qué estaba pasando?

Bajito y Fornido regresaron con los brazos vacíos y cogieron más cajas antes de entrar de nuevo. Morana sacudió la cabeza.

—A ver, no voy a quejarme, pero ¿no deberíais estar patrullando? —preguntó totalmente turbada—. ¿Por qué me estáis ayudando?

Pine gruñó, como antes había hecho Bajito, pero no contestó. Pues muy bien.

Después de dos viajes más y una vez que todos sus paquetes estuvieron colocados en su habitación, los miró a los tres.

—Gracias.

Más gruñidos.

Hombres…

Se alejaron tan en silencio como habían aparecido. Morana los miró mientras se marchaban, confundida, y se anotó mentalmente preguntarle a Dante por lo que acababa de pasar. Los guardias no tenían motivos para ayudarla, y nadie echaba un cable a otra persona por pura bondad. Mucho menos tres hombres que solo sabían gruñir.

Se dispuso a entrar, pero su mirada se detuvo en el solitario edificio que había a lo lejos, al otro lado de la propiedad. El centro de entrenamiento.

Se quedó quieta un segundo y estuvo tentada de dirigirse hacia allí, pero decidió no hacerlo. Tenía muchos ojos clavados en ella: el personal, los guardias y quienquiera que Maroni quisiera que la vigilase. De modo que, tras echarle una última mirada al edificio, volvió a meterse en la mansión.

Había oscurecido. Era una noche sin luna y las estrellas permanecían totalmente ocultas tras las nubes. Morana había dejado el ventanal abierto y el viento frío se colaba en su dormitorio. Miró los jardines, con su cuidado césped. De los árboles que rodeaban la propiedad colgaban unos farolillos preciosos que iluminaban la zona y dejaban el lago y la casa que había al otro lado en sombras. Por más que forzara la vista, no alcanzaba a distinguir nada más allá de la linde de la arboleda.

Puesto que había posibilidad de lluvia, la fiesta iba a celebrarse en una zona en la que Morana todavía no había estado: el salón de la parte trasera de la mansión. Aunque estaba preparada, algo hizo que se le encogiera el estómago mientras observaba los coches aparcados en la avenida de entrada. Hombres de todas las edades paseaban, trajeados y con mujeres relucientes colgadas del brazo como un accesorio, por el jardín trasero bien iluminado, guiados por un ejército de criados.

Morana examinó a la flor y nata de la mafia y reconoció muchas caras, caras peligrosas que sonreían y enseñaban los dientes como animales mostrando los colmillos. Observó con detenimiento a las mujeres presentes. Algunas parecían bastante contentas de estar allí; otras mostraban rostros inexpresivos y la mirada vacía. Las estudió a todas desde su habitación, lejos de sus miradas, y se preparó para encontrarse con lo que fuera y con quien fuera. Llegaron cientos de personas. Las lámparas que iluminaban los terrenos arrancaban destellos de las joyas de las mujeres, cuyas piedras preciosas relucían en la oscuridad. Se habían ataviado con sus mejores galas para asistir a la fiesta de Maroni.

Morana contempló a un hombre entre la multitud que subía solo por el camino de entrada. Había algo peligroso en su forma de avanzar por la gravilla. Lo observó con atención, percibiendo algo en él que le recordaba mucho a Tristan. No conseguía distinguir su altura ni su envergadura desde donde se encontraba, pero aparentaba unos treinta y tantos años y caminaba con una actitud firme y cómoda que Morana pocas veces había presenciado en su mundo. Vio que se metía una mano en el bolsillo del pantalón oscuro. Todo en aquel hombre era oscuro.

Con las palmas de las manos sudorosas, Morana se apartó de la ventana y se acercó al espejo. Se había pasado toda la tarde organizando su nuevo vestuario, con un ojo en el móvil en busca de una actualización. Su programa estaba al sesenta por ciento y no había mensajes nuevos en su bandeja de entrada.

Miró su reflejo con ojo experto. Como se había arreglado en incontables ocasiones para las cenas de su padre, sabía cómo manipular su aspecto para ofrecer la impresión que deseaba provocar en quien la veía. En ese sentido, se consideraba un camaleón. Un toque extra de máscara de pestañas para aparentar un poco de inocencia por aquí, una falda vaporosa para aparentar delicadeza por allá. Sabía cómo camuflarse. Sabía cómo destacar. Y disfrutaba de que la gente la subestimara, porque eso le daba ventaja.

Por razones como aquella rara vez la recordaban después de verla en algún evento. Si lo deseaba, Morana podía pasar totalmente desapercibida. Y esa era precisamente su intención para aquella noche. En un principio había planeado sacar todas sus armas para deslumbrar a una persona en concreto, pero, por algún motivo, la fiesta la ponía nerviosa y sintió la necesidad de hacerse invisible. La invisibilidad era segura. Tenía que confiar en su instinto. La vanidad podía salirle muy cara.

Ese era uno de los motivos por los que había elegido el vestido más anodino de su nuevo arsenal. Era negro, con un elegante escote que le llegaba justo debajo de la clavícula y con mangas hasta las muñecas. La abertura de la espalda tampoco era muy pronunciada. El único detalle significativo era la raja de la falda, que le llegaba a medio muslo y que solo le dejaba la pierna al descubierto si se movía. Se había dejado el pelo suelto y se había maquillado lo justo, sin nada que destacara demasiado, y después se había puesto una sencilla pulsera de oro en la muñeca y pendientes a juego, antes de ceñirse el cuchillo al muslo. Los zapatos dorados de tacón de aguja, aunque altos e incómodos, eran necesarios porque nada llamaba más la atención en ese tipo de fiestas que una mujer sin tacones.

Cuando estuvo lista, Morana inspiró hondo y salió por la puerta con el móvil en la mano. Cerró tras ella y se guardó la llave en el escote antes de bajar la escalinata. Se detuvo en el vestíbulo de la planta baja y le pidió indicaciones a un miembro del personal para llegar a la fiesta. Acto seguido, echó a andar por el pasillo que llevaba a la parte trasera.

Dado que atravesaba esa zona de la mansión por primera vez, caminó despacio y dejó que su mirada se posara en todas partes para captar cada detalle. El corredor estaba vacío salvo por algún que otro empleado que lo recorría con rapidez. Estaba decorado con preciosos cuadros en ambas paredes, algunos de los cuales Morana reconoció como clásicos, mientras que otros no le sonaron de nada. Casi después de dos minutos caminando, llegó a una puerta negra situada en una de las paredes del pasillo. Morana la miró y se preguntó qué habría al otro lado. Sabía que no había dormitorios en la planta baja. Podría ser el gabinete de Maroni. O a lo mejor otra cosa.

Se dijo que no era el momento de saciar su curiosidad, sobre todo porque estaba segura de que la habitación se hallaba vigilada. Pasó de largo, y de repente se le erizó la piel por un súbito mal presentimiento. Incapaz de explicarse su procedencia, se preguntó si debería saltarse la fiesta, irse a la casa de Dante y quedarse allí. Seguro que a él no le importaría. No obstante, algo le dijo que siguiera adelante.

Se preparó mentalmente en la medida de lo posible y se detuvo cuando el pasillo acabó delante de una enorme puerta de caoba de doble hoja. Observó la puerta, decorada con elaborados labrados en la madera y picaportes de latón pulido. Podían decirse muchas cosas acerca de Maroni, pero era un hombre de gustos elegantes. No tenía la misma necesidad de aparentar que el padre de Morana, y por ello la mansión desprendía un buen gusto refinado.

Armándose de valor y con la esperanza de encontrarse con Dante o Tristan, Morana giró el pomo de la puerta y la abrió un poco, lo justo para entrar sin llamar demasiado la atención. Lo consiguió. Nadie se volvió para mirarla mientras se dirigía a toda prisa a un rincón en penumbra de la estancia y se colocaba junto a una columna. Cogió una copa de una de las bandejas que llevaban los numerosos camareros y se apoyó en la pared. Era el lugar perfecto para llevar a cabo su propia vigilancia.

Morana sintió que, por algún motivo que se le escapaba, el corazón se le aceleraba. Se las apañó para controlar el ligero temblor de la mano y dio un sorbo a su champán mientras echaba un vistazo.

La estancia era gigantesca. Habría unas cincuenta personas ya allí, y Morana vio que seguían entrando invitados desde las puertas que daban al jardín, y aun así el salón parecía estar casi vacío. Se llevó una sorpresa al ver que los asistentes se detenían junto a la puerta y le entregaban sus pistolas al personal que había allí. Estupefacta, se percató de que era una fiesta sin armas. Ni siquiera sabía que algo así existía en su mundo.

Y ella llevaba un cuchillo ceñido al muslo.

En el rincón opuesto a donde se encontraba, la orquesta tocaba discretamente música de fondo. Delante de los músicos había una reducida zona despejada que sin duda era la pista de baile. El personal deambulaba con copas y aperitivos que llevaban en perfecto equilibrio sobre bandejas de plata. En el otro extremo del salón habían dispuesto una larga mesa con platos, camareros y una zona para sentarse. Era un bufet. Maravilloso.

La estancia estaba decorada con el mismo buen gusto que el resto de la casa. Una araña de cristal apagada adornaba el techo. La iluminación procedía, en cambio, de unas luces suaves que colgaban de parte alta de las columnas y proyectaban un resplandor íntimo sobre el espacio. Todo tenía un toque ligeramente medieval: el ambiente, las luces, la gente.

Lorenzo Maroni estaba cerca de la puerta, bebiendo lo que parecía ser un vaso de whisky. Morana lo observó desde su posición. Quería ver cómo interactuaba con su gente. Contempló, asombrada, que los hombres se acercaban a Maroni como si este fuera un emperador y le cogían una mano para besarle los dedos. A su vez, este les recompensaba con una sonrisa y unas palabras que Morana no alcanzaba a oír. También tomaba la mano de las acompañantes de sus invitados y les besaba los nudillos como un auténtico caballero.

Al presenciar aquel comportamiento, Morana entendió por qué tanto hombres como mujeres caían bajo su hechizo. Era encantador, rico y poderoso. Una combinación que entremezclada con el peligro atraía a la gente. Era el líder de una de las mayores organizaciones mafiosas del mundo. Exudaba la seguridad que le otorgaba su autoridad. Era el Sabueso, y su reputación lo precedía.

Y entonces sucedió la cosa más fascinante del mundo.

El Cazador entró por la puerta.

Morana se obligó, por una vez, a no dejarse obnubilar por aquel hombre, sino a fijarse en cómo reaccionaban los demás ante él.

La energía de la sala se convirtió en una corriente eléctrica que se extendió sobre los invitados. La gente se giró para mirarlo. Los hombres enderezaron la espalda. Las mujeres contuvieron el aliento.

Y Lorenzo Maroni, el Sabueso, perdió la seguridad. El hombre que le estaba besando los dedos en ese momento se detuvo en mitad del proceso para ver entrar al Cazador. Maroni se tensó, como un emperador que notaba el crepitar de un desafío a su poder en la estancia.

Era *fascinante*.

Morana no estaba segura de si los presentes reaccionaban a Tristan de esa manera por los rumores que lo señalaban como el heredero de Maroni o porque era una anomalía. Tal vez se debiera simplemente a que era él. Lo que estaba claro era que no dejaba a nadie indiferente. Y lo mejor de todo era que Tristan no se regodeaba en la reacción que causaba ni renegaba de ella. Simplemente aceptaba la realidad.

Morana se permitió mirarlo al fin y observó cómo caminaba con esa confianza que se ceñía a él como una segunda piel. Iba enfundado en un traje negro, con una camisa del mismo color, sin corbata. Todos llevaban corbata. Morana sonrió un poco ante el pequeño acto de rebeldía y devoró con los ojos el trozo del cuello y del pecho que la camisa le dejaba al descubierto. Joder, qué bien le sentaba el traje.

Tristan no se detuvo junto a la puerta para entregar arma alguna, y ella no supo si era porque no llevaba o porque estaba seguro de que nadie se atrevería a cachearlo. Aquel hombre no parecía el mismo que la había abandonado la noche anterior en su puerta y se había ido con el rabo entre las piernas. Tampoco el que la había estampado contra la pared y la había dejado con los labios hinchados. No... Aquel era el hombre que la había seguido al cuarto de baño del restaurante de su enemigo y se la había follado tapándole la boca. El que la había tocado contra la pared de la casa de su padre. El que le prometía la muerte con la mirada y la hacía sentirse viva cada vez que la tocaba.

Era el que hacía que se mojara con solo mirarlo. En sus dos facetas: la del chico solitario que había atisbado el día anterior y la del hombre intimidante que observaba en ese momento.

Morana dio un sorbo a su bebida para refrescarse, sintiendo la piel cada vez más acalorada, y lo miró mientras él se dirigía al lugar donde estaba Maroni. Le dijo algo que hizo que el otro hombre se tensara incluso más. El viejo despachó a las demás personas que los rodeaban antes de responderle, y Tristan sacó el móvil y tecleó algo, haciéndole un gesto con la cabeza a Maroni.

Y entonces, como si percibiera a Morana, se quedó muy quieto. Ella lo vio recorrer la estancia con la vista antes de detenerse en el rincón oscuro en el que se ocultaba. Esperaba que la viese, que clavara sus ojos en ella con la intensidad habitual, que examinara cada centímetro de su piel y la hiciera arder con esa mirada azul.

No hizo nada de eso. En cambio, después de comprobar que ella estaba allí y que era su mirada la que había sentido sobre él, Tristan volvió la atención al teléfono, sin que su postura cambiase.

«¿Qué cojones?».

Morana sintió que se tensaba mientras lo fulminaba con la mirada. Sintió que la furia reemplazaba a la electricidad y le corría por las venas. Estaba allí, en una fiesta y en un lugar donde no conocía a nadie, y él ni siquiera se dignaba a concederle un segundo de sus ojos. No se había dado cuenta de lo mucho que había llegado a depender de ellos, no hasta que él se los había negado a propósito. Sus ojos eran lo único que él nunca le había ocultado. Incluso en sus momentos más vulnerables y dolorosos, siempre había podido contar con ellos.

Fuera cual fuese el motivo que tenía Tristan para evitarla, Morana pensó que ya le daba lo mismo. Se había expuesto ante él el día anterior, y después le había dado espacio. Su comportamiento la cabreaba. Sabía que no la estaba rechazando, que solo se estaba tomando su tiempo para procesar lo que fuera, pero estaba enfadada de todas formas, por más irracional que fuese.

Enfurecida con él, y consigo misma por haberle dado semejante poder, Morana no se percató de que alguien se había acercado a ella hasta que notó una presencia cálida a su lado. Se quedó inmóvil, en tensión, y se encontró con el hombre al que había contemplado desde su ventana, el que había llegado solo a la propiedad, de pie junto a ella y observando la estancia.

—Volvemos a vernos, señorita Vitalio —dijo él, con una voz grave y masculina. Morana estaba a punto de volverse por completo para verlo bien cuando él la avisó—: No se dé la vuelta. Es cuestión de vida o muerte.

—¿De vida o muerte? —preguntó ella, notando algo peligroso.

—Sí, la suya, señorita Vitalio —contestó él sin rodeos.

Morana lo miró de reojo, pero solo vio sombras.

—Eres el hombre del aeropuerto.

—Y tu nuevo mejor amigo, Morana —replicó él con voz firme—. Hay algo que debes saber.

Morana sopesó sus palabras, muy intrigada, pero también recelosa.

—Deja de hablarme en clave.

—Muy bien —susurró él—. Antes de que tu novio te mire y me vea —añadió, con un ligero tono divertido en la voz.

Morana casi se giró al oír eso.

—¿Sabes quién es Tristan?

—Mi trabajo consiste en saber cosas.

—¿Qué has querido decir con eso de que eres mi nuevo mejor amigo? —le preguntó Morana, yendo al grano.

—Soy el enemigo de tu enemigo, Morana —respondió él en voz baja. Empezó a sonar otra canción—. Tenemos intereses en común.

—¿Y cuáles son? —quiso saber ella, con la mirada clavada en las parejas que bailaban.

—El fin de la Alianza.

Se quedó paralizada al oír sus palabras.

—¿Qué quieres decir? —susurró ella, con el corazón desbocado.

El hombre no perdió el compás en ningún momento. Morana no creía que los estuvieran observando, sobre todo porque estaban en un rincón, aislados del resto de la estancia, pero el corazón le latía a mil por hora.

—Quiero decir que me interesa saber qué pasó en esta ciudad hace veinte años —explicó él con tranquilidad, hablando desde algún lugar justo por encima de su oreja.

—¿Por qué? —preguntó Morana.

El desconocido se quedó callado durante un segundo.

—Motivos personales. Fuiste una de las niñas desaparecidas y tu objetivo es el mismo que el mío. Tengo información.

Morana asimiló lo que le estaba diciendo.

—¿Cómo sé que puedo fiarme de ti?

—No puedes. Y no deberías —afirmó él—. Pero no eres un obstáculo en mi camino, así que estás a salvo de mí.

Morana echó la cabeza hacia atrás y midió sus palabras. No sabía si estaba mintiendo o no. Se lo pensó.

Sintió sus labios cerca de la oreja.

—Como gesto de buena fe, permíteme ofrecerte un dato con el que me he topado —susurró en voz tan baja que ella apenas consiguió entender las palabras por encima de la música—: uno de los asistentes a esta fiesta va a intentar matarte esta noche. —Morana inhaló con fuerza. El hombre continuó—: Y no, no se trata de algo que haya orquestado yo mismo para ganarme tu confianza. Solo he interceptado la información y he venido a advertirte.

—Un momento..., ¿has venido para advertirme? ¿Por qué? —le preguntó ella desconcertada.

—Porque necesito la verdad, y tú puedes ayudarme a conseguirla.

Morana tragó saliva. Él asintió.

—Sobrevive a esta noche. Búscame mañana. Cuatrocientos cincuenta y nueve.

—¿Ese es tu número?

—¿Con quién hablas? —El whisky y el pecado la interrumpieron.

Morana se giró y vio que el espacio que tenía al lado estaba desierto. Notó que unas manos conocidas la cogían de las caderas y la pegaban a un cuerpo duro y masculino. Intentó concentrarse en el hombre que la sujetaba mientras la cabeza le daba vueltas por el encuentro que acababa de tener.

—¿Has visto al hombre que estaba a mi lado? —le preguntó.

Como respuesta, él la apretó con fuerza a su cuerpo. La canción dio paso a una balada conocida, una versión de *Wicked Games* que a ella le gustaba. Muy apropiada.

Las manos que tenía en las caderas le sirvieron de ancla. Poco a poco, Morana volvió al presente y le rodeó el cuello con los brazos mientras empezaban a moverse, totalmente pegados.

—¿Qué hombre? —le dijo Tristan al oído, tal y como le había hablado el desconocido.

Solo que, en esa ocasión, el susurro le provocó a Morana una serie de deliciosos escalofríos que le bajaron por la columna hasta enroscarse entre sus muslos. Dejó que la voz del whisky y del pecado le bañara el cuerpo.

Se aclaró la garganta antes de contestar:

—Uno que acaba de advertirme de que alguien que está aquí va a intentar matarme esta noche.

9

Ataque

Fue fascinante poder sentir la reacción de su cuerpo ante la noticia y no solo verla. Morana notó cómo se le tensaban los músculos de todo el cuerpo, uno tras otro, primero las manos, luego los brazos, después el pecho y los hombros, hasta que se quedó totalmente rígido durante un segundo. Lo había presenciado en varias ocasiones, pero sentirlo era distinto. Más íntimo.

De repente, recordó que estaba cabreada con él y se apartó un paso. O, mejor dicho, lo intentó, porque él la atrajo hacia sí de nuevo. Deslizó las manos hacia abajo por las caderas en un gesto que no le pasaría desapercibido a ninguno de los asistentes. Tristan empezó a moverse de nuevo, con su cuerpo y el de Morana encajando como las piezas de un puzle.

Mientras él los guiaba por la pista, no con pericia sino con un ritmo natural que Morana se encontró igualando, ella percibió que todas las miradas los seguían. Nadie habría dicho que Tristan Caine era un bailarín experto, pero, joder, era sensual. Movía las caderas contra las suyas, imitando un acto mucho más íntimo. Le separó las piernas con un muslo y lo presionó contra su centro antes de apartarse. Era pura seducción.

La cantante susurró un verso que decía «No quiero enamorarme de ti» contra el micro. Tristan hizo que Morana se inclinara hacia atrás, doblándola sobre su brazo, y le acarició la línea del cuello con la nariz. La incorporó de nuevo y la pegó a él, con las manos a escasos centímetros de su culo y los pechos de ella aplastados contra su torso. Morana sintió que se le endurecían los pezones. La boca de Tristan seguía contra su oreja y podía oír la entrecortada bocanada de aire que tomaba. Notaba que se le estaba empezando a poner dura.

Sin importarle lo más mínimo esa demostración tan poco habitual, Morana aspiró su aroma, esa mezcla de olor almizcleño y masculino tan familiar e incluso reconfortante para ella.

—Me da la sensación de que te has cansado de evitarme, Caine —le dijo sin aliento, usando a propósito su apellido.

Él no respondió. Su única respuesta fue clavarle los dedos en las caderas. Morana suspiró y negó con la cabeza.

—La próxima vez que necesites espacio, dímelo. Somos sinceros el uno con el otro, ¿no?

Él siguió sin decir nada. Morana sabía que no iba a hacerlo, no cuando había gente alrededor, gente que no era precisamente amistosa y que los observaban como halcones. Seguía siendo el Cazador. Lo único era que estaba llevando a cabo un baile de apareamiento muy público, y no parecía importarle quién fuera testigo. A veces Morana era incapaz de entenderlo.

Empezó a sonar una canción que ella desconocía. Él le acarició la parte superior de la oreja con la nariz, haciendo que la sangre se le agolpara en ese punto.

—¿Tienes el cuchillo? —le murmuró al oído. Ante cualquiera que estuviera mirándolo, parecería un hombre susurrándole naderías a su amante.

Morana mantuvo el cuerpo relajado entre sus brazos mientras asentía contra su hombro, pegando la nariz en la uve que creaba la camisa.

Él le rozó el culo con una mano.

—Dámelo —dijo con una mezcla de petición y orden en la voz.

—¿Por qué? —quiso saber ella, con la cabeza dándole vueltas.

Él permaneció en silencio un segundo antes de susurrar:

—Confía en mí.

Quería hacerlo. Se moría de ganas, pero la costumbre la hizo vacilar y discutir consigo misma. Si dejaba que se lo quitase, se quedaría desarmada y él lo sabía. Y a pesar de eso, se lo había pedido. Debía de tener un buen motivo, uno que seguramente no iba a contarle en aquel momento.

Morana cerró los ojos, con el estómago revuelto, y saltó. Levantó la pierna izquierda y le rodeó la cadera con ella sin mediar palabra, él bajó una mano para sujetarle el muslo de forma automática. Tristan los hizo girar hacia un lado, ocultando su carne expuesta ante los curiosos y le rozó la cinta que sujetaba el cuchillo. Ella contuvo el estremecimiento que la recorrió por entero cuando notó su tacto en la piel y se aferró a sus hombros. Sintió cómo sus pectorales subían y bajaban cuando él tomó aire, pegado por completo a su cuerpo, y el ambiente vibró con la energía que desprendía Tristan. Con un suave tirón, le sacó el cuchillo de la funda y le quitó la mano del muslo.

En cuanto la canción terminó, Morana bajó de nuevo la pierna.

Y sintió que él le daba un leve beso en la parte superior de la oreja.

Antes de que pudiera asimilar siquiera ese discreto gesto, Tristan se apartó de ella y se alejó, dejándola boquiabierta en la pista de baile. Morana se apresuró a controlar la expresión de su rostro y clavó la mirada en su espalda, incapaz de comprender qué acababa de suceder.

Consciente de pronto de que era el centro de todas las miradas, agachó la cabeza a toda prisa y se dirigió hacia la puerta. Por suerte, nadie la detuvo. Salió, se quitó los zapatos, se recogió el vestido y se alejó de la mansión. Sentía que los dedos de los pies se le hundían en la hierba húmeda. El aire frío le resultó refrescante. Los sonidos de la fiesta se fueron alejando a medida que se adentraba en los jardines, en dirección a la arboleda, dándole vueltas a todo.

Un hombre misterioso había asistido la fiesta con el único propósito de advertirla de un posible intento de asesinato. Más aún, había ido porque, según él, tenían el mismo objetivo: descubrir lo que había pasado veinte años antes con la Alianza. Había dicho que sus motivos eran personales. Morana no sabía qué pensar al respecto. Estaba claro que era alguien peligroso, sí, pero no le había dado miedo. Sobre todo, no había sentido el menor interés masculino hacia ella. No había saltado ninguna de sus alarmas al respecto mientras lo había tenido a su espalda, fingiendo que bailaba con ella.

Y luego estaba la forma en la que Tristan había interrumpido la conversación. Después de cómo la había estado evitando desde la noche anterior, y de cómo la había despreciado con los ojos antes, Morana había dudado de que él fuera a acercarse a hablar con ella, y mucho menos para bailar. Aunque no había sido don calidez, se las había apañado para calentarla de todas formas. No la había sujetado como si fuera de su propiedad, sino con la confianza de un hombre que sabía que ella ya se había entregado a él. Sin embargo, que la hubiera tocado así públicamente sí que resultaba interesante. Morana no tenía ni idea de qué pretendía conseguir con eso. Y, de alguna manera, pese a las innumerables miradas clavadas en ellos, Tristan había logrado convencerla para que le entregase la única arma que tenía y, con ello, otra pequeña parte de sí misma.

Y entonces le había dado un puto beso en la oreja. En la oreja. ¿En serio?

Se la tocó, rozando el lugar donde habían estado sus labios para eliminar la sensación. Dios, no entendía a ese hombre.

Morana atravesó la arboleda y dejó que sus ojos se acostumbraran a la oscuridad. El agua del lago se movía con suavidad a poca distancia de sus pies, agitada por la suave brisa. Se acercó unos pasos, hundiendo los dedos en la hierba y con la mirada puesta en la casita que había en la orilla.

La casa de Tristan. ¿Su hogar? Morana no lo sabía.

Observó el edificio de cerca. Era casi del mismo tamaño que la casa de Dante. Tenía un porche delantero, con un sillón de madera que parecía muy cómodo orientado hacia el lago. Morana se lo imaginó allí sentado de noche, observando el agua, totalmente solo, sin nada en la vida salvo lo que él había conseguido por sus propios medios. Se lo imaginó allí sentado, noche tras noche, mirando la misma luna que ella había contemplado sin saber siquiera de la existencia de Tristan. Él sí había sabido de la suya, y se lo imaginaba aferrándose a ella, al único objetivo que tenía en una vida que consistía en estar sentado en la oscuridad. Se lo imaginó pensando en ella.

Atraída hacia la casa como una polilla hacia la luz, dio un paso. Después titubeó un segundo y se detuvo. No, no debería ir allí. No sin que él la invitase.

Inspiró hondo y se desvió hacia el lago, deteniéndose en el punto exacto donde había visto a Dante y a Tristan el día anterior. Ese sitio tenía algo casi plácido, lejos de la mansión. Volvió la cabeza para mirar hacia el ventanal de su dormitorio desde allí. La casa principal estaba iluminada y su ventana quedaba muy visible desde ese lugar. Morana se imaginó su propia silueta recortada contra la ventana mientras él la observaba.

En ese momento, alguien salió de entre los árboles en su dirección. Alguien a quien no ella conocía y no había visto nunca.

Morana sintió que se le aceleraba el corazón.

El desconocido iba vestido de negro. El pelo rubio le brillaba muy claro incluso en la oscuridad y tenía los ojos, fríos y letales, clavados en ella. Tragó saliva y respiró hondo para intentar calmar el latido de su corazón.

—¿Quién te envía? —preguntó con tranquilidad, como si no estuviera mirando a la muerte a los ojos.

Él no contestó. Morana tampoco esperaba que lo hiciera.

Con la mente funcionándole a toda velocidad, aferró con más fuerza las tiras de los tacones que tenía en la mano. Podía usarlos. Podía lanzarle uno contra el arma mientras se agachaba. Y después podía arrojarse al lago, porque correr no le serviría de nada. Si huía a pie, él la perseguiría y tal vez incluso le dispararía. Sería un blanco más fácil si echaba a correr. El lago le complicaría el trabajo a él, y la oscuridad sería su aliada. Podría ocultarse en las aguas negras al menos durante unos momentos.

Mientras todos esos planes pasaban por su cabeza, Morana mantuvo la mirada fija en el asesino.

De la nada, vio que la punta de un cuchillo se pegaba al cuello del hombre.

—La señorita te ha hecho una pregunta.

Contempló, estupefacta, cómo el sicario reaccionaba a la hoja y a la voz. Whisky, pecado y muerte. Muchísima muerte.

¿De dónde narices había salido? Morana había estado mirando hacia la arboleda todo ese tiempo y ni siquiera había visto una sombra moverse. ¿Cómo era posible?

El asesino le quitó el seguro a su pistola. El cuchillo se le clavó en el cuello a modo de advertencia silenciosa, en el mismo punto donde el Cazador le dijo a Morana tiempo atrás, durante su primer encuentro, que la haría desangrarse despacio y desear la muerte. Vio que una gota de sangre se deslizaba por el cuello hasta la ropa oscura del asesino.

—Estoy a punto de degollarte —le advirtió Tristan, con la voz tan gélida que Morana se estremeció—. Así que te sugiero que empieces a responder preguntas.

El asesino la miró.

—No deberías haber hurgado en viejas heridas.

Antes de que ella pudiera parpadear siquiera, el hombre movió el arma y se disparó en la cabeza.

A Morana se le escapó un grito y se tapó la boca con las manos, conmocionada al ver al asesino caer muerto, y a Tristan salpicado por su sangre. Se quedó congelada en el sitio y los zapatos se le escurrieron de las manos entumecidas mientras observaba cómo Tristan se guardaba el cuchillo y se agachaba para revisar el cadáver.

No se podía mover.

Él le quitó la cartera y la revisó antes de guardársela también. Se detuvo de repente, como si acabara de recordar que ella seguía allí, y la miró con el rostro salpicado de sangre, de muchísima sangre, y con un brillo gélido en los ojos azules. La examinó deprisa, pero a conciencia, antes de sostenerle la mirada.

—Vuelve a la mansión —le ordenó en voz baja, sin levantarse.

Morana abrió la boca para decir algo, pero él negó con la cabeza, silenciándola por primera vez. Ella ni siquiera sabía qué era lo que quería decir. Tenía la mente en blanco. La mera idea de quedarse atrás con el cadáver hizo que se le revolviera el estómago de repente.

Tragó saliva y desvió la mirada hacia la casa de Tristan, a poca distancia. Se quedó mirándola unos instantes antes de volverse hacia él con una pregunta silenciosa.

Vio que le refulgían los ojos. No le contestó.

Algo decepcionada por que él no la hubiera invitado a entrar, Morana suspiró y rodeó el cadáver y a él antes de echar a andar hacia la arboleda.

—Y habla con Dante —le dijo Tristan a su espalda en voz baja. Estaba metido en su papel, pero algo borboteaba bajo la superficie, algo que no ella había visto antes—. Dile que venga.

Morana asintió y buscó el contacto en el móvil para llamarlo. Dante contestó al segundo tono.

—Dime, Morana —la saludó él con voz neutra. Se oía la fiesta de fondo.

—Ven al lago —le dijo ella, también con voz neutra, algo que la sorprendió. Sonaba muy pero que muy tranquila.

Dante se quedó callado un momento.

—¿Estáis bien los dos?

Morana miró el cadáver y después a Tristan, todavía cubierto de sangre mientras comprobaba el arma del muerto. Tragó saliva con fuerza.

—Creo que sí.

—Estaré ahí en cinco minutos.

Dante colgó y ella le trasladó la información a Tristan, que asintió y señaló la mansión con la cabeza.

Morana titubeó, ya que una parte de ella quería quedarse y ayudar. Sin embargo, no sabía nada sobre ocuparse de cadáveres ni qué hacer con ellos. No era su punto fuerte. Y mientras miraba la cara destrozada del asesino, decidió que no quería que se convirtiera en su fuerte jamás.

—Necesito que te vayas. Ya —le dijo Tristan, todavía agachado.

Necesitaba que se fuera. Necesitaba que se marchara para poder hacer lo que tuviera que hacer. En ese momento, ella era una distracción. Al entenderlo, Morana asintió y regresó a la mansión sin mirar atrás, apretando el paso. Afortunadamente no vio a nadie en el camino. Entró por la puerta principal, subió la escalinata y fue derecha a su habitación, cuya puerta cerró con llave al entrar.

Cuando por fin empezó a reaccionar a lo sucedido, soltó un suspiro trémulo. Se quitó el vestido y las joyas con manos temblorosas y lo dejó todo a un lado para meterse en la ducha. Cerró los ojos bajo el chorro de agua caliente, con la imagen del asesino volándose la cabeza y la sangre salpicando a Tristan grabada a fuego en su mente. Se frotó la piel con fuerza, como si fuera ella la que estuviera cubierta de sangre, y se estremeció bajo la ducha, con el cuerpo temblando por más que intentaba mantener la calma.

No pasaba nada. No había pasado nada. Ella estaba bien. Él estaba bien. Ella estaba bien. Él estaba bien.

Se lo repitió una y otra vez como un mantra hasta que, por fin, su corazón empezó a latir a un ritmo normal. Soltó el aire, cerró el grifo y se envolvió en una toalla mientras su cerebro encajaba las piezas de lo sucedido.

Tristan había tendido una trampa.

Como un verdadero cazador, se había hecho con el cuchillo de Morana, tal vez porque él estaba desarmado, y la había dejado en la pista de baile a sabiendas de que ella querría escapar y de que su posible asesino la seguiría. De alguna manera, sin que ni ella ni el sicario se dieran cuenta, los había seguido, los había acechado. Y después había colocado al otro hombre justo donde lo quería: bajo el filo del arma.

Tras ponerse su pijama nuevo, envuelta en una sensación reconfortante, Morana se metió en la cama y apagó la luz. Mantuvo los ojos abiertos y observó el reflejo de la iluminación del exterior en el techo, afectada aún por toda la velada, por el encuentro con su «nuevo mejor amigo», por la forma en la que Tristan había reaccionado en la fiesta y por todo lo que había pasado en el lago después.

Las últimas palabras del asesino resonaron en su cabeza. Las había pronunciado justo antes de quitarse la vida. Estaba hurgando en viejas heridas y alguien, en alguna parte, quería mantenerlas cerradas. El problema estaba en que Morana no tenía la menor idea de dónde estaba hurgando ni de quién quería silenciarla con la desesperación suficiente como para enviar a un asesino a la mismísima casa de los Maroni. Estaba claro que cualquiera lo bastante valiente como para mandar a un desconocido a la propiedad era o bien un loco o bien un valiente. Morana sopesó la idea de que se tratara del propio Maroni, pero la descartó de inmediato. Si algo le pasaba a ella, él sería el primer sospechoso a ojos de Tristan, y este se rebelaría sin dudarlo, algo que Maroni no se podía permitir por algún motivo. Tampoco podía ser el padre de Morana el culpable, no después de la escena que había presenciado entre Tristan y él.

Él la había protegido de nuevo.

Morana no quería que la protegieran, pero era lo bastante realista como para saber que, en el mundo en el que vivía, contar con la protección de Tristan era lo único que la mantenía con vida, sobre todo teniendo en cuenta los enemigos que se había buscado sin saberlo. Estaba agradecida.

Mientras miraba el techo, una parte de ella deseó que él le hubiera dicho que se fuera a su casa. Sentía curiosidad por ver su espacio, sí, pero sobre todo, quería que la invitara adonde nadie había estado con él. Morana quería mirar el techo sobre la cama de Tristan algún día, con él durmiendo a su lado.

Sin embargo, él no confiaba lo suficiente en ella, todavía no. Y lo cierto era que Morana no podía culparlo. Si bien ella se mostraba más abierta, también estaba ocultándole una parte de sí misma. Estaban progresando pero, Dios…, iban despacio. Ojalá siguieran avanzando y no retrocedieran. Estaba dispuesta a darle todo el tiempo que necesitara para asimilar las cosas, pero tenía que encontrar la forma de animarlo a comunicarse, si no con palabras, por otros medios.

Morana suspiró y vació la mente de todo lo que había pasado esa noche, dejándolo para el día siguiente. Cerró los ojos y permitió que el sueño la venciera.

Algo la despertó.

Se mantuvo relajada, con los ojos cerrados mientras desplegaba los sentidos por la habitación. Se le erizó el vello de la nuca. Había luz en el dormitorio; la sentía al otro lado de los párpados.

Con los nervios a flor de piel y un nudo en el estómago, entreabrió un poco los ojos.

La puerta del dormitorio estaba abierta.

El corazón se le desbocó.

Buscó de forma automática el cuchillo bajo la almohada, pero no lo encontró. Seguía en poder de Tristan.

Joder.

Sin pensárselo dos veces, extendió la mano hacia la lámpara de la mesita de noche para hacerse con cualquier cosa con la que defenderse, y justo entonces una figura grande se movió hacia ella.

Morana abrió la boca para gritar.

Y el ruido quedó ahogado por la almohada que le presionaron contra la cara.

10

Consuelo

¿Las historias que dicen que durante tus últimos momentos ves pasar la vida por delante de los ojos? Eran mentira.

Durante esos segundos, Morana no visualizó ningún recuerdo repentino, ningún retazo del pasado le invadió la mente. No sintió nada salvo el instinto de supervivencia, abriéndose paso con uñas y dientes mientras la almohada la asfixiaba. Luchó contra la figura que la oprimía, con los pulmones ardiendo en un intento por llenarse del oxígeno que se les negaba, sacudiendo las piernas de un lado para otro. Sus gritos quedaron ahogados contra el relleno de plumas. Intentó arañar y herir a su asaltante, pero lo único que tocó con los dedos fue el cuero que recubría unos brazos musculosos. Se rompió las uñas en el forcejeo. Poco a poco, el dolor empezó a diluirse entre el intenso ardor que sentía en el pecho y el paulatino entumecimiento de la cara.

El pánico intentó colarse en el corazón de Morana y, en un instante de absoluta claridad, ella supo que no podía dejar que el miedo se apoderara de ella. No en ese momento. Si lo hacía, el cabrón que tenía encima ganaría. Ella moriría en la cama, vestida con su pijama nuevo, mientras se celebraba una fiesta más abajo. Moriría, y Tristan estallaría. Arrasaría con todo y con todos a su paso: Dante, Amara y multitud de inocentes que se cruzaran en su camino.

Morana no podía morir. No podía ser la causa de algo así. No en ese momento de su vida. Por fin había encontrado algo por lo que merecía la pena vivir. Nadie iba a arrebatárselo. Ahora no. Tenía que salir de esa. Tenía que sobrevivir.

Temblando de pies a cabeza, Morana extendió el brazo derecho hacia un lado, hacia lo que había estado buscando momentos antes, y relajó un momento la resistencia que ejercía contra la almohada. De inmediato, la presión que sentía en la cara se multiplicó exponencialmente y el pánico por respirar intentó abrumarla de nuevo. Se negó a rendirse a él y extendió todo lo que pudo el brazo. Notó un tirón en el hombro, pero le dio igual.

Consiguió tocar con los dedos el frío metal de la lámpara de la mesita de noche. La agarró, aun con el hombro en tensión por el sobreesfuerzo. Sin vacilar, la sujetó con fuerza y la blandió a ciegas en dirección a su asaltante.

Y falló.

Golpeó otra vez, y otra, y otra, hasta que por fin dio con un cuerpo sólido.

Él apartó las manos de la almohada durante un instante para bloquear su débil ataque, pero a Morana le bastó. Se tiró de la cama hacia un lado y cayó con fuerza sobre el suelo mientras jadeaba para aspirar el aire que, de repente, volvía a tener disponible. Arqueó la espalda por el impacto y se hizo daño en el coxis. No le importó lo más mínimo. Levantó la mirada hacia la sombra masculina, que llevaba puesto un pasamontañas y que en esos momentos se abalanzaba sobre ella. Levantó el pie de forma instintiva y le propinó una patada entre las piernas con fuerza.

En cuanto Morana le acertó en los huevos, el hombre gritó de dolor y se llevó las manos al paquete mientras ella buscaba un arma con desesperación. Él la agarró de un tobillo y tiró de ella. Un terror eléctrico intentó abrumar de nuevo a Morana, pero consiguió mantener la sangre fría y dejó que su cerebro entrara en acción. Se tumbó en el suelo cuando notó el tirón y separó las piernas, rodeándole la cabeza a su agresor y apretando con todas sus fuerzas. Se le saltaron las lágrimas y notó que la respiración descontrolada hacía que se le agitara el pecho. Cogió el cable de la lámpara para acercarla. El sicario se revolvió entre sus piernas. Debía de estar notando mucha presión en la cabeza, y todo su cuerpo se tensó en movimientos frenéticos.

Asqueada, Morana blandió la lámpara contra su cabeza y le golpeó con el pie metálico. Él levantó una mano para protegerse y el cristal de la bombilla, que se había roto en el primer asalto, le cortó la palma. Morana sentía que el corazón se le iba a salir del pecho y jadeó mientras trataba de evitar que le agarrara el cuello, la nariz, las orejas, todos los puntos vulnerables.

Logró esquivarlo mientras le inmovilizaba la parte superior del cuerpo, y volvió a golpearlo, a sabiendas de que era cuestión de tiempo antes de que él consiguiera levantarla o la estrellara contra el suelo. Su única opción era dejarlo fuera de combate antes de que se recuperara. Con esa idea impulsando su instinto de supervivencia, Morana agarró su arma improvisada con manos temblorosas y golpeó de nuevo.

Por suerte, en esa ocasión él perdió el conocimiento. Respirando de forma entrecortada, apoyó las manos en el suelo y relajó los muslos, con los músculos temblándole por el esfuerzo. El cuerpo del asesino cayó de costado y ella lo miró, todavía con la lámpara aferrada entre las manos. No podía parar de estremecerse y seguía intentando recuperar el aliento. Tenía la adrenalina por las nubes. Morana sentía que el corazón le latía en los oídos mientras observaba el cuerpo del hombre, esperando a que volviera a moverse en cualquier momento para atacarla.

Tras unos segundos sin que eso sucediera, Morana se acercó con cuidado y le agarró la parte baja del pasamontañas. El hombre seguía respirando. Sin soltar la lámpara, intentó descubrirle la cara, pero el hombro en el que se había hecho daño protestó. Gracias al subidón de adrenalina, consiguió subirle el pasamontañas hasta casi la frente. No lo reconocía. No lo conocía, pero se juró que iba a saber quién era al día siguiente.

Aunque le temblaban las piernas, se apresuró a coger el móvil, que había tirado al suelo mientras intentaba hacerse con la lámpara de la mesita de noche. Abrió la cámara y sacó varias fotos, aunque el *flash* la cegó un momento en la oscuridad. Ni una sola vez se acercó para analizar sus facciones como habría hecho normalmente. Nada de aquello era normal.

El hombre se empezó a mover un poco por los destellos y abrió los ojos, parpadeando unos segundos mientras recuperaba el conocimiento. Se llevó la mano a la cabeza, que debía de dolerle horrores.

Vio a Morana y de inmediato buscó el cuchillo que tenía en la bota, algo que el muy imbécil debería haber hecho hacía siglos. Si ella hubiese sido la asesina, le habría rebanado el pescuezo mientras dormía sin más. Pero ¿qué sabía ella de sicarios? A lo mejor a ese no le gustaba la sangre o tenía un *modus operandi* que seguir. Fuera lo que fuese, desde luego que no pensaba quedarse a averiguarlo.

Con el móvil todavía agarrado, Morana le lanzó la lámpara (la que le había salvado la vida) para distraerlo y echó a correr hacia la puerta.

Oyó cómo intentaba ponerse de pie, pero no se quedó para verlo. Bajó a toda velocidad la escalinata, sin pararse a comprobar si la seguía. Impulsada por el sonido de su propia sangre en los oídos y de sus jadeos entrecortados, se concentró en salir de la mansión.

Al llegar a la planta baja, se detuvo. El sonido de la música en la parte trasera de la casa se abrió paso entre el rugido de su pulso desbocado y Morana titubeó al llegar al último peldaño. No sabía hacia dónde ir. Si irrumpía en la fiesta con el pijama destrozado, el pelo revuelto y los pies descalzos, llamaría muchísimo la atención, y no podía arriesgarse. No sabía si Tristan o Dante estarían allí o si seguirían junto al lago o en alguna otra parte. Fuera, los guardias estarían patrullando los terrenos y sabían que ella era «la chica de Caine». Aunque sería un blanco fácil, tenía que jugársela.

Tomada la decisión, atravesó corriendo el vestíbulo vacío y salió por la puerta. Habían atenuado las luces del exterior. Morana no tenía ni idea de la hora que era, pero reinaba un ambiente fantasmagórico debido a la ausencia de la luna y a la escasa iluminación. Sin embargo, era perfecto para ocultarse en la oscuridad. Se resguardó a la sombra de la mansión y se apresuró hacia el oeste, hacia la casa de Dante. Se moría de ganas por dirigirse al lago, pero había una alta probabilidad de que Tristan no estuviera y allí sería demasiado visible. Al menos en la casa de Dante habría alguien que la dejara entrar, o eso esperaba. Cuando él la invitó a quedarse, le dijo que tenía personal a tiempo completo. Morana bien podría aceptar su oferta en ese momento, porque no pensaba volver a poner un pie en la mansión en la vida. Antes se iría a un hotel o alquilaría algo. Si sobrevivía a esa noche, no dormiría en esa habitación jamás. Maroni podía irse a la mierda, y sus gilipolleces también.

Escuchó a un grupo de guardias hablando cerca de la entrada a la fiesta, pero permaneció en silencio.

Y entonces oyó que se abría de nuevo la puerta principal de la mansión. Miró hacia atrás y vio a su atacante fundiéndose casi por completo con la oscuridad de la noche. Mientras, ella era como un faro con el pijama de color claro. Abandonó cualquier intento de no hacer ruido, y con el corazón desbocado en el pecho salió a la carrera hacia la casa que veía a lo lejos colina abajo, dejándose guiar por las luces.

El césped amortiguaba el sonido de sus pies descalzos, y la humedad que lo impregnaba hacía que resultara resbaladizo, sobre todo a la velocidad a la que iba. Sin embargo ella prefería partirse el puto cuello antes que dejar que el cabrón la atrapara. Aunque le ardían los muslos, tanto por la carrera como el fuerzo de antes, y sentía un dolor punzante en los costados que le suplicaba bajar el ritmo, siguió corriendo hacia la casa. Cada vez estaba más cerca, así que no aminoró la marcha, resoplando por el esfuerzo.

«Un poco más».

Le temblaba el cuerpo. Se cortó la planta del pie con una piedra. Gritó y se tambaleó, pero no se paró. Notaba que la herida se le estaba llenando de tierra y que la sangre se mezclaba con la hierba que pisaba. El sudor le cubría la piel por el esfuerzo y tenía el pelo pegado al cráneo.

«Veinte metros».

Los alrededores se oscurecieron a medida que Morana se alejaba de la mansión. Las sombras la envolvieron y el miedo se cernió sobre ella de nuevo al darse cuenta de que podrían atacarla desde cualquier punto sin que lo viera venir. Le escocían los ojos y sentía que su cuerpo se encontraba a punto de rendirse. No estaba acostumbrado a ese abuso repentino al que lo estaba sometiendo. Hacía ejercicio, sí, pero nunca con esa intensidad. No estaba preparada para soportar aquel esfuerzo. Debería empezar a entrenar. Si sobrevivía a esa noche, algo que parecía ser su mantra del momento, juró que empezaría a entrenar más, solo por si volvía a suceder algo del estilo. Había escapado por los pelos de su dormitorio y no siempre iba a tener la misma suerte, de modo que tenía que llegar al punto en el que fuera capaz de defenderse con armas o sin ellas. Como Tristan.

Dios, ojalá sobreviviera. Acababan de empezar. No podía morir, no en ese momento.

«Diez metros».

El sudor de las palmas de las manos le impedía sujetar bien el móvil, pero siguió adelante, con el pelo revuelto, los pies embarrados y la parte superior del pijama medio caída. Tenía que llegar. Solo tenía que llegar. Después podría derrumbarse. Dormiría y no se despertaría jamás. Pero, por Dios, tenía que llegar. No se atrevió a perder un segundo para mirar por encima del hombro. El hombre podía estar cerca, casi encima. O quizá se hubiera ocultado en la oscuridad. Morana no supo qué posibilidad le parecía peor.

«Cinco metros».

Subió los escalones de dos en dos y se precipitó contra la enorme puerta de madera. La aporreó, con los puños protestando por los repetidos y duros golpes.

—Dante… —intentó decir, pero casi no le salía la voz, temblando como estaba de pies a cabeza.

Miró a su espalda. Tan lejos de la mansión, no había farolillos iluminando el césped. La oscuridad la rodeaba, y el sicario iba de negro. No tenía ni idea de dónde estaba.

Con lágrimas en los ojos y un nudo enorme en el estómago,

Morana siguió golpeando la puerta, una y otra y otra vez, hasta que oyó ruido al otro lado.

De repente, la puerta se abrió y apareció Dante, vestido únicamente con unos vaqueros. Le apuntaba con un arma.

Morana nunca se había sentido tan aliviada de ver a alguien.

Casi ni se percató su expresión de sorpresa antes de abalanzarse sobre él, con el cuerpo totalmente inerte mientras dejaba que la arrastrara dentro. Él volvió a cerrar la puerta.

—Morana —lo oyó decir, pero ella se quedó allí, con la cara enterrada en su pecho, aferrada a sus hombros y temblando tanto que apenas podía mantenerse de pie—. Morana —repitió, y ella se dio cuenta entonces de que estaba sollozando de forma incontrolable, todavía con el subidón de adrenalina—. Oye, oye... Dime qué ha pasado. ¿Estás herida?

Ella intentó decir algo, pero no fue capaz. Volvió a recordar la sensación de una almohada aplastándole la boca y de su garganta solo brotaron sollozos y no palabras.

Morana oyó a alguien decir:

—¿Dante?

—Zia, ¿me traes el móvil? —respondió él.

Le puso a Morana una de sus enormes manos en la nuca y le masajeó la parte inferior del cráneo con gesto tranquilizador mientras intentaba ayudarla a andar con la otra mano. Sin embargo, ella tenía las piernas entumecidas y los pies pegados al suelo. Era incapaz de moverse de allí.

—Morana, voy a cogerte en brazos, ¿vale? —le dijo Dante despacio, como si hablara con una niña—. No te preocupes, ya estás a salvo.

Morana sintió que se agachaba y que la cogía en brazos. Por algún motivo, aunque temía alejarse de él, no se aferró a su enorme cuerpo. Al fin fue capaz de percibir con claridad los sonidos de angustia que emitía por encima del sonido de su torrente sanguíneo atronándole los oídos. Dante la llevó a otra parte, aunque ella no vio adónde. Había cerrado los ojos en un intento por protegerse de los recuerdos del ataque que, de repente, la asaltaban de nuevo.

Notó cómo Dante la soltaba con delicadeza sobre una superficie y que unos cojines se hundían bajo su peso antes de que él se apartara. Mantuvo los ojos cerrados durante un largo minuto, intentando controlar la respiración, muy consciente del dolor que sentía en todo el cuerpo.

—Tristan —lo oyó decir, y el corazón dio un vuelco al oír su nombre—, tienes que venir. Ya. —Se hizo un breve silencio antes de que Dante añadiera—: Es Morana. —Más silencio—. Ha pasado algo... No lo sé... De acuerdo.

Morana abrió los ojos a tiempo de ver que Dante colgaba la llamada. Parecía mucho más grande desde donde estaba ella sentada, y se fijó en los numerosos tatuajes tribales que le salpicaban el torso en patrones extraños y aleatorios. Echó un vistazo a su alrededor y vio que se encontraba en el salón donde había trabajado. Su portátil seguía sobre la mesa.

Zia entró y se acercó a ella con un vaso. Morana lo aceptó con un nudo en la garganta y se bebió el agua fría a tragos, momento en el que se dio cuenta de que los dos la observaban. La mujer, al quitarle el vaso, le acarició la cabeza con una mano arrugada en un gesto tan maternal que ella se derrumbó de nuevo.

—Ay, niña... —murmuró Zia, tocándole de nuevo el pelo mientras Dante se acuclillaba delante de ella y le tomaba las trémulas manos entre las suyas, mirándola con esos ojos del color del chocolate.

—¿Qué ha pasado? —le preguntó de nuevo, casi con amabilidad.

Morana lo quiso muchísimo en ese momento. Por todo lo que estaba haciendo por ella. Por esas manos enormes con las que sujetaba las suyas. Por su presencia, por su casa... Ojalá hubiera tenido a Dante cuando era pequeña. Se le saltaron las lágrimas, tanto por lo que había sucedido antes como por lo que estaba sucediendo ahora, aunque ni una palabra brotó de sus labios. Cada vez que abría la boca sentía la almohada intentando ahogarla, aplastándole los labios y la nariz con fuerza.

De repente, la puerta se abrió de golpe. Morana dio un respingo asustada y la miró.

Y entonces el miedo desapareció por completo.

Tristan estaba allí, con el pelo alborotado, unos vaqueros y una camiseta que se había puesto del revés, buscándola con mirada frenética. Morana vio cómo la recorría por entero en dos segundos, asimilando cada detalle, de los pies al pelo. Por primera vez, ella vio que los magníficos ojos azules de Tristan enloquecían.

Y él perdió el control.

Fue derecho hacia Morana, ignorando a todos los demás. Ella fue incapaz de apartar la mirada. Notó cómo el corazón, que había hecho demasiado esfuerzo esa noche, empezaba a latirle más despacio al fin. Aunque las lágrimas aún le surcaban las mejillas, sintió que se le relajaba el cuerpo. Porque él estaba allí. Estaba allí. Y, Dios…, cómo le dolía todo.

Morana estaba a punto de levantarse para ir a su encuentro cuando él llegó hasta ella. La rodeó con las manos, la levantó del sofá y se sentó, situándola sobre su regazo. Colocó una de las manos en la cara exterior de su muslo desnudo y hundió la otra en su melena, atrayéndola hacia él con fuerza. Morana tenía la oreja pegada a su corazón y podía oír lo rápido que le latía. Mientras lo escuchaba, mientras captaba la tensión que transmitían sus latidos, sintió que el suyo se contraía en respuesta.

Se relajó por primera vez en toda la noche y buscó de nuevo ese punto entre el cuello y el hombro de Tristan que había descubierto en ese mismo sofá unas horas antes. Pegó la nariz, la boca y toda la cara a su piel cálida. Lo empapó con las lágrimas y lo calentó con su respiración. Sintió que él tensaba las manos un segundo antes de relajarlas de nuevo. Empezó a trazarle círculos tranquilizadores sobre la piel del muslo mientras la sostenía con suavidad contra su garganta.

En su mente, Morana sustituyó la sensación de la almohada fría por el calor del cuello de Tristan; la de la nariz aplastada por la suave presión que sentía en ese momento. Aspiró su aroma, dejó que su olor (el perfume amaderado y el olor almizcleño de su cuerpo) se le colara en la sangre y sustituyera a la adrenalina. Se aferró con fuerza a ese cuerpo duro y sólido, apretando el algodón entre los dedos como si le fuera la vida en ello mientras los temblores se apoderaban de ella, disipada por fin la adrenalina.

Él la abrazó durante todo el proceso.

Y poco a poco, al cabo de unos minutos, Morana sintió que los estremecimientos remitían, que la sangre empezaba a circularle con normalidad y que Tristan le daba un suave beso en la oreja.

A ella le temblaron los labios contra la piel de su cuello.

Él la estrechó con más fuerza.

Y allí Morana se sintió a salvo por fin. Protegida. Como si nadie pudiera llegar hasta ella. Sabía que él no iba a permitir que se le acercaran.

—Morana —oyó que decía Dante de nuevo en voz baja. Ella volvió la cabeza un poco, mirándolo con los ojos hinchados y la vista borrosa—. ¿Qué ha pasado? —le preguntó, animándola a hablar.

Tragó saliva, pero todavía tenía un nudo en la garganta. Se concentró en el pulso que latía junto a su nariz, en el pecho de Tristan que se expandía al inhalar y bajaba al soltar el aire, e intentó sincronizar su respiración, tal y como había hecho en el ático cuando tuvo el ataque de pánico. Se concentró en la vida que sentía dentro de él y se esforzó para abrir la boca, para mover la lengua. La sentía pesada. Lo sentía todo pesado.

—Había… —empezó con un hilo de voz— alguien en mi habitación.

Igual que había sucedido en la fiesta, Morana sintió que Tristan se quedaba completamente inmóvil, con todos los músculos en tensión contra ella. El torso, la espalda, los bíceps, los antebrazos, los muslos. Incluso el cuello. Se tensó entero en un segundo de repentina quietud.

—¿Qué quieres decir con que había alguien en tu habitación? —le preguntó Dante, y la rabia en su voz interrumpió el análisis que Morana estaba haciendo del hombre sobre el que estaba sentada.

Miró a Dante de reojo y dijo, aunque su voz seguía entrecortada y débil por alguna extraña razón:

—Me he despertado y alguien estaba en mi dormitorio —les explicó, prácticamente susurrando, pero lo bastante alto como para que la oyeran en la estancia silenciosa—. Me ha atacado. He conseguido escaparme y he venido aquí.

Dante la examinó de arriba abajo con una ira fulgurante en los ojos antes de dirigir la mirada a Tristan, cuya expresión Morana no podía ver. Tenía que elegir entre mirarlo o acariciar con la nariz aquel punto tan cálido y agradable de su cuello. En ese momento, escogió lo segundo. Además, la forma en la que él la estaba abrazando hacía que se sintiera muy bien. Cálida, reconfortada, cómoda y segura, de repente Morana notó que los párpados se le cerraban, que todo el cuerpo se le volvía muy pesado.

Oyó que Dante decía algo en voz baja y también sintió las vibraciones en el pecho de Tristan, pero todo parecía muy lejano mientras se acurrucaba contra él, cerrando los ojos y durmiéndose a sabiendas de que nadie estaría allí para atacarla la próxima vez que se despertase.

Fue un movimiento lo que la arrancó del sueño.

Presa del pánico, los recuerdos del ataque, de sentirse atrapada, de que la retuvieran contra su voluntad acudieron a su mente.

—Chiss, chiss. —Ese quedo susurro bañado en whisky y pecado la envolvió, metiéndosele en los oídos, inundándole la sangre, viajando a todos los rincones de su cuerpo y calentándola desde dentro.

Se relajó. Llegaron a ella los momentos posteriores al ataque: la huida, la casa, Dante, Zia y, por último, Tristan. Se había quedado dormida sobre él como el pequeño koala en el que se convertía últimamente a su alrededor. No podía creerse que se hubiera dormido no solo delante de él, sino encima.

El movimiento no cesó.

Morana abrió los ojos. La oscuridad la rodeaba, y se dio cuenta de que Tristan la llevaba en brazos, con una mano bajo sus rodillas y el otro brazo alrededor de sus hombros. Se agarró a su cuello e intentó distinguir algo en las sombras, pero no pudo.

Y aunque la habían atacado, aunque la noche los envolvía, aunque sabía que su atacante podía estar cerca, Morana no sintió ni rastro del miedo que había experimentado antes al mirar la oscuridad.

Porque el hombre que la sujetaba era la oscuridad. Se sentía cómodo en las sombras, se fundía con ellas, era su dueño. Y mientras sostuviera a Morana de aquella manera, a salvo entre sus brazos, la oscuridad también le pertenecía a ella. Era suya, y se sentiría cómoda en ella, se fundiría con ella. No sabía adónde la estaba llevando él, pero le daba lo mismo. Podía llevársela a una cueva si quería. Después de toda una vida luchando sola, después de haber peleado por sobrevivir esa misma noche, aquella era la razón por la que Morana se había esforzado tanto en vivir. Era por aquel momento silencioso, dulce y perfecto, en el que incluso en la noche más oscura no estaba sola. Había conseguido alcanzar la orilla y, desde allí, él la llevaría en sus brazos.

Escuchaba los latidos del corazón de Tristan (bum, bum, bum) allí donde tenía la oreja pegada contra su pecho. Palpitaba con normalidad en ese momento, no con el ritmo brutal de antes.

Morana se estremeció al sentir el viento frío en los brazos y en las piernas desnudas. Él la pegó más a su cuerpo, al calor que irradiaba su piel, y siguió andando. Morana quería hacerle preguntas, pero eso implicaría romper el silencio, perturbar los sonidos de sus latidos firmes y de las criaturas nocturnas, y se negaba a hacerlo. Aunque le dolían músculos del cuerpo que ni siquiera había sabido que tenía, el hombro que estaba pegado a su torso y los muslos como si se los hubieran rajado, se sentía en paz.

Percibió una luz y movió la cabeza en busca de la fuente. Procedía de una casa.

La de Tristan.

La sorpresa la abrumó mientras la miraba con los ojos entrecerrados, para asegurarse de que no se confundía con otra residencia. Pero no, se trataba del mismo lago, el mismo porche, el mismo sillón en el que había querido sentarse.

La estaba llevando a su casa.

Dios.

Dios.

Morana sintió que se le desbocaba de nuevo el corazón y que un ataque de nervios enorme se cernía sobre ella.

Tragó saliva y abrió la boca para decir algo, sin saber si en esa ocasión no le salían las palabras debido al ataque o a la sorpresa. Miró a Tristan y, al cabo de unos instantes, al percatarse de su escrutinio, él le devolvió la mirada. Clavó los ojos, ensombrecidos por la tenue luz, en los suyos y Morana tensó los dedos alrededor de su firme cuello. Sabía que las preguntas eran evidentes en su expresión, y vio las respuestas en la de él.

Llegaron al lago (justo al punto donde había estado el cadáver del otro asesino, de hecho) y él siguió andando hasta el porche.

Tenía que decir algo.

—¿Estás…?

Antes de que pudiera añadir algo más, él se detuvo delante del sillón de aspecto cómodo en el que Morana se había imaginado sentándose. La deslizó por su cuerpo hasta depositarla sobre el asiento. Sin dejar de rodearle el cuello con los brazos, ella levantó la vista hacia la luz que salía de la casa y que le enterraba a él la cara en sombras. Morana buscó esos ojos azules mientras él la observaba a su vez, levantando la mirada hacia su frente hasta bajarla de nuevo hasta la suya.

Acto seguido, Tristan alzó una mano y le acarició la mejilla con el pulgar una sola vez antes de enderezarse.

Se sacó una llave del bolsillo trasero, introdujo el código de la alarma en un lateral y abrió la puerta. Le hizo un gesto a Morana que parecía querer decir «quédate aquí» con la mano antes de entrar. Ella levantó un poco las cejas al verlo. Se imaginaba que no la estaba dejando allí para esconder unos calzoncillos sucios o algo así. No parecía una persona desordenada. A juzgar por lo que sabía de él y por lo que había visto en el ático, lo tenía todo en su sitio. Mantenía las cosas sencillas a su alrededor bajo control.

El sillón era tan cómodo como ella había supuesto. Ahora que estaba relajada sobre el cojín, notó el dolor en el coxis junto con todos los demás. Joder, necesitaba darse un buen baño caliente.

Morana suspiró. Estaba observando el lago, distraída, cuando él regresó.

Se acercó a ella y volvió a cogerla en brazos. Morana se agarró a él de forma automática y le pasó la mirada por la cara, por la barba que le sombreaba el mentón, y después se volvió hacia la puerta.

Tristan echó a andar hacia entrada.

Y a ella se le desbocó el corazón de nuevo.

Aquel era un paso enorme. Gigantesco. Inmenso. Ella lo sabía. Él lo sabía. Y, aun así, siguió andando hacia la puerta.

Morana tomó una honda bocanada de aire cuando Tristan traspasó el umbral con ella en brazos. Se detuvo solo un momento para cerrar la puerta con el pie.

La cerradura se activó. La alarma pitó.

Estaba dentro.

Hostia puta.

11

Invitación

Morana recorrió el lugar con la mirada, tratando de asimilarlo. Se encontraban en una especie de vestíbulo. La puerta a su izquierda estaba cerrada y la que estaba a la derecha daba a un salón poco iluminado, por lo que pudo ver. Justo delante de ellos había un pasillo. Lo atravesaron y llegaron a una escalera amplia que conducía a la planta de arriba.

Se agarró de forma inconsciente al hombro de Tristan mientras él iniciaba el ascenso, guiándose por la tenue luz nocturna. Había cuadros en las paredes, pero apenas podía distinguirlos por lo rápido que él subía y por la escasa iluminación. Cuando se detuvieron en lo alto de la escalera, Morana se dio cuenta de que el estilo arquitectónico era similar al del ático. La escalera daba a un espacio abierto que era el enorme dormitorio principal.

Solo había una lámpara encendida en la mesita de noche. Antes de que ella pudiera fijarse en más detalles, él echó a andar hacia la puerta situada en el otro extremo de la habitación. El espacio era inmenso.

Aun después de haberla llevado en brazos desde la casa de Dante a la suya y de haber subido la escalera, Tristan ni siquiera respiraba con dificultad. En serio, ¿qué comía ese hombre? Visto su estado físico, Morana decidió que necesitaba copiarle la dieta. Le sería de gran ayuda tener un cuerpo resistente además de un cerebro resistente.

Atravesaron el umbral de la puerta y entraron en un cuarto de baño gigantesco y poco iluminado. Era mucho más grande que el que Morana había tenido en casa de su padre o que el de la habitación de invitados del ático. Estaba claro que a ese hombre le gustaba tener su espacio.

Morana vio el agua humeante de la bañera y se le escapó un gemido de placer. Tristan le había leído la mente. El aire olía a limón y canela.

La dejó en el suelo y le colocó los brazos en la espalda para estabilizarla. Ella se inclinó y él le subió despacio la parte superior del pijama y se la quitó. Después, ella misma se bajó los pantalones cortos destrozados y los dejó caer al suelo sin más.

Tristan le señaló el agua y ella, desnuda como llegó al mundo, pero cómoda en su presencia, se acercó a la bañera. Con cuidado, debido a los dolores y las molestias que sufría, metió un pie, luego el otro, y se sumergió. El agua, bendita agua caliente, la envolvió en el más cálido de los abrazos.

Se le escapó de la garganta una mezcla de sollozo agudo y gemido. Cerró los ojos, metió la cabeza debajo del agua y, cuando la sacó, se sintió más limpia que en toda la noche. Tristan ya había hecho algo así por ella en otra ocasión, cuando Morana buscó su ayuda después de que su padre la dejara caer por la escalera. Aquella vez se había mantenido silencioso, pero le había ofrecido sus cuidados y también le había preparado un baño.

En aquel entonces, tanto su amabilidad como la de Dante la conmovieron, la emocionaron y la sorprendieron. En ese momento, con la cabeza apoyada en el borde de la bañera, mientras dejaba que el agua le acariciara los músculos cansados, Morana se asombró al darse cuenta de que no ya no le sorprendía su amabilidad. En cierto modo, se sentía lo bastante cómoda con él como para esperarla.

No sabía qué pensar al respecto.

Tras limpiarse la cara, abrió los ojos, esperando encontrarse sola.

No lo estaba.

Tristan se hallaba de pie cerca del lavabo, cogiendo una esponja y unos cuantos botes. Se acercó a ella.

Morana se quedó atónita, sin comprender.

—¿Qué haces? —le preguntó en voz baja, observándolo.

Él se limitó a arrodillarse en el suelo detrás de su cabeza a modo de respuesta.

Esas manos grandes y ásperas, más acostumbradas al manejo de armas letales, pasaron sobre las mejillas de Morana con suavidad, como si temiera aplicar demasiada presión. Ella misma se había frotado la piel con más fuerza al desmaquillarse. Su contacto esa suave pero seguro mientras le limpiaba las mejillas, la barbilla y la frente con la esponja.

Morana inclinó la cabeza hacia atrás. Se relajó y dejó que él cuidara de ella como nunca nadie lo había hecho antes y como dudaba de que él hubiera cuidado de alguien desde hacía mucho tiempo. Ambos se lo merecían. Ese momento era *suyo*.

En silencio, Tristan le entregó la esponja y Morana se sorprendió al ver que el material ya no era blanco, sino que estaba teñido de un ligero tono rojo. La miró fijamente, observando ese color tan raro, y recordó que el asesino se había cortado y después había intentado agarrarle la cara. El hombre la había manchado con su sangre.

Y Tristan se la había limpiado.

Otra vez.

Con el corazón encogido y la esponja agarrada con fuerza entre los dedos, a Morana le temblaron los labios al sentir que él le acercaba las manos al pelo mojado. El olor masculino de su champú le inundó las fosas nasales y se obligó a respirar con calma. Él se masajeó el cuero cabelludo con esos dedos tan firmes y seguros, extendiéndole el champú por todos lados. Morana echó la cabeza hacia atrás, gimiendo por la increíble sensación. Tristan detuvo las manos una fracción de segundo antes de continuar. Si lo deseara, podría cambiar de profesión algún día. Había algo muy relajante en ese silencio compartido, algo que a ella le recordó mucho a la primera noche que pasó en su territorio.

Sin embargo, debía hablarle del veneno que tenía en la cabeza y que la estaba consumiendo. Podía compartirlo con Tristan porque sabía que era la única persona a la que no haría daño con él. Lo aceptaría, se lo bebería y aun así saldría ileso. Ella no. Morana se había pasado la vida tragándose la ponzoña y solo había empezado a dejarla salir con él.

—Le di en la cabeza —susurró las palabras en el silencio de la estancia, entregándoselas a la oscuridad, a él.

Tristan se detuvo, esperando a que continuara. Morana no sabía por qué había hablado, pero una vez empezó, las palabras brotaron de ella como un torrente.

—No tenía ningún arma —siguió en voz baja mientras él continuaba lavándole el pelo, prestándole atención. Lo sentía por los movimientos de sus dedos mientras la escuchaba—. Intentó asfixiarme con la almohada. Y yo, como pude, cogí la lámpara de la mesita de noche y le di con ella.

Él crispó los dedos. Cogió un poco de agua con la palma y la vertió sobre la parte superior de su frente. Morana notó que la espuma bajaba hacia el agua de la bañera.

—Acabamos en el suelo, no sé cómo, y de repente lo tenía entre las piernas.

Tristan se quedó inmóvil, irradiando un peligro que Morana nunca había sentido emanar de él hasta ese momento. Se dio cuenta de su error al instante y se apresuró a explicarse.

—No, no. No me tocó. Así no. —Oyó su respiración, más profunda que antes. Todavía tenía sus dedos enterrados en el pelo mientras se mantenía totalmente quieto, como un cazador. Añadió—: Le atrapé la cabeza con los muslos para inmovilizarlo. Y luego le golpeé con la lámpara hasta que perdió el conocimiento.

Al cabo de unos segundos, Tristan empezó a enjuagarle el champú del pelo. Ella exhaló aliviada y le contó el resto.

—Le he hecho fotos. Mañana las pasaré por el reconocimiento facial… Cuando volvió en sí, yo eché a correr hacia la casa de Dante antes de que pudiera atraparme. Menos mal que estaba allí.

Lo oyó gruñir con suavidad.

Morana levantó tanto las cejas que casi le llegaron al nacimiento del pelo. Empezaba a darse cuenta de que le gustaban esos sonidos animales, así que se lo dijo tal cual.

—Por más que me gusten esos sonidos tan de animal que haces, puedes decir algo si quieres, ¿sabes?

Cuando pensaba que él no iba a responder, lo oyó decir:

—Luego.

Eso fue todo, una simple palabra pronunciada con una voz apenas controlada. Morana se ablandó, y decidió darle tiempo y espacio para que lo procesara todo a su manera.

Tristan acabó de lavarle el pelo mientras ella terminaba de bañarse con los dedos arrugados por el agua. Unos minutos después, vio que él sacaba una toalla y se la ofrecía. Se levantó y la aceptó para envolverse con ella mientras él salía al dormitorio.

Una vez seca, se adentró en la oscuridad de la habitación y lo vio rebuscando en la cómoda situada junto a la puerta. Sacó una camiseta y se la tendió.

—Gracias —murmuró ella.

La cogió y se la pasó por la cabeza. Le caía casi hasta las rodillas y la envolvía en su olor. Inhaló profundamente. Era el mejor pijama que había tenido nunca.

Lo vio salir del dormitorio y volver varias veces, sacando una cosa y trayendo otra más. A la cuarta, se acercó a ella con un vaso de agua y unas pastillas.

—¿Analgésicos? —le preguntó Morana mirándolo.

Él asintió, con los ojos fijos en la camiseta que ella llevaba sobre el cuerpo desnudo.

Morana se metió las pastillas en la boca y se bebió el agua. En cuanto lo hizo, él cogió el vaso y lo dejó sobre la cómoda. Después, volvió a levantarla y la llevó en brazos los pocos metros que la separaban de la cama. La tumbó en el mullido colchón y Morana sintió que se hundía en él. Tristan le levantó uno de los pies, ya limpios, y lo examinó. Acto seguido empezó a aplicarle una crema sobre la herida, que le palpitaba, y le colocó un apósito para protegerla, sin mirarla ni una sola vez.

Morana fue testigo de todo el proceso con el corazón en la garganta. Había visto antes las cicatrices de Tristan, las zonas descoloridas, las quemaduras y los relieves de su piel que delataban una tortura que ella no podía ni llegar a imaginar. Sin embargo, en ese momento, mientras se ocupaba de su pequeño corte como si fuera algo más grave, esa parte de sí misma a la que Morana se aferraba en el fondo de su ser se abrió, liberándose, para entregarse a él. Si se había dado cuenta de algo durante aquellas semanas, era de la epifanía que se había hecho incluso más evidente en las últimas horas: ese hombre jamás la habría matado.

Morana sabía que su silencio no se debía a la ausencia de reacción, sino más bien a todo lo contrario: sentía demasiado. Y, pasara lo que pasara, mientras lo observaba a sus pies, ella se juró que atravesaría lo que fuera necesario junto a él. Había logrado encontrar algo increíblemente valioso en su mundo. Un diamante en las brasas. Una flor de loto entre el barro. Se prometió a sí misma que lo valoraría, que apreciaría a Tristan como él se merecía. Necesitaba tiempo para abrirse, para confiar en que no iba a abandonarlo, y Morana iba a dárselo. Se lo había ganado.

Se enjugó con rapidez la única lágrima que se le escapó porque no estaba acostumbrada a que alguien se preocupara lo suficiente por ella como para curarle las heridas. Porque, pese a todo por lo que había pasado, ese hombre aún había encontrado en su corazón la forma de cuidarla cada vez que ella se había hecho daño.

Morana retiró el pie cuando Tristan terminó. Después se metió bajo la sábana y contempló cómo él se despojaba de la camiseta y de los vaqueros, tirándolos a un lado y quedándose solo con los bóxers negros.

Era la primera vez que veía su cuerpo así. Tenía músculos definidos en lugares en los que ella ni siquiera sabía que podían definirse. Tatuajes y cicatrices le cruzaban la piel, por delante y por detrás, algunas incluso en un muslo. En uno de los bíceps llevaba un diseño que lo recorría en círculos, pero era demasiado tenue como para que Morana pudiese distinguirlo. Aun así, lo más notable en él era la confianza con la que se movía. Con ropa o sin ella, ese hombre sabía quién era y no le daba miedo demostrárselo a los demás.

Morana se apoyó en la almohada y sintió que el corazón le martilleaba al ver que él se acostaba por el otro lado del colchón. Comprobó la pistola que había dejado en la mesita de noche y apagó la luz. Era un gesto tan doméstico, tan normal, que presenciarlo la maravilló.

El dormitorio se sumió en la oscuridad, y Morana parpadeó con la vista clavada en el techo, mordiéndose el labio. Su visión se adaptó despacio a la oscuridad, aunque se filtraba un poco de luz por la puerta, lo que le permitió distinguir algunas formas.

Volvió la cabeza para observar la silueta del hombre que estaba a su lado y sintió que él le deslizaba una mano alrededor del cuello. El gesto debería haberle parecido amenazador después del ataque. Debería haber hecho que el pánico le corriera por las venas después de la noche que había pasado.

Morana sintió de todo menos eso.

La palma apretada sobre el lugar donde le latía el pulso, los dedos que le recorrían el cuello, la piel áspera contra la suya…, todo la anclaba al momento, a esa cama, a él. Se sintió arropada, querida y protegida. Tristan la acercó más a él, hasta que su nariz casi rozó la de Morana, mientras sus cuerpos permanecían ligeramente separados.

Ella sintió su aliento en la cara y el calor de su cuerpo junto al suyo.

Y entonces, por primera vez esa noche, él le habló.

—Nunca más —susurró con la voz áspera y la misma ferocidad que ella le había visto en los ojos. Un escalofrío la estremeció—. Los mataré mil veces —murmuró él, casi con suavidad, mientras le recorría la mandíbula con el pulgar— antes de que vuelvan a tocarte un solo pelo de la cabeza. —Y entonces, mientras esa promesa reverberaba en el corazón de Morana, él acercó los labios al lugar donde el pulso le latía desbocado—. Te lo prometo —dijo, sellándola sobre su piel.

Morana tragó saliva, sintiendo el eco del juramento en las venas. Echó la cabeza hacia atrás para ofrecerle aún más el cuello, y aproximó su cuerpo al suyo. Tristan entreabrió la boca y separó los labios sobre su pulso para succionar y acariciar con la lengua los latidos de su corazón. Con el cuerpo igual de desbocado, ella le enterró una mano en el pelo y tiró de él para acercarlo más. El movimiento le provocó un repentino dolor en el hombro.

Se le escapó un jadeo y él se echó hacia atrás, colocándose de nuevo a su lado y atrayéndola hacia sí.

—Recoge tus cosas mañana.

El corazón de Morana se paró.

—¿Quieres que me mude aquí? —le preguntó, queriendo estar segura, *absolutamente segura*, de que no lo había entendido mal.

En respuesta, él la acurrucó contra su cuerpo y apoyó la cabeza encima de la suya.

—Nunca he dormido con nadie —admitió Morana, con la cara enterrada en su cuello y la nariz de nuevo sobre ese lugar que la reconfortaba tanto.

—Ni yo —murmuró él contra su pelo.

Confundida por esa confesión y emocionada al saber que iba a quedarse con él, Morana sonrió. Él le dio un beso en la oreja. Ella frotó la nariz contra el hueco de su hombro. No dijeron nada más. Aunque no estaban abrazados por completo, se mantenían muy cerca el uno del otro. Morana notó que la respiración de Tristan se ralentizaba poco a poco y que su corazón se acompasaba a ese ritmo.

Al día siguiente tendría que enfrentarse a todo lo que había ocurrido esa noche. El hombre misterioso y su oferta, los programas, el primer asesino que se había volado la cabeza y el segundo, que había intentado matarla en su dormitorio. Una estancia que, recordó de repente, supuestamente contaba con cámaras y micrófonos en su interior. ¿Había fallado el sistema de videovigilancia o se trataba de un juego sucio? Aquello, todo aquello, era mucho más grande de lo que se había imaginado. Tendría que hablar de ello con los chicos y averiguar qué estaba pasando. No sabía qué les esperaba, pero al día siguiente lo afrontaría.

De momento, estaba acurrucada contra el cuerpo sólido y cálido de un hombre que se preocupaba por ella mucho más de lo que cualquiera de los dos pensaba. De momento, sabía que tenía a otra persona maravillosa de su lado, que la había tratado con una delicadeza increíble desde el principio. Dante se había mostrado tan tranquilo, atento y amable que Morana sintió que el lugar que ocupaba en su corazón se expandía.

Había llamado a Tristan. Y este se había negado a decir nada por voluntad propia durante toda la noche hasta la promesa que le había hecho. Morana se encontraba en la guarida interior del mayor cazador que había entre todos ellos, con la yugular expuesta, respirándole en el cuello y en su estado más vulnerable. Había sangrado y él le había lamido las heridas. Había mirado a la muerte a los ojos, pero él la había devuelto a la vida una vez más.

Y se dio cuenta de que nunca, ni una sola vez en la vida, se había sentido más segura.

Por primera vez, estaba en casa.

12

Descubrimiento

Una repentina sacudida la despertó.

Morana abrió los ojos, desorientada y confusa. No reconoció la cama mullida en la que se encontraba ni la habitación a oscuras. Parpadeó, intentando ubicarse, y de pronto fue consciente del peso de un brazo alrededor de su abdomen. Un brazo pesado. Morana miró la extremidad que descansaba sobre la camiseta que llevaba puesta y la siguió hasta el cuerpo al que estaba unida.

Tristan.

Los recuerdos acudieron en tropel a su mente. Aunque no podía verlo bien, sentía el calor de su cuerpo pegado al costado. Tumbada boca arriba y respirando suavemente, Morana se permitió hacer un repaso de la situación. Tenía una de las piernas de Tristan, más ásperas que las suyas desnudas, entre los muslos, y su brazo debajo del pecho, manteniéndola anclada a su lado. Le rozaba el pelo con su cálido aliento y sus labios casi le presionaban la coronilla.

Era la primera que alguien dormía abrazado a ella, si a Morana no le fallaba la memoria.

Disfrutó del resplandor de ese momento en la oscuridad. Tras la noche que había pasado, después de la vida que había llevado hasta entonces, ese era el último lugar en el que habría pensado acabar. En el hogar de Tristan Caine. En la cama de Tristan Caine. En los brazos de Tristan Caine. Y, sin embargo, no podía pensar en ningún otro sitio en el que quisiera estar. Él le había dado a probar dos cosas que nunca había tenido: seguridad y un hogar. Para Morana, ambos habían sido conceptos, ideas que existían en las vidas de personas que no pertenecían a su mundo, espejismos que ilusionaban a los de su clase. Sin embargo, él le había estado dando pequeñas dosis desde aquella noche lluviosa en el ático, y había acabado convirtiéndola en una adicta. Entre los brazos del hombre más peligroso que conocía, Morana se sentía más segura que nunca.

Un sonido suave contra su oreja interrumpió sus cavilaciones.

Al oírlo, a Morana le temblaron los labios por el repentino impulso de reírse. Los apretó cuando volvió a escucharlo.

Tristan Caine el Cazador roncaba como un bebé.

Con razón no le gustaba que hubiera alguien más en la habitación cuando dormía: su reputación dependía de ello. Con los labios apretados para contener la risa, Morana volvió la cara hacia él y hundió la nariz en ese hueco cómodo que había descubierto entre su cuello y su hombro mientras notaba la suave caricia de su respiración en la frente.

En ese momento descubrió algo nuevo sobre sí misma: era una ladrona de sábanas. En algún punto de la noche, había tirado de ella y lo había dejado a él medio desarropado. Tristan se había limitado a acercarse a su lado de la cama como represalia inconsciente. Entre el calor de su cuerpo y la sábana conquistada, ella estaba calentita. Sin tener ni idea de la hora que era detrás de las oscuras cortinas que ocultaban la luz, soltó un suspiro de felicidad y se acurrucó más contra él, envolviéndose en su almizcleño aroma masculino como si se tratase de otra capa de confort.

De repente, él movió el brazo en un espasmo, y Morana supuso que eso era lo que la había despertado. La respiración de Tristan cambió, haciéndose más superficial, y le apretó el costado suavemente con la mano. Ella echó la cabeza hacia atrás para verle la cara, pero solo alcanzó a distinguir su silueta en la oscuridad. Sintió que volvía a clavarle los dedos en la piel y lo oyó contener la respiración. Aunque nunca había visto a alguien tener una pesadilla, reconoció las señales, ya que ella misma las había experimentado numerosas noches. Se preguntó qué le estaría mostrando su subconsciente. Morana sabía que, con la vida llena de brutalidades que había llevado Tristan, no debería haberla sorprendido que tuviera malos sueños.

Tragó saliva y se le encogió el corazón con un intenso deseo de calmarlo. Le tocó el antebrazo con delicadeza y notó que los músculos se flexionaban de forma involuntaria bajo su contacto. Sin saber muy bien qué hacer, se dejó llevar por su instinto. Inclinó la cabeza y apretó los labios contra su pecho, sintiendo el tejido cicatrizado bajo su boca. Lo besó con suavidad mientras le acariciaba el brazo.

Un gruñido retumbó en el pecho de Tristan y volvió a estremecerse.

—Chisss —susurró Morana, besándolo con suavidad y acariciándole el brazo una y otra vez—. No pasa nada. Estás a salvo. No pasa nada.

Él se puso rígido y contrajo el bíceps del brazo que Morana tenía justo al lado de los pechos con fuerza al tiempo que movía la cabeza. Ella continuó acariciándole, le rozó el cuello y le murmuró una y otra vez las mismas palabras contra la piel.

En algún lugar de la casa se oía el tictac de un reloj. El corazón de Morana latía a un ritmo constante (bum, bum, bum). Pasaron los minutos. Y despacio, poco a poco, sintió que la tensión abandonaba a Tristan y que relajaba el brazo que tenía sobre ella.

—Estás a salvo. No pasa nada —repitió Morana contra su pecho.

—Sal de la cama la próxima vez —le susurró Tristan con su voz ronca contra el pelo.

Como no esperaba que se hubiera despertado, ella intentó apartar la cara, pero él movió el brazo que tenía sobre su torso, le colocó la mano en la nuca y la obligó a quedarse justo donde estaba.

Morana se acomodó.

—Ni hablar.

—Puedo ser peligroso —dijo él, como si fuera algo que Morana no supiera ya. No era idiota, así que puso los ojos en blanco, pero guardó silencio—. Lo digo en serio —insistió él con un tono sombrío que no admitía discusión—. Puedo hacerte mucho daño sin darme cuenta.

Morana se encogió de hombros.

—Me arriesgaré.

De su garganta brotó un gruñido frustrado. Ella echó la cabeza hacia atrás y le puso la mano en el lateral de la cabeza. La sensación del tacto de su pelo entre los dedos se multiplicó en la penumbra.

—Anoche me hiciste una promesa en la oscuridad —murmuró, sabiendo que tenía toda su atención—, así que ahora yo voy a hacerte otra. —Le recorrió la mandíbula con el pulgar, sintiendo la aspereza de su barba, y juró, repitiendo parte de lo que él le había dicho—: Nunca más. Nunca volverás a estar solo. Por horrible que sea la pesadilla, yo estaré contigo.

El peso de esas palabras reverberó en el silencio durante unos instantes. La respiración de Tristan no cambió, pero Morana sintió que flexionaba los dedos un poco sobre su nuca. Sabía lo que significaba para él lo que acababa de decir. Se imaginaba perfectamente todas las emociones agolpándose en su interior, incluida la más peligrosa de todas: la esperanza. ¿Se atrevería a creer que ella hablaba en serio? ¿Se atrevería a creer que, después de todo lo que había sufrido, era capaz de albergar esperanza? Morana podía imaginarse lo que sentía él porque todo aquello se le había pasado a ella misma por la cabeza. Y eran iguales. Dos caras de la misma moneda, dos extremos de la misma cuerda. Morana era plenamente consciente de lo que significaba para ella jurarle aquello. No había vuelta atrás. Estaban juntos para rato.

—Como rompas esa promesa —replicó Tristan con la voz tan afilada como la hoja de una navaja—, yo romperé la mía.

—¿Cuál? —preguntó Morana, con el corazón latiéndole más deprisa al darse cuenta de que se había acercado más a ella.

Le tiró de la cabeza para dejar su cuello expuesto y se lo acarició con la nariz.

—La de no destrozarte.

Casi había pegado los labios a los suyos, casi pero no del todo. Morana intentó acercarse a su cara, acortar la distancia que los separaba, pero él seguía inmovilizándole la cabeza con la mano. Ella sonrió, consciente de que Tristan percibía lo que estaba pasando entre ellos.

—Destrózame.

La presa reventó.

Él se apoderó de sus labios en una colisión gloriosa que la dejó sin aliento. Todo lo sucedido la noche anterior regresó a su mente: el miedo, el peligro, el alivio de seguir viva. Podía sentir todo aquello en su forma de besarla. Sentía seguridad, pero también la venganza, entre sus labios y los de Tristan. Morana le rodeó el cuello con los brazos y tiró de él para colocar su cuerpo, mucho más grande, sobre ella mientras se tumbaba de espaldas. Él apoyó el peso en los antebrazos, y sus lenguas se entrelazaron. Ella se deleitó con la maravillosa sensación de abrazarlo y de que él la abrazara así por primera vez. Le mordió el labio inferior y le recorrió la poderosa espalda con los dedos, pasando por cada músculo y cada cicatriz, hasta llegar a sus nalgas definidas. Había admirado ese culo en secreto muchas veces y se estremeció al poder tocarlo. Separó más los muslos para acomodarlo y presionó con las manos esos músculos esculpidos para atraerlo hacia el valle entre sus piernas.

Un gruñido ronco vibró en el pecho de Tristan, justo contra sus pechos, el roce de sus pezones duros contra su carne mientras él la devoraba se hizo insoportable. Morana se restregó contra su cuerpo desnudo salvo por los bóxers negros. De repente, Tristan le subió la camiseta —la que él le había prestado—, la única prenda con la que se había acostado, hasta el cuello. Sus pechos quedaron al descubierto y los apretó contra su torso desnudo por primera vez. La sensación le arrancó un gemido y sus pezones se volvieron aún más sensibles, haciendo que el deseo palpitara entre sus piernas.

Tristan separó la boca de ella y su respiración agitada presionó con fuerza su pecho contra el de Morana.

—Joder —dijo, con una nota ligeramente asombrada e incrédula en la voz.

Sí. Ella opinaba igual. «Joder». Esa única palabra lo resumía todo a la perfección.

Una fuerte vibración procedente de la mesilla de noche disparó el pulso de Morana, ya de por sí acelerado. Se volvió hacia el ruido y vio que el móvil de Tristan vibraba como un loco sobre la superficie de madera. Lo miró a la luz del teléfono y contempló ese pelo, alborotado y despeinado, y esos magníficos ojos clavados en ella con una intensidad que hizo que el calor la inundara por completo de nuevo. Era consciente de que la dura erección de Tristan estaba presionada contra la humedad de su entrepierna y que solo los separaba una delgada capa de algodón. Las caderas de Morana se elevaron casi por voluntad propia, creando una ligera fricción que hizo que el placer la recorriera hasta llegarle a la punta de los dedos de los pies.

El teléfono siguió vibrando mientras Tristan movía las caderas con deliberada lentitud, ejerciendo la presión perfecta. Ella hundió la cabeza en la almohada y arqueó la espalda, clavándole los dedos en la espalda.

La vibración se detuvo y la habitación quedó sumida de nuevo en la oscuridad.

Tristan volvió a acercar la boca a la suya. Ella separó los labios de buena gana para dejarlo entrar y sintió que el corazón le latía con fuerza mientras él ralentizaba sus movimientos. El contacto le había humedecido los calzoncillos y Morana notó que le acariciaba un lateral del pecho.

El teléfono volvió a vibrar. Tristan separó los labios de los de ella y cogió el móvil para llevárselo a la oreja.

—Qué —gruñó al tiempo que se alejaba y se quedaba apoyado sobre las rodillas. Colocó la mano que había estado en su costado en la espalda de Morana y tiró para levantarla y pegarla a él. Morana lo rodeó con las piernas y se sentó a horcajadas sobre sus caderas de la forma más lasciva, con todo el cuerpo vibrando de deseo—. ¿Cuándo? —lo oyó preguntar contra su cuello justo antes de sentir sus dientes sobre la piel, dejándola casi sin respiración.

En ese momento, quienquiera que lo hubiera llamado dijo algo que lo dejó totalmente inmóvil, de esa forma tan propia de él. Morana se separó, intentando leer su expresión, y él se lo permitió. La ayudó a tenderse de nuevo sobre el colchón, pero dejó la mano apoyada en su cadera. Como no soportaba más no poder verlo, Morana extendió el brazo y encendió la lámpara que tenía al lado, que inundó la habitación con un suave resplandor.

Vio que su mirada le recorría el cuerpo totalmente expuesto, contemplando cada centímetro de su piel, y ella hizo lo mismo. Esos músculos, ese cuello, esos hombros, pectorales, abdominales, brazos... Todo en Tristan delataba su fuerza. Morana observó las cicatrices de cerca por primera vez, pero se concentró en los tatuajes, ya que antes no había tenido la oportunidad de hacerlo. Sabía que tenía uno pequeño bajo el bíceps del que solo podía ver los extremos. Parecía un diseño tribal. Pensó que algún día le encantaría explorar todas las marcas de Tristan hasta hartarse.

Antes de que pudiera examinar los demás, él gruñó en respuesta a algo y le colocó la mano entre las piernas, que ella tenía separadas por completo para él. Lo miró a los ojos, sorprendida, y vio que esos pozos azules la atravesaban mientras él seguía hablando por teléfono y la acariciaba.

Morana soltó el aire con brusquedad y el fuego que se había calmado volvió a rugir bajo su piel. Se aferró a la sábana que tenía debajo.

—No, ni hablar —lo oyó decir mientras hundía un dedo en su interior húmedo de la forma más placentera.

Tristan clavó su mirada de hielo en los pechos de Morana, luego en sus manos y por último en sus ojos. Ella captó el mensaje y soltó la sábana. Se llevó los dedos a los pechos mirándolo a los ojos y se los apretó al tiempo que su interior se cerraba en torno al que la invadía. Sentía que la estaba tocando tanto con la mano como con la mirada.

—Encárgate. —Él introdujo otro dedo más.

Morana se pellizcó los pezones y el ramalazo de placer que

la atravesó la hizo arquear la columna al tiempo que un suave gemido escapaba de sus labios.

La mirada de Tristan la abrasó.

—Nada —dijo al tiempo que negaba con la cabeza y la miraba. No dejó de penetrarla con los dedos, moviéndolos cada vez más rápido, y desplazó el pulgar para frotarle el clítoris al mismo tiempo.

Morana respiró hondo, consciente de que debía guardar silencio, sin soltarse los pechos ni romper el contacto visual con él. Se mordió los labios hinchados y notó que empezaba a temblarle la barbilla. Tristan lo vio, lo registró y atacó con una ferocidad de la que ella no lo habría creído capaz mientras hablaba por teléfono. Por supuesto, no debería haberse sorprendido.

La penetró una y otra vez, separando los dedos en su interior, acariciándola por dentro. Las llamas empezaron a acumularse en las entrañas de Morana, convergiendo en una esfera que iba tensándose más y más y más. Todo contribuía a la deliciosa tortura: sus ojos, sus dedos, su simple presencia. La frotó con el pulgar con habilidad, ejerciendo la presión justa para acercarla al precipicio. Morana sabía, con una claridad absoluta, que Tristan la estaba empujando hacia un orgasmo demoledor.

Sus dedos entraban y salían de ella, al mismo ritmo con el que la habría penetrado con la polla, y ella se tensaba a su alrededor, desesperada por que llegara el alivio. La presión crecía a cada segundo y la bola de fuego de sus entrañas aumentaba con cada respiración entrecortada que escapaba de Morana. Empezó a temblar con cada latido desaforado de su corazón.

—Hazlo —ordenó él, y la voz de whisky y pecado la hizo explotar.

Morana cerró los ojos y vio miles de estrellas detrás de los párpados. Echó la cabeza hacia atrás, arqueó la espalda y siguió pellizcándose los pechos mientras encogía los dedos de los pies, le temblaban las piernas y se corría con un suspiro estrangulado y silencioso. Tristan siguió moviendo el pulgar y los demás dedos, alargando el placer en la medida de lo posible y desencadenando una serie de temblores que le sacudieron el cuerpo hasta que un gemido se le escapó de los labios, su carne hipersensible.

Volvió a la tierra, jadeando, recuperándose, y abrió los ojos despacio. Tristan la estaba mirando. Se llevó los dedos mojados a la boca y los chupó. Morana se estremeció de nuevo pese al agotamiento.

—Allí estaré —afirmó él. Arrojó el móvil a la cama con brusquedad a su lado, con los ojos clavados en ella y un prominente bulto bajo los bóxers.

Se inclinó hacia delante con una agilidad de la que su cuerpo no debería haber sido capaz, pero lo era, la atrapó entre sus brazos y se cernió sobre ella, haciendo que el aire que quedaba entre sus cuerpos se cargara.

—Ahora que la he probado, señorita Vitalio —susurró, mirándola directamente a los ojos—, no podrá escapar de mí.

—Ya no me asusta, señor Caine —replicó ella con la voz entrecortada.

Morana vio que su hoyuelo aparecía un instante antes de que él bajara de la cama de un salto y se dirigiera a la ducha. Ella se desperezó mientras esbozaba una sonrisa, pero los dolores del ataque de la noche anterior regresaron con fuerza ahora que había desaparecido la neblina de las endorfinas. Posó los pies en el suelo con un gemido y se colocó la camiseta, moviendo el cuello a un lado y a otro.

El sonido del agua le llegó desde el baño y Morana sacudió la cabeza porque de repente todo le parecía muy cotidiano. Cogió el teléfono de la mesita de noche y redactó mentalmente una lista de todas las cosas que debía hacer, la primera de las cuales era comprobar el software que había dejado funcionando en casa de Dante. También tenía que darle las gracias en persona por haber sido una roca para ella la noche anterior. Después debía conseguir información sobre sus dos agresores —el muerto y el vivo— y descubrir quién los había enviado a por ella y por qué. Además, tenía que averiguar más cosas sobre el hombre del aeropuerto y cómo se había enterado del ataque.

Decidida, hizo rápidamente la cama y se acercó a la ventana para descorrer las oscuras y pesadas cortinas que habían mantenido la habitación en la penumbra durante la noche. El lago —de un azul claro, plácido y hermoso— se extendía kilómetros y kilómetros a un lado, recortado por la frondosa arboleda verde de la orilla que delimitaba los distintos territorios de la propiedad. Aunque era una vista impresionante, entendía por qué ese era el dormitorio de Tristan Caine. Resultaba imposible infiltrarse desde esa zona de la propiedad. Cualquiera que estuviese en el lago sería un blanco fácil y no había otra forma de entrar por ese lado sin ser visto. Era una ubicación segura.

Cuantas más capas le quitaba Morana a Tristan, más se le encogía el corazón por él. Negó con la cabeza, se volvió hacia el cuarto y soltó un grito ahogado. Al fin y al cabo, la noche anterior no había prestado mucha atención. En ese momento, sí.

Los rayos del sol matinal entraban por la ventana, iluminando todo el interior de la estancia. Las paredes estaban pintadas de un tono crema cálido, los muebles eran de caoba oscura e intensa y los tonos verdes lo salpicaban todo: la ropa de cama, el cuadro gigante que había sobre la cómoda y un sinfín de detalles más. Parecía un bosque, nada que ver con el dormitorio que cabría esperar de un hombre que tenía áticos gélidos y fríos. A Morana se le escapó una carcajada.

Se acercó a lo que parecía una colección de pequeños recuerdos que había sobre la cómoda y se inclinó para mirarlos más de cerca. Eran una serie de objetos pequeños y aleatorios, situados a poca distancia, pero sus ojos fueron directos a la parte superior, a una foto pequeña enmarcada de una niña con mejillas de querubín y ojos verdes, brillantes y curiosos. Con el corazón en un puño, cogió el marco y contempló a la hermana de Tristan por primera vez. Un gorrito rojo le cubría la cabeza, sonreía de oreja a oreja, dejando a la vista sus encías sin dientes, y llevaba un jersey rojo. Cuando le hicieron la foto, era un bebé feliz que le sonreía al fotógrafo. ¿Habría compartido ella habitación con esa niña? ¿Habría mirado esos ojos tan grandes? ¿Tendría esos recuerdos reprimidos en la memoria?

Otra foto, esa sin marco y situada en la parte de atrás de la cómoda, la hizo parpadear. La sacó despacio mientras la miraba fijamente. Era ella en su graduación, recibiendo el título y sonriendo. ¿Cómo tenía Tristan esa foto? ¿Por qué tenía esa foto?

—Tengo que vestirme.

Soltó la fotografía al instante para darse media vuelta. Lo vio de pie en el umbral de la puerta del cuarto de baño, con una toalla alrededor de las caderas, observándola. Nunca había entendido cómo un hombre de su tamaño podía moverse de forma tan sigilosa. La había pillado mirando la foto, algo que ya habría tenido en cuenta que podía suceder en cuanto la dejó entrar en su dormitorio. Así que Morana esperó a que reaccionara o a que dijera algo. A que hiciera algún comentario sobre su hermana o sobre el hecho de tenía una foto suya escondida en su casa.

No lo hizo.

En apariencia impasible, se paseó por el dormitorio, abrió el armario y sacó un impecable traje gris pizarra que dejó sobre la cama. Al darse cuenta de que ella la había hecho, se detuvo un instante y se volvió para coger una camiseta blanca de algodón y un pantalón de chándal. Cerró la puerta, colocó las prendas encima de la cama y la miró.

—Ponte esto cuando te duches —dijo, señalando la ropa—. Y trae hoy el resto de tus cosas.

Morana añadió a la lista una cosa más: mudarse.

Sin saber si debía decir algo, observó cómo Tristan se secaba el pelo con una toalla mientras ella echaba a andar hacia el cuarto de baño. Se mordió el labio, siguió caminando y cerró la puerta al entrar. La estancia, que tampoco había apreciado en su totalidad la noche anterior, era impresionante a la luz del día. La pared del fondo contaba con unas ventanas enormes que llegaban hasta el techo, a través de las cuales la luz natural inundaba la estancia. La bañera con patas de garra que había usado la noche anterior estaba emplazada contra la pared y frente a ella había una espaciosa ducha con mampara de cristal esmerilado. Los tonos verde bosque y marrón también eran evidentes en ese espacio.

Tras quitarse la camiseta, Morana se volvió hacia el enorme lavabo de granito situado a unos pasos de la bañera y se miró en el espejo. Tenía las mejillas sonrojadas; el pelo, sedoso, pero enredado y oliendo a su champú; los labios, bastante hinchados. Parecía una mujer que se había dado un revolcón a primera hora de la mañana, y el único vestigio visible del ataque de la noche anterior lo tenía en el cuello. La huella de una mano lo rodeaba como una serpiente venenosa. Siguió el moratón rozándolo con suavidad con los dedos, y por fin la invadió la rabia por lo que había sucedido.

Sacó un cepillo de dientes nuevo del armarito que había debajo del lavabo, y se aseó y se duchó en un tiempo récord. Envuelta en una toalla verde, regresó al dormitorio y lo encontró vacío.

Morana añadió otra cosa más a la lista: averiguar qué le sucedió a Luna Caine.

Preparada, se vistió rápidamente con la ropa de Tristan, aunque tuvo que doblar el bajo del pantalón varias veces para no pisárselo y caerse de bruces, y salió. El olor a tostadas recién hechas hizo que le rugiera el estómago. Dios, estaba muerta de hambre.

Siguiendo su olfato, bajó la escalera con paso ligero, observando la casa, viéndola cambiar según avanzaba. Cuanto más se acercaba al vestíbulo, más fría se volvía, hasta llegar a los tonos blancos, grises y azules de la entrada. Fascinada, sintió que la implicación de hasta qué punto Tristan le ocultaba su esencia a los demás la golpeaba de nuevo con fuerza. Giró a la izquierda, entró en la espaciosa cocina, que era prácticamente una réplica de la del ático, y no se sorprendió al verlo cocinando. Lo que sí le impactó fue comprobar lo guapo que estaba haciéndolo vestido de traje. No se había dado cuenta de que eso en concreto la atraía hasta ese momento, mientras observaba su musculoso y atlético cuerpo preparando con pericia unos huevos revueltos.

—La despensa está llena —le dijo él sin volverse siquiera, dejándole claro que sus sentidos la captaban sin problemas—. Zia trae la compra todos los sábados por la mañana. Ahí hay una lista —siguió, inclinando la cabeza hacia el frigorífico—, así que apunta cualquier cosa que quieras.

El tostador saltó y Morana se movió para ocuparse del pan.

—¿Mantequilla? —le preguntó.

—Sí, con sal.

Ella asintió, maravillada por la facilidad con la que se movían por el espacio. Colocó las tostadas en los platos, rodeó la isla y se sentó, momento que fue como un *déjà vu* del ático. Podría acostumbrarse a eso.

—¿Y la limpieza?

Él apagó el fuego y sirvió huevos para los dos.

—Se encarga Zia. Tiene llave, así que viene dos veces a la semana para ocuparse de todo. Te daré una llave esta noche.

Una vez sentado frente a ella, Tristan le ofreció un vaso de zumo de naranja y empezó a tomarse el café. Morana levantó una ceja.

—¿Y el dormitorio?

Él alzó la mirada, y sus ojos brillaron bajo la luz matinal que entraba por las ventanas.

—Siempre está cerrado. Lo limpio yo.

—¿Así que cocinas y limpias? —Morana probó los huevos, que estaban riquísimos—. El hombre de mis sueños.

Vio que a él le temblaban los labios por la risa, que era lo que ella pretendía, y sintió que algo cálido echaba raíces en sus entrañas.

—Pero, como voy a ser tu compañera de habitación, compartiremos la responsabilidad.

—¿Algo más, señorita Vitalio? —le preguntó Tristan mirándola con atención, con un tono que estaba peligrosamente cerca del whisky y del pecado. Esa voz le provocaba un montón de cosas.

Se inclinó hacia delante, sintiéndose descarada.

—No he hecho más que empezar, señor Caine.

—Creía que ya te había terminado esta mañana. —Él bebió un sorbo de zumo y recogió con la lengua una gota que se le había quedado junto a los labios. Los ojos de Morana siguieron el movimiento antes de clavarse en los suyos. Se le secó la garganta—. Come —le ordenó él y ella lo obedeció, consciente de que no era el momento adecuado para jugar. Él tenía cosas de mafioso duro que hacer y ella tenía cosas de mafiosa empollona que hacer. No tenían tiempo. En ese momento el móvil de Tristan vibró y lo sacó para leer el mensaje. Fuera lo que fuese hizo que apurara el zumo de golpe—. Tengo que irme —le dijo.

Morana asintió.

—Yo me encargo de los platos.

Él la miró con gesto inexpresivo, como si ni siquiera hubiese reparado en los platos hasta que ella los mencionó, y Morana sintió que le ardían las mejillas.

—Cierra al salir.

Y se marchó con esas bruscas palabras. Nada de «Que tengas un buen día, cariño» o «Volveré para la cena, corazón». Ni hablar. ¿Él? Nunca.

Morana sintió la vibración del teléfono.

Tristan Caine
Mantente a salvo.

Sonriendo, Morana se zampó el desayuno.

13

Fuente

Lo mismo digo.

Morana abrió la conversación de Dante para mandarle un mensaje.

Sería posible que me trajeran unos zapatos a casa de Tristan desde la mansión? Anoche no estaba para pensar en eso.

Por supuesto. En 10 minutos los tendrás ahí. Pásate después por mi casa.

Gracias. Hasta dentro de un rato!

Terminó de desayunar, fregó los platos y recogió la cocina, tras lo cual ojeó la lista del frigorífico y vio la letra de Tristan por primera vez. Sus trazos eran increíblemente rectos, parecía masculina y osada. Meneó la cabeza, se guardó el móvil y, con cuidado pero con velocidad, subió a toda prisa al dormitorio para cerrar la puerta. Se oyó el clic metálico de dos cerraduras al activarse y luego regresó a la planta baja justo cuando alguien llamaba a la puerta principal.

Abrió la puerta y vio a Vin en el porche, con una caja de zapatos en las manos. Ni siquiera parpadeó al verla vestida con lo que estaba claro que era ropa de Tristan.

—Buenos días —lo saludó con una pequeña sonrisa.

Él asintió y le ofreció la caja en silencio antes de retroceder y esperar. Morana frunció el ceño.

—Mmm… Seguro que tienes mejores cosas que hacer.

—Se supone que debo escoltarla, señorita Vitalio —le informó él en voz baja—. Son órdenes.

—¿De quién? —quiso saber ella mientras sacaba las cómodas bailarinas negras y se las ponía.

—Del señor Maroni —contestó sin explayarse.

—¿Qué Maroni?

—Dante.

Morana asintió y salió a la fresca brisa matutina, asegurándose de que la puerta se cerraba tras ella y de que la alarma estaba activada. Una vez comprobado eso, echó a andar hacia la casa de Dante, acompañada por un callado Vin.

—¿Entraste en mi dormitorio a por los zapatos? —le preguntó, tanto para romper el silencio como para saciar su curiosidad.

—Sí, señorita Vitalio —contestó él, mirando al frente.

Morana observó al hombre taciturno, que llevaba el pelo tan corto que casi parecía que iba rapado. Sin duda era más joven que Tristan, pero mayor que ella, e intentó imaginárselo rebuscando en su armario tan femenino en busca de unos zapatos.

—Llámame Morana, por favor —le pidió—. ¿Estaba todo en orden? —preguntó, siguiendo un impulso.

Si Dante lo había mandado a su habitación y también a casa de Tristan, eso quería decir que confiaba en él hasta cierto punto. Y Dante se había ganado su propia confianza, de modo que, por extensión, trataría a Vin como si fuera uno de los buenos.

—No —contestó él, que la miró un segundo antes de clavar de nuevo los ojos al frente—. La habitación estaba patas arriba. Nada estaba en su sitio.

Eso quería decir que, además de las pruebas de su encontronazo, alguien había destrozado también su cuarto. Pero ¿por qué? ¿Llevado por la rabia o buscando algo?

Recorrer la extensa propiedad a plena luz del día era muy distinto de hacerlo en absoluta oscuridad. La mansión se alzaba a lo lejos, como de costumbre, como si fuera una bestia. Había actividad a su alrededor; tal vez estaban limpiando después de la fiesta. Morana dirigió la mirada a la casa de Dante, el lugar que le había dado abrigo, su refugio cuando lo había necesitado. Con una sensación cálida en el corazón, se apresuró a subir los escalones y llamó a la puerta, consciente de que Vin se quedaba rezagado.

Al cabo de un minuto, Dante abrió, ataviado con su habitual traje oscuro con corbata, y con el pelo peinado hacia atrás, dejando al descubierto su apuesto rostro y resaltando su estructura ósea. Esos ojos oscuros la recorrieron de arriba abajo al verla vestida con la ropa de Tristan, que le quedaba enorme, y se entrecerraron por la risa.

Morana puso los ojos en blanco y entró en la casa.

—Danos cinco minutos —le dijo Dante a Vin con un gesto de cabeza.

El otro hombre le devolvió el ademán y echó a andar hacia la mansión.

Tras cerrar a su espalda, Dante le dio un breve abrazo a Morana y después la sujetó por los hombros.

—Me alegro de que estés bien.

Ella sintió una opresión en el pecho y rodeó su enorme cuerpo con fuerza, aspirando su colonia.

—Gracias por lo de anoche. Significó mucho para mí.

Él se apartó y la miró con seriedad.

—Lo de anoche no debió pasar. Pero me alegro de que pensaras en venir aquí, Morana.

Sonrió al oírlo, con los labios un poco temblorosos, y él le dio un apretón antes de conducirla al salón. Tras ocupar el sofá que había reclamado como suyo, vio que Dante tecleaba algo en su móvil antes de sentarse frente a ella.

Dante entrelazó las manos, con gesto sombrío, y dijo:

—Tristan y yo hablamos anoche de lo sucedido. Vamos a ocuparnos de todo por nuestro lado. Mientras tanto, tú tienes que ponerte con el software. Todo esto está pasando demasiado seguido como para que sea una coincidencia.

Morana asintió.

—Estoy de acuerdo. Me pondré con lo mío, no te preocupes. Pero tengo algunas preguntas.

—Dispara.

Morana sacó el móvil, abrió la galería de fotos y pulsó en la del atacante inconsciente. Giró el móvil para que él pudiera ver la pantalla.

—¿Lo conoces? —le preguntó.

Dante miró la pantalla un buen rato antes de negar con la cabeza.

—No lo he visto nunca. Pero mándame la foto. Haré una búsqueda.

Tras enviársela, Morana le hizo la siguiente pregunta.

—¿Viste al hombre que estuvo hablando conmigo anoche?

Lo vio levantar muchísimo las cejas.

—¿Qué hombre?

—Me advirtió del intento de asesinato durante la fiesta —le contó—. No le vi la cara, ni siquiera sé qué aspecto tiene.

Dante empezó a menear la cabeza incluso antes de que ella hubiera terminado de hablar.

—Nadie pudo entrar en la fiesta sin invitación.

—A ver, no quiero restregártelo ni nada, pero yo lo hice hace unas semanas —replicó ella con timidez.

Dante sonrió.

—Es verdad. Le echaré un vistazo a las cámaras después. Pero ten cuidado con ese tío.

Morana se encogió de hombros.

—Ha tenido un montón de oportunidades para matarme y no lo ha hecho. Es más, creo que este es el hilo que he estado buscando y estoy dispuesta a arriesgarme aunque a Tristan y a ti no os guste. Sois mayorcitos ya. Os aguantáis.

Dante suspiró, meneando la cabeza.

—Sigue sin gustarme. Llévate a Vin. Es tu guardia de seguridad de momento, por lo menos hasta que atrapemos a quien sea que te quiere muerta.

Morana resopló.

—Esa es una lista bastante larga. Ah, ¿te importaría encargarte de que lleven mis cosas a casa de Tristan? No me apetece volver a ese agujero ahora mismo.

Dante se puso en pie con una sonrisa.

—Qué poco has tardado en dar el paso. ¿No deberías esperar un poco para comprobar si es el hombre con quien quieres pasar el resto de tu vida?

Morana cogió un cojín que tenía al lado y se lo tiró a la cabeza. Dante soltó una carcajada y se le formaron unas arruguitas en la cara que habrían hecho que cientos de corazones femeninos se pararan en el acto. Morana entendía perfectamente por qué Amara se había encaprichado de él cuando era joven.

—Me alegro por los dos —dijo él, dirigiéndose a la puerta—. Zia está en la mansión. Le pediré que recoja tus cosas y las mande aquí. Podéis llevároslas juntas a casa de Tristan.

—Gracias, Dante —repuso Morana mientras él se marchaba.

—Vin estará aquí —replicó él.

Oyó que cerraba la puerta y que sus pasos se alejaban. Poco a poco, Morana se acomodó en el silencio de la casa. Se crujió el cuello, con un ligero malestar en los hombros, y se acercó el portátil para encender la pantalla.

Sus programas, que avanzaban a un sorprendente paso de caracol, estaban ya al noventa y cuatro por ciento. Satisfecha, pero todavía con la mosca detrás de la oreja, inició sesión en su sistema y abrió el software de reconocimiento facial, en el que cargó la imagen del atacante antes de activar la búsqueda en segundo plano. Después empezó a buscar todas las noticias relacionadas de la Organización de Tenebrae de hacía veinte años. Un asesinato por allí, un robo por allá, nada demasiado llamativo ni demasiado alarmante. Se quedó sentada en el sofá, leyendo un artículo tras otro, un recorte de prensa tras otro, sin encontrar nada que indicara el fin de la Alianza. Eso era sorprendente porque, por regla general, cuando se rompían alianzas, siempre había un breve periodo sangriento posterior por toda la insatisfacción. Pero ¿veinte años antes? Nada. Impoluto. Surrealista.

Molesta, pero también intrigada, cambió las palabras clave y empezó a revisar los informes sobre las niñas desaparecidas. Había muchas, muchísimas, para que hubiera pasado sin pena ni gloria. En dichos informes se podían leer desde teorías descabelladas que relacionaban las desapariciones con asesinos en serie y con pedófilos hasta teorías de la conspiración sobre extraterrestres con predilección por bebés humanas. Los numerosos casos, aunque investigados en profundidad, seguían abiertos, pero olvidados después de tantísimos años, pudriéndose en algún estante. Los hechos eran misteriosos: niñas de hasta tres años desaparecidas sin dejar rastro. Algunas de parques, otras de sus casas. Una niña desapareció de su cochecito en el segundo que tardó su madre en buscar algo en el bolso. Otra estaba jugando en la puerta con su hermana mientras su madre las vigilaba desde la cocina. En un abrir y cerrar de ojos, las dos desaparecieron. Un caso tras otro, una historia tras otra, increíbles pero ciertas, pasaron por su pantalla.

Cuando terminó de leer la última, tenía el estómago revuelto y le ardían los ojos por la rabia. Sabía con absoluta certeza que había dos casos de los que no había informes. Dos niñas.

Luna Caine, desaparecida de su dormitorio en plena noche, uno al que era imposible acceder sin despertar a su sobreprotector hermano mayor; y ella, Morana Vitalio, desaparecida y devuelta. Si bien la prensa y la policía nunca vincularon los casos con la mafia, ella sabía que sí lo estaban. No había motivo, salvo el hecho de que ella era la hija del jefe de Puerto Sombrío, que explicase que la devolvieran mientras que a las demás no.

Abrió su sistema y comprobó sus programas uno a uno. Mientras se ejecutaba el de reconocimiento facial con la foto del hombre que la había atacado por la noche y tras ajustar la configuración de sus programas más antiguos para encontrar más información sobre lo que pasaba, inspiró hondo y abrió una ventana del navegador Tor. Al fin y al cabo, se llamaba *dark web* por algo. Lo que no se podía encontrar en la red normal y corriente casi siempre existía en la red oscura.

Morana había personalizado su navegador Tor y lo había ocultado capa tras capa, no con una sola VPN, sino con varias que hacían rebotar su señal de una parte a otra del planeta cada segundo en tiempo real. Eso era lo que hacía que fuera casi imposible rastrearla a ella o lo que hacía. Aunque no se dedicaba a buscar cosas en esa parte de la red. No solo porque era peligroso, sino porque lo que se veía obligada a ver mientras navegaba le revolvía el estómago. La depravación corría a sus anchas sin precedentes.

Ese era uno de los motivos por los que había esperado durante tanto tiempo antes de sumergirse en la *dark web*. Pero ya no le quedaba alternativa. Estaba convencida de que encontraría alguna pista allí, alguna respuesta.

Abrió la ventana enmascarada y se aisló de todo lo que sucedía a su alrededor antes de introducir las palabras clave en silencio. Aunque no estaba del todo segura de lo que buscaba, sabía que el punto de partida era Tenebrae veinte años antes y las niñas desaparecidas. Pulsó «intro».

Casi de inmediato una lista con resultados inundó su pantalla, apareciendo uno tras otro. Se concentró en la pantalla, sus ojos volaban sobre las palabras mientras guardaba o descartaba datos a una velocidad que la señalaba como un genio.

De repente, apareció una ventana de diálogo en una esquina de la pantalla.

soyelsegador00
te falta un concepto clave

Morana se quedó inmóvil, y la sorpresa la hizo menear la cabeza al ver el mensaje. Eso debería ser imposible. No que la encontrara bajo las capas y capas de su identidad online, no que la rastreara a la velocidad de vértigo a la que su señal se movía por el mundo, sino que supiera lo que estaba haciendo allí. Totalmente imposible.

Sin embargo, el mensaje parpadeaba en su pantalla, con aspecto inocente.

Se apresuró a pinchar en la conversación para ver la identidad virtual de la persona que lo había mandado, mientras experimentaba un ramalazo de admiración hacia esta por haberse saltado su seguridad. Y su seguridad era la hostia.

El icono era una calavera blanca y negra, con el espacio negativo detrás de la imagen haciendo que quedase resaltada en la pantalla. Estupefacta por el hecho de que ese tal segador la hubiera encontrado y se hubiera puesto en contacto, decidió seguir su instinto y tecleó una respuesta.

diosatecnofriki00
cuál?

Esperó un instante y vio aparecer la respuesta.

soyelsegador00
trata de personas

Morana se quedó sin respiración durante un larguísimo instante, con la implicación de esas palabras encogiéndole el corazón. No, por Dios, no.

diosatecnofriki00
quién eres?

El reloj contaba los segundos en la pared que tenía detrás mientras esperaba la respuesta en la pantalla negra.

Tictac.

Tictac.

Tictac.

soyelsegador00
un amigo

Morana no supo cómo reaccionar a eso. Apareció otro mensaje antes de que pudiera decidir cómo continuar.

soyelsegador00
tengo mis motivos para ayudarte

Morana tecleó a toda prisa.

diosatecnofriki00
y cuáles son?

soyelsegador00
quiero que descubras
la verdad, Morana

De modo que sabía quién era ella. Miró el mensaje, con una sensación desconocida en la boca del estómago. No lo entendía. Frunció el ceño mientras movía los dedos.

diosatecnofriki00
ya sé la verdad

Hubo una pausa antes de que apareciera una respuesta.

soyelsegador00
todavía hay muchas cosas
que no sabes

Se le puso la carne de gallina en los brazos por ese último mensaje. Se frotó la piel para calmarse, respirando con dificultad sin darse cuenta. Confió en su instinto y escribió otro mensaje.

diosatecnofriki00
quiero que nos veamos

El cursor parpadeó cinco veces antes de que el hombre, porque suponía que era un hombre, contestara.

soyelsegador00
cuando llegue el momento
por ahora, usa la palabra clave

Su respuesta fue críptica.

¿Fuentes de qué? Antes de que pudiera desaparecer, había algo que necesitaba saber sí o sí.

Esperó un rato, y luego un poco más, pero no le llegó respuesta. Frustrada por no saberlo, regresó a la búsqueda y modificó las palabras clave: «"Tenebrae" + "años 90" + "niñas desaparecidas" + "mafia" + "trata de personas"».

Añadió lo último con temor, rezando para que fuera una tontería y no encontrase nada que la llevase en esa dirección. Las familias, que ella supiera, nunca habían participado del negocio de la trata de personas. No tenía sentido. Con eso accedería a una parte distante de la red, una parte más oscura en la que nunca se había aventurado y que le daba un poco de miedo.

La búsqueda le ofreció resultados poco a poco y una nueva andanada de información la asaltó. Ojeó los datos frenéticamente: niñas desaparecidas, niñas subastadas, niñas vendidas y noticias muchísimo más inquietantes que la asquearon. Sin embargo, ninguno de los datos hablaba de niñas menores de diez años. La información, por más inquietante que fuera, no tenía nada que ver con las niñas desaparecidas de Tenebrae.

Suspiró, apartó el portátil y se levantó del sofá, estirando los músculos y dándose un poco de espacio para pensar. Se acercó a la ventana a través de la que se veía el lago a lo lejos y observó la casa en la que viviría a partir de ese momento. Parecía serena, casi plácida. Pero el hombre que la ocupaba no lo era. No lo sería hasta que saliera a la luz la verdad sobre su hermana.

Había un motivo por el que el hombre del chat había querido que añadiera «trata de personas» a la lista de palabras clave. Si no fuera importante, dudaba mucho de que se hubiera tomado la molestia de rastrearla y de ponerse en contacto con ella, fuera quien fuese. Conocía su nombre y también cosas de las niñas.

El portátil emitió un sonido que hizo que lo mirase. Volvió a sentarse en el sofá para ver todos los resultados de la búsqueda que había hecho. Con los dedos en el teclado, repasó los titulares, los encabezados y cualquier nombre a una velocidad de vértigo, con una creciente sensación de urgencia a medida que leía. Cada retazo de información tenía asociado un nombre de usuario en el lugar de la fuente.

El hombre le había dicho que encontraría fuentes.

Se puso manos a la obra y filtró los artículos por fuentes, permitiendo al sistema ordenarlos en secciones. Diez segundos después, la mayoría de los artículos se agruparon bajo una única fuente: Noticias D.

¿Qué demonios era Noticias D?

Antes de que pudiera tirar del hilo, el sonido de otro de sus programas la distrajo. El reconocimiento facial personalizado había terminado. Puso el programa en primer plano y no encontró ningún nombre, pero su software había hallado otras dos imágenes del hombre a través de cámaras públicas, una en Puerto Sombrío y otra en Sudamérica. Mandó las imágenes a Tristan y a Dante, y esperó a que le contestaran. No lo hicieron.

Empezó a notar un dolor sordo justo detrás de las cejas. Se quitó las gafas y se llevó las manos a los ojos, gimiendo por la frustración al ver cómo iban las cosas. Tenía más preguntas que respuestas y cada vez que creía estar cerca de algo importante, se le escapaba de entre los dedos. Apretó los dientes frustrada y clavó la mirada en el techo un buen rato, sopesando su siguiente paso.

Hizo una llamada.

14

Proceso

Tenebrae era una ciudad bendecida con una belleza natural. Dividida en dos por un largo río que desembocaba en el océano a cientos de kilómetros de distancia, se situaba justo al pie de unas impresionantes colinas salpicadas de hermosos lagos. A diferencia del clima costero y húmedo de Puerto Sombrío, Tenebrae experimentaba todas las estaciones: nieve en invierno, días soleados en verano y el mejor otoño del país.

Con la mirada clavada en las hojas marrones que crujían bajo sus botas nuevas, Morana estaba de pie junto a la barandilla del muelle, un espacio muy público, con el café para llevar que le había comprado a un vendedor al otro lado de la calle. La chaqueta beis claro la abrigaba lo suficiente como para no sentir frío al sol vespertino y ocultaba la pequeña pistola que había cogido de casa de Dante, con el pelo recogido en una trenza que se había hecho a toda prisa en el coche mientras Vin la llevaba. Él estaba allí en alguna parte, protegiéndola tal como Dante le había ordenado. Ese hombre callado se estaba convirtiendo en una de las personas que mejor le caían.

Los transbordadores que cruzaban el río hacían sonar las sirenas y la gente deambulaba a su alrededor, mientras ella permanecía de pie, alerta y vigilante, a la espera de que el hombre con quien había contactado arrojara algo de luz sobre las preguntas que tenía.

Como en respuesta a sus pensamientos, oyó la voz familiar y ronca a su espalda:

—No te des la vuelta.

Aunque estuvo tentada, Morana se controló y se limitó a asentir, mirando fijamente los edificios que se veían a lo lejos, al otro lado del río. Sintió que el hombre se acercaba a su visión periférica, pero fue incapaz de ver nada.

—Ojalá pudiera decir que me alegro de verte —bromeó ella.

—¿Quieres saber por qué me he puesto en contacto contigo, señorita Vitalio? —le preguntó el hombre de voz ronca. Morana asintió de nuevo. Eso en concreto le provocaba una enorme curiosidad—. Eres la clave de un puzle que intento resolver. Creo que podemos ayudarnos mutuamente.

—¿Cómo? —preguntó ella con voz calmada y la mirada al frente.

—Encuentra la información de lo que sucedió aquí hace veinte años.

—¿Y qué conseguiré yo?

—Las respuestas que necesites.

—¿Me las darás a cambio? —insistió para confirmarlo.

—Sí.

Se lo pensó un segundo mientras bebía un sorbo de café. Estaba bastante bueno, la verdad.

—¿Por qué debería confiar en ti?

—No deberías —respondió el hombre sin titubear. Hablaba sin inflexión alguna, sin deje alguno, solo el tono barítono y ronco que indicaba una experiencia que a ella se le escapaba por su edad—. Pero de momento estamos en el mismo bando, solo buscamos la verdad.

—¿Por qué te interesa saber cómo acabó la Alianza?

—¿Por qué te interesa a ti? —replicó él.

Morana esbozó una sonrisa.

—Muy bien. Primera pregunta: ¿cómo sabías que alguien iba a intentar matarme?

Con el rabillo del ojo, vio que el hombre apoyaba los brazos en la barandilla de hierro y atisbó la ropa oscura que llevaba.

—La información es importante en mi profesión —contestó como si nada don Voz Ronca—. Alguien le puso precio a tu cabeza, uno muy alto si se me permite añadir. Solo te lo conté como gesto de buena voluntad.

Un bebé se puso a llorar en algún punto a la izquierda de Morana. Ella sabía que Vin también estaba en algún lugar detrás de ella.

—Te agradezco que me pusieras sobre aviso —le dijo.

—No tienes motivos para recelar de mí, señorita Vitalio —le aseguró él sin rodeos—. No tengo nada contra ti, ni contra el Cazador. Eres su mujer, y no tengo deseos de convertirlo en mi enemigo.

«Su mujer». En fin, lo era, ¿verdad?

Morana meneó la cabeza.

—¿Qué es «Noticias D»?

El hombre a su lado se quedó inmóvil.

—Los has encontrado muy deprisa.

Había recibido ayuda externa. ¿De ese mismo hombre? Antes de que pudiera preguntarle, él le dio la respuesta.

—Es el Sindicato.

Se trataba de un anagrama. ¿Qué narices significaba eso?

—¿Qué es el Sindicato? —preguntó Morana, cada vez más confusa—. ¿Está implicado en la desaparición de las niñas de hace tantos años?

—Eres muy lista —la felicitó el hombre mientras se enderezaba—. Tira de ese hilo. Tengo que irme. Cuando tengas la información, ponte en contacto conmigo.

Morana sacudió la cabeza, porque no había contestado sus preguntas.

—¿Eres el Segador? ¿Cómo te saltaste mi seguridad?

El hombre se quedó inmóvil. Morana tuvo la sensación de que lo había sorprendido.

—No, señorita Vitalio, no lo soy. Pero te agradezco lo que acabas de contarme. Pone algunas cosas en su sitio.

Morana esperó un segundo, mientras el corazón empezaba a latirle más deprisa.

—¿Qué acabo de contarte?

—Que está vivo.

Antes de que Morana pudiera hacerle más preguntas, el espacio a su lado se quedó vacío. Se dio media vuelta en un intento por localizarlo mientras se alejaba, pero había demasiados hombres con ropa oscura y personas a su alrededor como para dar con una a la que ni siquiera había visto bien. Meneó la cabeza y miró de nuevo el río, mientras el corazón se le calmaba por la pregunta que él sí le había contestado.

Las niñas desaparecidas suponían un problema mucho mayor del que había anticipado. Fuera lo que fuese el Sindicato, tenía que descubrirlo. Y fuera quien fuese el Segador, tenía que encontrarlo.

El sol ya se estaba poniendo mientras Morana regresaba en el Range Rover con Vin al volante. Si bien le había dicho a Dante que podía conducir ella misma, el hecho de estar en una ciudad nueva y de ser una invitada indeseada de Maroni la llevó a aceptar de buena gana la ayuda que estaba recibiendo. De momento, Vin era un tío bastante decente, callado pero alerta, y le gustaba su compañía.

De hecho, le había dicho que quería entrenar un poco más, sobre todo en defensa personal y se había llevado una sorpresa cuando él se ofreció a ayudarla con un «si le apetece». Le apetecía muchísimo. Cuando menos, el ataque había conseguido que se diera cuenta de que no podía depender siempre de la suerte para salir de situaciones peliagudas. La próxima vez tal vez no hubiera una casa a la que huir, un lugar seguro en el que refugiarse. Iba a hacer que sus músculos la maldijeran a partir del día siguiente.

Observó a Vin sortear el tráfico, abriéndose paso a través de los taxis que tocaban el claxon y de los peatones que cruzaban las calles, su mirada asimilando un entorno muy distinto de su ciudad natal, y no solo por el clima. Puerto Sombrío era más relajado, mientras que Tenebrae era mucho más bulliciosa. Por fin dejaron atrás la zona centro y se dirigieron a las boscosas colinas donde se alzaba la mansión de Maroni.

Se sacó el móvil del bolsillo y abrió el mensaje que le había mandado a Tristan sobre su reunión, momento en el que vio que no lo había leído todavía. Después de la noche que habían pasado juntos, de la mañana que habían disfrutado, esperaba que comprobase cómo estaba al menos una vez. Que no lo hubiera hecho le indicaba que o estaba demasiado ocupado haciendo lo que fuera que estaba haciendo, o no había tenido tiempo de procesar que tenían una relación. Les iba a tocar hablar del tema.

El coche subió, tomando las curvas de la colina mientras la ciudad se quedaba atrás, con el río serpenteando a lo lejos. La primera vez no lo había observado porque estaba nerviosa, con el cerebro centrado únicamente en su ansiedad. En esa ocasión, más relajada, podía disfrutar de la belleza y del espíritu de esa ciudad, y ver por qué había sido la joya de la corona durante tantos años.

La verja de hierro forjado de la mansión se abrió automáticamente cuando se acercaron a la cima de la colina. Vin saludó con un gesto de cabeza a uno de los guardias apostados en la garita y avanzaron, con la larga avenida de entrada extendiéndose por delante y la enorme mansión de piedra recordándole, como siempre, a un castillo escondido en los bosques de Escocia.

—Han trasladado su equipaje y sus paquetes a la residencia del señor Caine —le dijo Vin cuando detuvo el coche delante de la mansión—. Lo encontrará todo en el salón.

Morana sonrió, con una sensación cálida en el corazón al pensarlo. Aunque todavía no le parecía que fuera su casa, se alegraba de estar con él. Le dio las gracias a Vin por sus servicios, se bajó del coche y vio a Lorenzo Maroni observándola desde la ventana de su gabinete. No sabía si fue él quien intentó matarla o no, pero de cualquier forma ya no estaba bajo su protección.

A sabiendas de que el gesto lo cabrearía, lo saludó con la mano y lo vio fruncir el ceño. Con una sonrisa en los labios, Morana se dio media vuelta y se dirigió hacia la casa de la orilla del lago, en la distancia, hacia la casa del hombre al que habían mantenido en los márgenes de ese mundo.

Estaba oscuro y el lago parecía tranquilo, sereno. Había luz en la casa de dos plantas, de piedra y madera. Subió los escalones del porche y giró el pomo de la puerta para entrar, momento en el que la asaltó el aroma de los tomates y de la albahaca cocinándose procedente de la cocina.

Con una sonrisa, se quitó la chaqueta y entró en el salón para comprobar sus cosas, pero se detuvo en seco al ver al hombre sentado en el sofá, con el cuello de la camisa blanca desabrochado, claramente cabreado y mirándola con esos ojos azules. ¿Se podía saber por qué estaba furioso?

—Pues hola a ti también, cariño —dijo con voz almibarada, soltando la chaqueta en el brazo de un sillón antes de mirar su única maleta y las numerosas cajas con su ropa nueva—. Gracias por comprobar cómo estaba hoy, sobre todo después de lo de anoche. —Abrió una caja, vio que se trataba de los accesorios que todavía no había desempaquetado y siguió hablando—: Ha sido todo un detalle por tu parte. Esta mañana ha sido muy especial para mí, y me alegro muchísimo de que también lo haya sido para ti. No sabes lo que me emocionó que…

—¿Quién era?

La pregunta, hecha en voz baja a su espalda, interrumpió su discurso. Morana se dio media vuelta y se lo encontró tan cerca que notó su cálido aliento en la frente. Le sostenía la mirada con una furia que quemaba. Sin embargo, no fue la rabia que vio en él lo que hizo que Morana se parara a pensar. Fue el atisbo de dolor que vislumbró, un dolor que él intentaba ocultar apretando los dientes y que apagó el enfado que ella misma sentía.

Le puso las manos sobre el corazón y sintió los latidos algo acelerados bajo las palmas.

—¿Está celoso, señor Caine? —preguntó en voz baja, con una sonrisa en los labios.

Tal como había esperado, él acortó la distancia que los separaba. Le agarró la trenza con el puño para tirarle de la cabeza hacia atrás. Morana sintió que un cosquilleo le bajaba desde el cráneo por la columna. Se le endurecieron los pezones y notó un pálpito en la entrepierna. Era increíble que a ese hombre le bastara con respirar sobre ella para que su cuerpo se preparase para recibirlo.

—No me toques los huevos —masculló él en voz baja sobre sus labios, manteniéndola cautiva con la mirada—. Has quedado con un desconocido en una ciudad desconocida sin decírselo a nadie. Has hablado con él y has vuelto contentísima, joder. ¿Quién es?

—Sabes que no tienes motivos para estar celoso, ¿verdad? —le preguntó ella con voz razonable.

Él le dio un tirón a la trenza en respuesta al tiempo que le agarraba el culo con la otra mano y la acercaba más.

—Que quién es.

—No lo sé —contestó Morana con sinceridad.

Eso lo dejó helado.

—¿No lo sabes?

Morana negó con la cabeza, acariciándole los duros músculos del pecho con delicadeza.

—No pensaba ocultártelo. Pero como no contestabas mis mensajes, pensé en contártelo después. Por cierto, tenemos que hablar de eso.

—¿Has ido a ver a un hombre sin saber quién es? —le preguntó él incrédulo.

—Ya se puso en contacto conmigo una vez —le explicó. A Tristan se le oscurecieron los ojos. Ella siguió, sin alterarse—: Me dijo que tenía información, por eso me he reunido con él. Y la tenía.

Tristan se inclinó hacia delante, acercándole los labios a la oreja y acariciándole la mejilla con la barba áspera.

—Eso no te ayuda precisamente.

Morana puso los ojos en blanco, aunque se le aceleró la respiración.

—Tranquilo, cavernícola. Te estás portando como un gilipollas.

Sus labios le rozaron la piel justo por debajo de la oreja, saboreándosela con la lengua.

—Lo que siento no son celos, fiera. —Tristan le deslizó los labios por el cuello y le besó la piel como nunca—. Lo que siento es que sé que eres mía y que aun así tengo que compartirte con los demás. Lo que siento me quema el pecho. Lo que siento hace que quiera echarte sobre mi hombro, llevarte a una cueva y follarte hasta que te olvides de todo menos de cómo es tenerme dentro de ti.

Con la respiración jadeante, y al sentir sus labios deteniéndose sobre su hombro, Morana lo desafió, como siempre hacía.

—¿Y por qué no lo haces?

Antes de que pudiera tomar otra bocanada de aire, Tristan la pegó a la pared y la levantó del suelo con una mano en el culo. Morana se aferró a sus anchos hombros y le rodeó las caderas con las piernas, sintiendo su polla entre las piernas abiertas.

Acto seguido, le agarró el cuello abierto de la camisa y le dio un tirón, arrancándole los botones al rasgársela y dejarle al descubierto el torso y los abdominales. Tristan le desgarró el top nuevo con las manos hasta que lo tuvo abierto por la mitad, dejándola con su sujetador de encaje rosa fucsia al aire. Morana creyó que iría más despacio a partir de ese momento, que tal vez le bajaría los tirantes del sujetador por los brazos, pero no fue así. Tiró del encaje hasta que le hizo trizas el sujetador, dejándole a plena vista los pechos, los pezones duros como piedras. Los sentía tensos, doloridos.

Y entonces, por primera vez, se los tocó con las manos. Sintió la caricia en el coño, frotándose de inmediato con él mientras echaba la cabeza hacia atrás con los ojos cerrados.

—Mírame —le ordenó él con voz ronca, obligándola a abrirlos y a obedecerlo. Aquella era una de las cosas que se habían negado antes, entre otras, pero poco a poco empezaba a desnudarse esa nueva intimidad entre ellos.

Clavando la mirada verdosa en esos ojos de un azul eléctrico, Morana le agarró el pelo, animándolo a seguir. Las manos de Tristan, esas manos grandes, ásperas y diestras que en otro momento le habían limpiado la sangre de la cara, se posaron sobre los pechos mientras le pellizcaba los pezones con los dedos, de forma casi dolorosa, pero tan maravillosa que ella notó que las bragas se le empapaban.

Tristan se frotó contra ella por encima de la ropa, con la polla casi haciéndole daño en el clítoris con una presión tan deliciosa que Morana sintió un cosquilleo por todo el cuerpo.

—Joder... —gimió, enseñándole el cuello, con el pulso disparado mientras su corazón intentaba mantener el ritmo de su cuerpo—. Dame tu boca —le ordenó, y vio que el hoyuelo de su mejilla asomaba.

—Cuánto pides —susurró él, sin acercarse a ella, observándola, volviéndola loca con esas manos en las tetas y en los pezones, mientras se restregaba rítmicamente por encima de la ropa como si estuvieran follando—. Di mi nombre.

—Tristan —susurró, explorándole el torso desnudo con las manos—. Por favor.

—Joder —masculló él justo antes de apoderarse de su boca y de que sus caderas aumentaran la presión.

La sensación de esa lengua contra la suya, de esas manos masajeándole los pechos, de esa polla acariciándola entre las piernas fue demasiado para Morana. Se estrelló contra la ola que crecía en su interior, sintió que se tensaba por entero y que le apretaba las caderas con los muslos. Arqueó la espalda en un orgasmo que la sorprendió por su intensidad. Se dio cuenta de que él perdía el ritmo y de que jadeaba contra su boca, de que le soltaba los pechos para agarrarla del culo y pegarse más a su coño.

Con la respiración entrecortada, Tristan apartó los labios y apoyó la frente sobre la suya. Morana sentía el corazón desbocado, intentando serenarse. Todo acabó en cuestión de minutos.

—Nunca me había corrido en los pantalones —susurró él en el espacio que quedaba entre ellos.

A Morana se le escapó una risa al oírlo que acabó convertida en una carcajada.

—Yo tampoco.

—No sé si mi falta de control contigo es algo bueno —dijo él, desenredando las piernas de Morana de sus caderas—. Necesito ducharme.

Ella se enderezó las gafas y se colocó la ropa para estar más o menos decente mientras él se dirigía hacia la escalera y la subía. Levantó muchísimo las cejas al ver la velocidad a la que se alejaba y soltó un suspiro porque Tristan necesitaba aprender a procesar las cosas. Ella ya tenía suficiente con lo que lidiar.

Pero bueno, le había dado dos estupendos orgasmos en un día, así que no le importaba portarse bien con él.

Meneó la cabeza y cogió su neceser para seguirlo a paso más lento, convencida de que no se esperaba lo que ella iba a hacer. Entró en el dormitorio, se desnudó deprisa y se dirigió al cuarto de baño mientras el sonido del agua al caer resonaba en el silencio.

Abrió la puerta, pasó y se lo encontró detrás de la mampara de la ducha, desnudo ante sus ojos y vulnerable. Cayó en la cuenta de que así había sido como Tristan se la había encontrado en el ático. No se acercó a él. En cambio, se envolvió con una toalla y abrió el neceser.

—Te das cuenta de que tenemos una relación, ¿verdad? —le preguntó con voz tranquila, disfrutando de la vista que se reflejaba en el espejo desde donde se encontraba.

Vio que la miraba mientras se pasaba las manos por los hombros, pero no replicó. De modo que ella continuó.

—Las relaciones funcionan gracias a la comunicación —siguió—. No me importa que no seas el hombre más hablador del mundo, pero eso no quita que, cuando algo te ronde la cabeza, me lo tengas que contar para que podamos hablarlo como adultos en vez de encerrarte en ti mismo y enfrentarte a lo que sea tú solo.

Él siguió mirándola a través del espejo, con los ojos clavados en ella. Morana sabía que tenía toda su atención. Sacó del neceser su limpiador facial, una esponjita y una mascarilla maravillosa que había descubierto gracias al enlace que Amara le mandó unos días antes; después se quitó las gafas y se recogió el pelo en un moño.

—Sé que no estás acostumbrado a explicarles a los demás lo que piensas —siguió, humedeciéndose la cara despacio—. Y no te pido que lo hagas. Lo que sí te pido es que compartas lo que sea que sientas conmigo. Que seas sincero conmigo. Yo haré lo mismo. Así funcionan las relaciones.

—Que yo sepa, no tienes mucha experiencia en lo que a relaciones se refiere —replicó él, haciéndose oír por encima del agua, con un tono algo a la defensiva—. De hecho, tu único ex era un ladrón que te vendió.

Morana lo miró a los ojos a través del espejo.

—Y lo dejé morir, ¿no?

Más claro, agua.

Morana lo vio esbozar una sonrisilla mientras se extendía el limpiador con olor a fresas por la cara, frotándose la piel.

—La cosa es que sabes que yo estoy en esto a largo plazo. Y sé que tú estás en esto a largo plazo. Así que hagamos que el largo plazo sea más fácil para los dos, ¿qué te parece?

Lo vio cerrar el grifo y envolverse las caderas con una toalla. Ella se enjuagó la cara a toda prisa y se exfolió la piel, sin dejar de mirarse a los ojos a través del espejo.

—¿Y si no lo hago? —preguntó él en voz baja.

Morana sintió que se le desbocaba el corazón, pero mantuvo la calma y abrió el bote de la mascarilla despacio para ponérsela con los dedos.

—Lo harás —afirmó sin dudar, y vio que le relampagueaban los ojos azules en el espejo—. Porque en el fondo, don Cazador, eres un buen hombre que ha estado esperando toda la vida a alguien con quien compartirla. Solo necesitas confiar en esta conexión, confiar en mí lo suficiente.

Lo vio mirar fijamente su cara pringada de pasta azul y esbozar una sonrisa. Tras inclinarse hacia delante, Tristan le dio un beso en la coronilla, con sus miradas todavía entrelazadas a través del espejo, y pronunció las dos palabras que hicieron que el corazón de Morana adquiriera la textura derretida del potingue que se había puesto en la cara.

—Lo intentaré.

15

Explosión

Compartir su espacio con un hombre era una experiencia extraña. Pese a su cantinela de «así funcionan las relaciones», Morana estaba bastante segura de que se le daba fatal. A ver, el hombre en cuestión no se lo había dicho tal cual, pero a saber... De todos modos, se guardaba muchas cosas para sí mismo.

En ese momento, Morana lo veía moverse por la cocina preparando el desayuno como todas las mañanas desde hacía unos días, sentada en el taburete que había reclamado en la isla, mientras se bebía su zumo de naranja recién exprimido. Tristan estaba cortando fruta y ella observaba los movimientos de los músculos de su espalda por debajo la camiseta azul.

Entrecerró los ojos.

Algo no encajaba. No sabía lo que era, no acababa de identificarlo, pero lo sabía. Desde que se mudó hacía cinco días, ella se había acomodado y él estaba intentando acostumbrarse a ella. Dormían juntos. De vez en cuando, Tristan tenía pesadillas, pero no a menudo. Se despertaban envueltos el uno en el otro. Sin embargo, durante todo ese tiempo, él no había hecho ningún movimiento hacia ella.

Al principio, Morana había pensado que era porque le estaba dando espacio, pero luego se dio cuenta de que aquello era una estupidez. Tristan Caine ya había invadido su espacio, así que era imposible que a esas alturas hubiera decidido comportarse como un caballero. Mantenía las distancias, sí, pero sin ser distante. Cocinaba para ella, le hablaba de su día a día y le preguntaba por el suyo, le enviaba por lo menos un mensaje a lo largo de la jornada. Ella ya había colocado sus cosas en el armario de Tristan, que ahora les pertenecía a ambos. Los estantes de la cocina estaban abastecidos con la marca de patatas fritas que le gustaba picotear a ella mientras trabajaba. Tristan incluso se sabía al dedillo su limitada rutina de cuidado facial, por el amor de Dios. Eran la personificación de la cotidianeidad doméstica.

Sin embargo, no la había tocado ni había iniciado ningún tipo de intimidad desde aquel día. Y eso la molestaba. Echaba de menos los orgasmos espectaculares, sí, pero sobre todo echaba de menos el fuego que él encendía en sus sentidos.

A pesar de no haber dado ningún paso hacia ella, había estado marcando su territorio. Como había hecho dos días antes, cuando Morana estaba en la orilla del lago con Vin, vestida con su nueva ropa de entrenamiento y aprendiendo a defenderse de un ataque por la espalda. En ese momento, Tristan había salido de la arboleda y se había quedado allí plantado, con un brillo furioso en los ojos, observando con una frialdad clínica todas las veces que la tocaba el otro hombre.

Y aunque no se había opuesto a que Morana aprendiera a defenderse, permaneció allí durante toda la sesión, haciéndole saber en silencio a Vin que un paso en falso lo llevaría a morir ahogado en el lago. A Morana le hubiera gustado que fuera él mismo el encargado de entrenarla, pero sabía por qué no lo había hecho: porque entonces no habrían entrenado nada.

Aunque era demasiado esperar que un hombre como él se adaptara rápidamente no solo a compartir su espacio, sino a compartirlo con ella, la verdad. Morana era su talón de Aquiles. Era su criptonita. Que ya no quisiera matarla no significaba que todo fuera de maravilla entre ellos. Para no haber convivido nunca con nadie, lo cierto era que Tristan lo llevaba mejor de lo que cabría esperar. Simplemente se estaba acostumbrando, aunque todavía había un abismo entre ellos que Morana no sabía cómo superar.

Ya lo harían. Una cosa que Morana sí podía decir de vivir tan lejos de la mansión era que no se encontraba con nadie. Hacía días que no veía a Chiara ni a ningún miembro de la familia Maroni, excepto a Dante, y se alegraba por ello. Zia iba cada tres días para llevarles la compra, y charlar con ella era uno de los mejores momentos del día.

Morana se bajó de un salto del taburete y fue a untar la tostada junto a su hombre, maravillándose por un momento de lo pequeña que se sentía descalza a su lado.

—¿Hay algo que quieras decirme, cavernícola? —le preguntó, llamándolo por el apodo que había empezado a utilizar con él y que sabía que a Tristan le gustaba en el fondo de su alma primitiva.

Él la miró.

—No que yo sepa.

Ella resopló mientras pensaba en cómo preguntarle sin rodeos por qué no se la follaba.

Antes de que se le ocurriera cómo expresar ese pensamiento, llamaron a la puerta y entró Dante, perfectamente vestido, como siempre, con un elegante traje oscuro y corbata, y el pelo oscuro peinado hacia atrás, apartado de su atractivo rostro.

—Estaba casi seguro de que iba a hacerme daño en los ojos si entraba de repente —bromeó al tiempo que se desabrochaba la chaqueta antes de sentarse en el taburete que Morana acababa de dejar libre.

—Pues no haber entrado —comentó Tristan, que seguía al lado de Morana.

Ella le dirigió una mirada elocuente que él devolvió como si no la entendiera, y se volvió para sonreírle a Dante.

—Tranquilo, aquí no pasa nada que pueda herir sensibilidades. En absoluto.

—Ah, ¿no? —preguntó Dante, con las cejas levantadas mientras miraba a Tristan durante un segundo antes de posar sus ojos marrones en ella, con una sonrisa en el rostro.

Morana sintió que se ruborizaba. De un tiempo a esa parte le ocurría con más frecuencia, le fallaba el filtro cerebro-boca. No entendía por qué.

—¿Alguna pista sobre el Sindicato? —Morana cambió de tema sin sutileza alguna haciendo una pregunta cuya respuesta estaba bastante segura de conocerla.

Desde su encuentro con el tío misterioso y serio, los chicos y ella habían estado trabajando sin descanso para desenterrar algún tipo de prueba sobre lo que fuera ese Sindicato, y sorprendentemente no habían encontrado nada. Ni siquiera Dante y Tristan, con todas sus conexiones turbias, habían podido encontrar a una sola persona que hubiera oído hablar de ello. El grupo u organización fantasma, fuera lo que fuese, era bueno.

—Pues lo cierto es que tengo novedades —dijo Dante, sorprendiéndola.

Ella levantó una taza a modo de pregunta silenciosa y Dante negó con la cabeza. Con el corazón acelerado, se acomodó frente a él y sintió que Tristan se colocaba detrás de ella y le ponía una mano en la cintura mientras miraba a Dante.

—Cuéntame.

—Tengo un informante. —Dante clavó los ojos en Tristan antes de volver a mirarla a ella—. El Sindicato fue quien contrató al asesino que intentó matarte, si lo que me ha contado es correcto. Tiene otra pista y quiere reunirse conmigo esta noche en algún lugar público. Le he dicho que venga a uno de nuestros clubes.

La voz de whisky y pecado le llegó a Morana desde detrás.

—Voy contigo.

Dante asintió.

—De hecho, quiero que vengáis los dos.

Morana frunció el ceño.

—No es que me importe, pero ¿por qué?

—Porque —contestó Dante— no sé si alguien nos estará vigilando. Si es así, me gustaría que creyeran que te llevamos a pasar una noche a la ciudad. Esperamos a quien sea que quiera vernos, y luego Tristan y tú podéis divertiros de verdad mientras yo termino la reunión.

Morana volvió la cabeza para mirar al hombre que tenía detrás.

—Creo que ha llegado el punto de nuestra relación en el que debo decirte que no me gusta llevar tacones.

Y vio que aparecían los hoyuelos.

En cierto modo, todavía no había mirado bien los tatuajes.

No sabía por qué, ya que lo había visto ducharse y dormir a su lado, pero de un modo u otro, los tatuajes de Tristan seguían siendo un misterio para ella. Prometiéndose a sí misma resolverlo pronto, se fijó en el espectáculo que era Tristan Caine vestido con unos vaqueros oscuros y un jersey negro, que llevaba remangado por sus musculosos antebrazos de tal manera que a Morana empezó a palpitarle por el deseo esa parte de su anatomía que él tenía tan descuidada. Llegados a ese punto, seguramente debería masturbarse y obligarlo a mirar. Ese sí que era un buen plan.

Se sentó en el asiento trasero del Range Rover de Dante mientras los dos hombres se acomodaban delante. El ruido del motor era agradable mientras bajaban la colina hacia la ciudad, seguidos por otro coche.

Lorenzo Maroni se había ausentado de la cena durante los últimos días, pero ella sabía que estaba en la mansión. Lo había visto a menudo y, a veces, lo sorprendía observándola con una mirada extraña, como si estuviera al tanto de un secreto que ella desconocía. Le provocaba escalofríos. Su padre tampoco daba señales de vida. Estaba segura de que conocía a la perfección su paradero, pero de momento no le había dicho ni pío.

Esa tarde le había hecho una videollamada a Amara mientras se preparaba, para charlar, pero también para ponerse al día sobre Puerto Sombrío y saber si todo parecía ir bien. Amara le había dicho que pasaba algo raro, y ella estaba de acuerdo. La mujer, su amiga, parecía encantadísima de que se hubiera mudado con Tristan. Había estado tentada de hablar con ella de sus problemas sentimentales, pero no sabía cómo hacerlo. Era algo demasiado nuevo.

Y luego Tristan le había dicho que tenían que irse. Y se fueron.

Dante, que iba vestido con la misma informalidad que su hermano mafioso, interrumpió sus pensamientos.

—He estado pensando en el hombre que conociste, Morana. Sospecho quién puede ser, pero no estoy seguro. Si es quien creo que es, me parece que podemos confiar en la información que te dio.

—¿Así que el Sindicato existe? —preguntó ella—. La verdad, empezaba a pensar que estábamos persiguiendo fantasmas.

—Sí, yo también creo que aquí pasan muchas cosas que desconocemos.

—Pues ya va siendo hora de que nos enteremos de todo.

Dante intercambió una mirada fugaz con Tristan que ella captó. Morana fingió no darse cuenta y se limitó a hacer preguntas sobre la ciudad que Dante le respondió, mientras Tristan se mantenía inusualmente callado durante el trayecto.

El club estaba en un antiguo polígono industrial, igual que en Puerto Sombrío, y se llamaba Caos.

«Qué bonito…».

Morana vio el letrero de neón desde lejos. La larga cola delante de las puertas indicaba que era un negocio próspero. Dante se detuvo en el aparcamiento y salieron. Tristan le abrió la puerta y le ofreció la mano como el caballero que ella no sabía que podía ser. Morana, que llevaba los tacones que odiaba y un vestido azul oscuro de tela brillante con escote atado detrás del cuello que le encantaba, aceptó su mano y bajó. Con los zapatos, el pelo recogido en una coleta alta, los labios rojos y sus gafas rectangulares, tenía buen aspecto. Sabía que tenía buen aspecto.

Sin embargo, al comprobar que esos ojos azules la recorrían con afán posesivo…, se sintió fenomenal.

Se apoyó en su brazo también con posesividad y entró con los dos hombres en el club. La música retumbó de repente en todo su cuerpo. El potente ritmo le llegaba al corazón, le corría por las venas y calentaba su sistema. Vio que la pista de baile estaba llena de cuerpos en movimiento con los que las luces de neón jugaban a exponer y a ocultar toda la piel que había a la vista, y que en un lateral se desplegaba una barra con más gente.

A diferencia de la otra vez, sabía que en esa ocasión se lo pasaría bien.

La mano de Dante en su hombro la devolvió al presente. Lo vio hacerle un gesto a Tristan con la cabeza, y luego le sonrió a ella y se alejó hacia la parte trasera del club para la reunión.

Morana se sacudió la extraña sensación que tenía en la boca del estómago y se volvió hacia el hombre que estaba a su lado, señalándole los baños. Tristan asintió, con la mirada fija en el lugar al que había ido Dante, y Morana supo que estaba distraído. Lo dejó con sus cavilaciones y escapó rápidamente hacia el baño. Después de hacer sus necesidades y de retocarse los labios, salió de nuevo e intentó localizar a su hombre entre la gente.

Recorrió la multitud con la mirada y la detuvo de repente en la barra. Tristan estaba sentado allí con una copa y una pelirroja espectacular encima.

Morana se quedó quieta, con el corazón martilleándole en el pecho, observando el comportamiento de Tristan, viendo que la pelirroja le ponía la mano en el brazo, justo donde había estado la suya, y que él no se la apartaba. El estómago se le encogió mientras contemplaba el rostro inexpresivo de Tristan, que permitía que la pelirroja se le echara encima.

El fuego corrió por sus venas, le inundó el estómago y chisporroteó en sus entrañas.

No entendía esa emoción, no la había experimentado en la vida. No sabía cómo reaccionar. Agarró el teléfono, sin saber si debía acercarse y darle un puñetazo a la pelirroja o marcharse y tranquilizarse. Morana respiró hondo, intentando despejar la neblina roja.

Como si percibiera su mirada, los ojos de Tristan se clavaron en ella. No hizo nada, no se movió, no apartó la mirada, solo esperó a ver su reacción.

Y eso la cabreó.

Se dio media vuelta, se abrió paso entre la multitud y se dirigió directamente a las puertas laterales que tenía más cerca. Abrió el cerrojo, salió al callejón vacío que separaba el club de un almacén y cerró a su espalda. Inhaló una bocanada de aire fresco mientras la mano le temblaba por la rabia.

No sabía a qué estaba jugando Tristan, pero no pensaba seguirle la corriente. A la mierda él y a la mierda sus gilipolleces por intentar ponerla a prueba. Se había mostrado abierta y había bajado sus defensas, y ese era el precio que tenía que pagar. Estaba enfadada porque él era un hipócrita, atreviéndose a dejar que otra mujer le pusiera las manos encima cuando no podía soportar que ella quedara con otro hombre, ni siquiera de forma platónica.

La puerta se abrió a su espalda y el aire cambió.

Morana empezó a alejarse, sin volverse siquiera para mirarlo.

Sintió que él le posaba la mano en el hombro desnudo, y después la obligó a girarse. Temblando de furia, levantó la mirada y se sorprendió al ver el brillo juguetón de sus ojos.

—Guarda las garras, fiera —murmuró él en voz baja.

Morana gruñó, empujándolo contra la pared y fulminándolo con la mirada.

—No me vengas con estos numeritos de niñato, Tristan. Te abriré en canal y te comeré vivo.

Él la miró directamente a los ojos, examinándola con expresión suave.

—Ah, ahí estás.

Morana frunció el ceño, sin comprender, pero respiró hondo.

—¿A qué ha venido todo esto?

—Quería comprobar una cosa —respondió él.

—¿El qué?

—Si sientes la misma necesidad de marcarme que siento yo contigo. Si no soy el único que está ardiendo.

Por enrevesada que fuera, la explicación la tranquilizó un poco. Podía lidiar con la inseguridad. Debía recordarse que ambos eran nuevos en eso, él más que ella. Sin dejar de mirarlo, lo empujó contra la pared de nuevo y guardó el móvil en un bolsillo de su chaqueta.

Tristan frunció el ceño y Morana no le dio explicaciones. Se limitó a arrodillarse en el suelo áspero y le desabrochó los vaqueros, haciendo algo que llevaba días deseando hacerle para transmitirle su mensaje en un lenguaje que él entendiera de una vez por todas.

—¿Quieres saber si estoy ardiendo contigo? —le preguntó mientras le bajaba los vaqueros y le sacaba la polla semierecta, levantando la mirada hacia él para descubrirlo hipnotizado. Le chupó la punta, probando su sabor salado, y dijo—: Menuda gilipollez. Eres un gilipollas. Pero eres mío. —Se le puso más dura y Morana le pasó la lengua por la parte inferior—. Cada —Lametón— centímetro tuyo —Lametón— es mío.

Él se enrolló su coleta en una mano y le sujetó la cabeza mientras se hundía en su boca y ella lo rodeaba con los labios. Morana se la tragó tan al fondo como pudo y retrocedió, sin apartar la mirada de la suya, con las manos en esos muslos tan fuertes. Tristan abrió la boca para decir algo, con esos ojos azules brillando como nunca los había visto, y ella volvió a metérsela en la boca, chupándosela con fuerza, para comprobar si eso hacía maravillas como afirmaban las revistas.

Él flexionó las caderas y le dio un tirón de la coleta, siempre atento para que fuese ella quien controlara hasta qué punto lo aguantaba dentro.

—Como sigas mirándome así, me voy a correr en un puto segundo.

Joder. Oírlo hizo que Morana se sintiera genial. El poder que experimentó en ese segundo, viéndolo perder el control mientras se la chupaba, hizo que se sintiera de maravilla.

—Di mi nombre —murmuró ella, lamiéndole solo la punta y pasándole la lengua por la hendidura del glande, sin romper el contacto visual.

Cualquiera podía salir y verla de rodillas, haciéndole una mamada a su hombre mientras él la agarraba del pelo, y eso hizo que se empapara al instante.

Tristan le acarició la mejilla con el pulgar, respirando con dificultad. No dijo su nombre.

Morana se la sacó de la boca, se la agarró por la base y empezó a masturbarlo, maravillada por haber tenido dentro esa cosa tan enorme, con los ojos empañados por las lágrimas, algo que no se debía solo a lo que acababa de hacer.

—No solo ardo contigo, Tristan —dijo con voz temblorosa—. Ardo por ti. Y no sé lo que tengo que hacer para demostrártelo.

Él jadeó y cerró los ojos.

—Joder, Morana.

Con el corazón palpitante, ella volvió a meterse su polla en la boca y empezó a chupársela con más ganas, sintiendo que él perdía lentamente el control a medida que sus caderas empezaban a sacudirse.

—Sácatela si no te lo quieres tragar —le advirtió.

Morana no le hizo caso. Se le aceleró la respiración como a él y, al instante, Tristan explotó en su boca con un gruñido ronco. Mientras ponía a trabajar la garganta para tragarse hasta la última gota, Morana se felicitó por una mamada bien hecha. Los dioses de las felaciones estarían orgullosos de ella.

Tristan le soltó el pelo, se subió los pantalones y tiró de ella hacia arriba.

Morana se enderezó, sacudiéndose las rodillas irritadas y haciendo caso omiso de la humedad que tenía entre las piernas. Clavó la mirada en su torso, avergonzada de repente. Sin embargo, tenían que hablar de aquello.

—No me gusta sentirme así, Tristan —dijo, sin levantar la vista—. Quiero poder entrar en cualquier sitio y saber, a ciencia cierta, que el hombre que he marcado como mío es *solo* mío. Sé que las cosas no funcionan así en este mundo. Sé que los hombres y las mujeres juegan con los demás, que la fidelidad es un lujo que no todos pueden permitirse. Lo sé. Pero no me gusta. —Tragó saliva, le apoyó las manos en el torso y levantó la mirada para clavarla en sus ojos, que descubrió fijos en ella, lo que le provocó un escalofrío en la columna. ¿Se acostumbraría alguna vez a su intensidad, al magnetismo de esa mirada? Inspiró hondo y añadió—: Me gustas de verdad, Tristan Caine, por muy gilipollas que seas.

Él le colocó una mano en una cadera y la otra, en el cuello.

—Mi fidelidad no es un lujo para ti, Morana. Es un regalo, y es toda tuya. Jamás tendrás que ponerla en duda cuando entres en algún sitio.

Morana sintió que le temblaban los labios mientras se ponía de puntillas y los presionaba sobre ese lugar delicioso donde se unían su cuello y su hombro.

—Gracias.

Sintió que él le apretaba la boca contra el pelo.

—No volveré a ponerte a prueba de esa manera.

Morana sintió que una sonrisa asomaba a sus labios y se apartó para mirarlo.

—¿A partir de ahora me llamarás por mi nombre o voy a tener que ponerme otra vez de rodillas para conseguirlo?

Antes de que Tristan pudiera decir algo, una enorme explosión sacudió el suelo bajo sus pies, empujándola contra su pecho. Inmediatamente él la protegió con su cuerpo y, al volverse, Morana vio que unas enormes llamas lamían el cielo oscuro desde la parte trasera del club. Conmocionada, y mirando con los ojos de par en par la dantesca llamarada, apenas reaccionó cuando Tristan sacó su pistola y se la entregó.

—¡Quédate aquí! —le gritó antes de echar a correr hacia el interior del local, dejándola sola en el callejón que de repente se llenó con la gente que escapaba del club.

Estalló el caos.

Morana era incapaz de comprender lo que había ocurrido, pero se mezcló con la multitud y corrió hacia el aparcamiento de la parte delantera, donde vio a la gente salir gritando para alejarse del edificio en llamas. Localizó el coche de Dante y corrió hacia allí para esperar, mientras oía sirenas a lo lejos que se acercaban, y meneando la cabeza por la incredulidad, rodeada por los gritos y las voces de la gente.

Un enorme escalofrío la sacudió mientras mantenía los ojos pegados al lugar de la explosión. No sabía cuánta gente había resultado herida. Con el arma pesándole en la mano, se maldijo a sí misma porque ni siquiera tenía su móvil. Miró a su alrededor en busca de alguna cara conocida. No vio ninguna. Todos los miembros de la Organización habían corrido a la parte trasera para ayudar.

—¿Has visto cómo ha estallado la puerta? —oyó que decía una de las chicas que estaba cerca de ella hablando con su amiga—. ¡Qué locura!

—¡Sí…! —exclamó esta con voz temblorosa—. Ojalá no haya muchos heridos.

Eso mismo esperaba Morana.

Después de lo que le parecieron horas, pero que seguramente solo fueron minutos, por fin vio a Tristan caminando hacia ella, con la cara y la ropa ennegrecidas por el humo y los ojos fríos, distantes.

Morana dio un paso hacia delante y el mal presentimiento que sentía en el estómago aumentó hasta convertirse en un abismo mientras miraba detrás de él con el corazón encogido. Vio a Vin y a otros dos hombres, en un estado similar al de Tristan, y caminando hacia el coche.

—¿Qué ha pasado? —le gritó a Tristan cuando se acercó, intentando interpretar su expresión.

Parecía de piedra.

Había pasado algo.

Miró a su alrededor en busca de Dante.

Volvió a mirar a Tristan.

No.

Joder, *no*.

—Tristan —lo agarró del brazo y lo zarandeó con los ojos llenos de lágrimas—, ¿dónde está Dante?

Él negó con la cabeza.

No.

No.

Por Dios, *no*.

Tenía que estar refiriéndose a que Dante estaba ocupado controlando el incendio y no se marcharía con ellos. Eso era.

—¿Viene más tarde? —le preguntó, y la esperanza le quebró la voz.

«Por favor, no. Dios, no».

—Tenemos que irnos —contestó él con un deje brusco y distante.

Morana miró las llamas que iluminaban el cielo y empezó a andar hacia ellas.

Una mano la agarró del brazo y la hizo volverse, deteniéndola.

Ella lo miró. Él negó con la cabeza una vez.

Las lágrimas se deslizaron por las mejillas de Morana mientras un largo y doloroso sollozo brotaba de su pecho. Se desplomó en sus brazos, llorando por un hermano que solo había tenido durante unos días.

16

Revelación

Siempre había habido dos tipos de destrucción a lo largo de la historia. Al leer hechos pasados, se podía analizar el declive de cualquier imperio e incluirlo en una de las siguientes dos categorías. La primera y al estilo de un castillo de naipes, si fallaba una pieza, todo se derrumbaba al instante. La segunda, más difícil de precisar y más lenta a lo largo del tiempo, se asemejaba a la caída de las fichas de dominó, solo se veía la última, no la extensa hilera que había detrás en la que se agolpaban unas sobre otras.

Mientras observaba la forma en la que se llenaba de coches la entrada de la mansión desde la ventana de la casa del lago, Morana no podía precisar a qué categoría pertenecía el declive de ese imperio en concreto.

La pena se apoderó de su corazón y se quedó sola junto a la ventana, porque Tristan tenía asuntos más importantes entre manos, como intentar encontrar el cuerpo de Dante. Y aunque tuviera el corazón dolorido, sus emociones se habían calmado lo suficiente como para poder pararse a pensar. Necesitaba analizar la situación porque quería agarrarse a cualquier atisbo de esperanza que hubiera.

Morana repitió toda la escena en su cabeza una y otra vez.

Tristan y ella estaban en el callejón cuando se declaró el incendio, cuya causa se estaba investigando. Se habían recuperado tres cadáveres de la parte trasera, calcinados hasta resultar irreconocibles, y Tristan pensaba que uno de ellos era Dante. Pero ¿lo era?

Miró el teléfono y siguió pensando. El móvil de Dante estaba desconectado y lo habían recuperado del club. También se había hallado un cadáver con su ropa y su reloj, pero podría tratarse de otra persona. Sin embargo, Tristan llevaba unos días actuando de forma lo bastante extraña como para que ella lo cuestionara todo. Era muy posible que se estuviera aferrando a una falsa esperanza, pero de ninguna manera podía aceptar que le arrebataran de repente al hombre que se había convertido en su protector y en su familia. No lo aceptaría sin pruebas concretas.

Todas las luces de la mansión de Lorenzo Maroni estaban encendidas ya que, al parecer, había convocado a toda la Organización tras recibir la noticia sobre su primogénito. Todos pensaban que había muerto, pero ella no estaba segura. Ni siquiera había podido preguntarle a Tristan antes de que la dejara y se fuera.

Sin saber qué hacer, Morana se limitó a mirar cómo los hombres bajaban de los coches y decidió que debía escuchar lo que se hablaba en esa reunión.

Abrió el portátil con decisión, buscó rápidamente el micrófono que había instalado a escondidas en el gabinete una mañana y lo activó, tras lo cual se puso los auriculares para oír mejor mientras miraba por la ventana.

—Han encontrado su cadáver —dijo un hombre, y Morana agarró el portátil, con el corazón latiéndole con fuerza de repente. Tal vez escuchar no fuera la mejor idea.

—¡Y una mierda! —rugió Lorenzo Maroni en los oídos de Morana—. No me lo creo.

Se hizo el silencio durante un momento antes de que un valiente hablara:

—Es difícil de aceptar, Lorenzo. Todos estamos consternados. Era tu heredero. Lo has preparado durante toda la vida para que tomase el relevo. Pero es su cuerpo. Yo mismo lo vi.

Maroni soltó una carcajada.

—Por eso mismo sé que no es él. Os ha engañado a todos, imbéciles.

Otra voz terció:

—Tenemos que celebrar el funeral, Sabueso. La gente está conmocionada. Nuestros enemigos nos tienen en el punto de mira. Su cuerpo se encuentra en la morgue. Debemos mantener las apariencias.

Se hizo el silencio antes de que Maroni preguntara, dirigiéndose a alguien en concreto:

—¿Es él?

La voz de whisky y pecado confirmó su peor temor:

—Sí.

Alguien suspiró con fuerza, y Morana cerró el portátil con las manos temblorosas. Era mentira. Todo era mentira. Porque si Dante estaba muerto, era imposible que Tristan estuviera tan tranquilo. ¿O no? Había visto tanta muerte, había matado a tanta gente… Era capaz de mantener la calma ante la muerte, incluso la de un ser querido.

La repentina vibración de su móvil hizo que diera un respingo y abrió los ojos de par en par al ver el identificador de llamadas.

Amara.

Joder.

Joder.

Joder.

No debería contestar. No debería hablar con Amara en ese momento. Pero la otra mujer le había dicho tantas verdades que era lo menos que podía hacer.

Joder.

Aceptó la llamada y guardó silencio, sin saber siquiera cómo empezar.

Su amiga también se quedó callada durante un largo minuto antes de que su voz suave y ronca preguntara en voz baja:

—¿Es verdad?

Morana tragó saliva y le dijo lo que pensaba con voz temblorosa.

—No lo sé.

Oyó que Amara inspiraba hondo al otro lado de la línea.

—¿Qué ha pasado?

—Hubo un incendio en el club —contestó Morana, agarrando con fuerza el teléfono—. No sé qué ocurrió exactamente, pero han encontrado dentro su móvil y un cadáver con su ropa y su reloj.

—¿Pero…? —insistió Amara, con la voz entrecortada por el dolor.

—Pero no lo sé —confesó Morana—. Hasta que no hable con Tristan, no quiero creer a nadie.

—¿Cuál es la alternativa? —le preguntó Amara, calmándose poco a poco.

—¿Que lo hayan secuestrado? —sugirió Morana.

Amara soltó una risa carente de humor.

—No se secuestra a Dante Maroni así como así, Morana. Es demasiado listo y hábil para eso.

Morana miró por la ventana, dejando que los engranajes de su cerebro giraran.

—¿Quieres decir que si está vivo y desaparecido…?

—Es que lo ha hecho a conciencia —concluyó Amara.

—Uf, mierda. —Morana se sentó en el sofá desconcertada—. Pero ¿por qué iba a hacerlo?

Amara permaneció en silencio durante un largo momento.

—Ya no me importa, Morana. Has sido una buena amiga para mí. Gracias.

El tono de su voz hizo que le diera un vuelco el corazón al instante.

—Amara…

—Cuídate, Morana.

La llamada se cortó.

¿Qué acababa de pasar?

Morana volvió a marcar el número, pero descubrió que no estaba disponible. Razonando consigo misma, intentó calmar su corazón y darle espacio y tiempo a Amara para asimilarlo todo. No alcanzaba a imaginar lo que debía de estar pasando la otra mujer, y necesitaba calmarse y no hacer que todo girase en torno a ella.

Exhaló un largo suspiro, cerró bien la puerta y subió al dormitorio, pensando en lo que le había dicho Amara. Se desnudó, le robó una camiseta a Tristan del armario, se lavó deprisa la cara y se cepilló los dientes. Si Dante no estaba muerto, entonces había desaparecido a propósito. ¿Por qué? ¿Por qué ocultárselo a ella y a Tristan?

Se detuvo con el cepillo de dientes en la boca, los brillantes ojos verdosos un poco enrojecidos y muy abiertos detrás las gafas mientras sopesaba esa posibilidad. ¿Y si Tristan estaba en el ajo? Llevaba unos días bastante raro y su reacción en el club había sido pétrea. Pero ¿por qué ocultarle todo eso?

Escupió y se llevó la mano a la frente mientras se le encendía la bombilla.

Maroni y todos los que estaban en la mansión la vieron salir del coche. Angustiada, llorando y agarrada al brazo de Tristan mientras él la llevaba a la casa. Un despliegue auténtico de dolor, porque de verdad creía que Dante había muerto.

Acabada su rutina facial, bajó descalza la escalera y corrió hacia el portátil, con el cerebro girando a toda máquina y encajando piezas. A lo mejor se equivocaba por completo, pero era muy poco probable. Si Dante estaba vivo, como ella creía, había desaparecido por algún motivo, y apostaría todo su dinero a que Tristan lo sabía, y no se lo habían contado simplemente porque su reacción debía ser genuina para los curiosos.

Esperando con todas sus fuerzas estar en lo cierto, inició sesión en su sistema, ocultó su dirección y se zambulló en la *dark web*. Tecleó «"Organización de Tenebrae" + "incendio"», presionó «intro» y apareció la noticia.

Pulsó en el primer enlace y ojeó el artículo.

MUERE EN UN INCENDIO EL HEREDERO DEL IMPERIO MARONI

En un giro de los acontecimientos que ha dejado conmocionados a los bajos fondos, Dante Maroni, el primogénito de Maroni el Sabueso, ha muerto en un extraño incendio en uno de los clubes que la Organización tiene en el polígono industrial.

Volvió a los resultados y repasó los demás enlaces de noticias, aunque siempre era la misma historia que se repetía una y otra vez, hasta que dio con algo que la sorprendió.

MAFIOSOS MÍOS, ¿FUE ESTO LO QUE ACABÓ CON LA ALIANZA? QUIERO VUESTRA OPINIÓN

Era una entrada reciente de un blog, del tipo teoría de la conspiración, y Morana pulsó en el enlace mientras el corazón le latía con fuerza.

Mi padre fue soldado de la Organización de Tenebrae durante muchos años antes de morir. Como sabéis, de él heredé mi interés por la mafia, aunque nunca seguí sus pasos. Pero me considero un friki del tema y la Alianza y su desaparición siempre me han interesado.

Adivina adivinanza: si un equipo cuenta con tres miembros igualitarios y dos son reyes, ¿qué papel tiene el tercero?

Según todas las teorías, existió una Alianza durante muchos años entre Tenebrae y Puerto Sombrío. Pero mi padre me dijo que hubo un tercer socio en el acuerdo. ¿Y si la Alianza llegó a su fin porque ese tercer socio salió de la ecuación? Si era tan importante, ¿quién era? ¿Otro rey de otra familia mafiosa?

Voy a decirte lo que me contó mi padre. El hombre protegió a los dos reyes y enterró sus secretos. Por eso ocultaron su identidad.

¿Qué te parece? ¿Es posible? Deja tu opinión en los comentarios.

Morana se quedó mirando fijamente la entrada del blog mientras el corazón le retumbaba en el pecho.

Tres socios.

Si había tres socios —uno, Lorenzo Maroni; otro, su padre—, ¿quién era el tercero?

Estaba cerca. Sabía que estaba cerca de la respuesta, lo sentía en las entrañas.

Todo estaba conectado de algún modo: el programa robado, las niñas desaparecidas y la Alianza.

Y el tercer hombre era la clave.

Estaba tumbada en la cama, en camiseta y bragas, mirando al techo con la lámpara de la mesita de noche encendida, cuando se abrió la puerta y entró Tristan. Su rostro, exhausto y todavía tiznado por el humo, hizo que se le parara el corazón.

Sus ojos se clavaron en ella, la vieron despierta e hizo un gesto con la cabeza hacia el cuarto de baño.

Morana frunció el ceño y se levantó.

—Necesito...

Tristan se llevó un dedo a los labios, señaló el cuarto de baño, se quitó la ropa y la tiró a la cesta del rincón. No le molestaba verlo desnudo en absoluto, pero no le parecía que fuera el momento adecuado.

—No puedo hablar ahora —le dijo él sin inflexión alguna en la voz mientras caminaba hacia el cuarto de baño y le hacía un gesto para que lo siguiera.

Ella lo hizo con rapidez, sin decir una palabra más, y cerró la puerta al entrar. Tristan ya estaba debajo del chorro de la ducha. La vio detenerse junto al lavabo y le hizo un gesto con un dedo para que se acercara.

Confundidísima y sin entender nada, Morana se quitó la ropa y se metió debajo del agua caliente frente a él mientras intentaba interpretar la mirada de esos ojos azules. Él se inclinó hacia delante, le pegó la boca a una oreja y dijo en voz baja:

—Han puesto micrófonos en la casa.

Morana se agarró a sus resbaladizos bíceps con los ojos como platos.

—¿Qué quieres decir?

—Acabo de enterarme —le dijo—. Tendré que comprobar si hay alguno en el dormitorio, pero hasta entonces no quería arriesgarme a hablar ahí dentro.

Morana se echó tranquilamente un poco de su champú en la palma de la mano y se las frotó, haciendo espuma mientras esperaba a que él continuara. Tristan se sentó en el banco de mármol de la ducha para que ella no tuviera que ponerse demasiado de puntillas, con la cabeza a la altura de su cuello. Mientras le masajeaba el cuero cabelludo con el champú, se preguntó si alguna vez había tenido a alguien que lo cuidara así.

Lo vio cerrar los ojos cuando le clavó los dedos en el cuero cabelludo y contener el aliento.

—Dante no está muerto.

—Lo sé.

El azul de sus ojos la atravesó. Morana sonrió.

—En cuanto me tranquilicé, fue fácil darme cuenta. Llevabais unos días raros. Y entiendo por qué no me lo dijisteis, aunque me ha jodido bastante. Necesitabais que mi reacción fuera auténtica.

Tristan la miró fijamente durante un largo minuto con una inconfundible admiración en los ojos.

—Joder.

Morana le acarició la cabeza, pasándole las uñas por el cuero cabelludo.

—Sé que mi inteligencia te pone.

—Pues sí.

—Pero la próxima vez, me avisáis —le dijo seriamente—. Haré una actuación digna de un Óscar, pero no me volváis a hacer pasar por algo así la próxima vez.

Él asintió.

—No fue idea mía. Dante quería hacerlo así.

En fin, eso al menos hacía que Morana se sintiera mejor. Tristan se levantó en silencio, se enjuagó el champú y la espuma le corrió por la espalda.

Por fin Morana vio bien sus tatuajes. En el hombro izquierdo tenía uno tribal de un lobo aullándole a la luna. Los detalles de los trazos negros eran asombrosos. Pasó un dedo por el tatuaje y se le encogió el corazón al comprender lo que representaba.

Luna.

Lo rodeó hasta colocarse frente a él, con la pared a la espalda, y dejó que sus ojos recorrieran el resto de sus cicatrices y tatuajes. Una herida de bala en el bíceps derecho había atravesado una calavera. En el costado izquierdo, justo al lado de los abdominales, tenía una frase en vertical.

«Así terminará la noche».

Siguió la frase con los dedos y se detuvo sobre la cicatriz de un navajazo bajo el duro músculo. Subió hasta el pectoral izquierdo, justo encima del corazón, donde había un símbolo cuyo significado desconocía. Lo tocó con los dedos y lo miró con gesto interrogante.

—Algún día —susurró él en voz baja entre ellos, y las dos palabras la llenaron tanto que se le encogió el corazón.

Morana tragó saliva e hizo la pregunta que más temía.

—¿Y si ese día nunca llega?

Él negó con la cabeza, salpicando agua.

—Llegará. Sea cual sea la respuesta, la encontraré.

Morana no sabía cómo abordar esa conversación, así que la dejó por el momento. Ella también quería encontrar respuestas, tanto para él como para sí misma. Pero ¿y si la respuesta no era la que esperaba? ¿Sería capaz de afrontarlo? ¿Sería capaz de sobrevivir?

Le dolía el pecho solo de pensarlo.

—Puedo ver las preguntas en tus ojos —susurró Tristan—. Pero sé que está viva, lo sé.

Morana sintió que una lágrima le resbalaba por la mejilla, mezclándose con el agua.

—En ese caso, la encontraremos.

Él la miró en silencio un buen rato antes de posar despacio la boca sobre la suya. Fue muy leve, muy rápido, pero hizo que se le encogiera el corazón.

Cuando se apartó, Tristan colocó la frente sobre la suya con los labios un poco temblorosos. Apretó los dientes para contenerse, y Morana lo vio. Le tomó la cara entre las manos. Así se quedaron durante unos cuantos minutos, antes de que Tristan se apartara de repente, cerrara el grifo y le diera una toalla.

Morana respiró hondo y se secó mientras él hacía lo mismo. Después lo siguió desnuda hasta el dormitorio. Sin mediar palabra, le pasó una camiseta limpia que ella se puso inmediatamente. Él se enfundó unos bóxers antes de abrir un cajón y sacar un detector.

Mientras Morana se metía en la cama, lo vio pasar el detector por cada centímetro de la habitación. Encontró solo un micrófono cerca de la puerta. Abrió la ventana, lo arrojó al lago y luego la cerró de nuevo para meterse con ella en la cama.

Morana se acercó y se colocó sobre él, con los pechos aplastados contra su torso y las piernas entrelazadas con las suyas.

—¿Quién ha puesto micrófonos en la casa?

—No lo sé —susurró Tristan—. Mañana me encargaré de los demás.

Ella lo miró, con el cerebro dándole vueltas a todo.

—¿Podría ser Maroni?

Él se encogió de hombros.

—Sería la primera vez que lo hace.

—Es la primera vez que vives con alguien —le recordó ella.

—Cierto. —La abrazó por la cintura y le dio un beso en la parte superior de la oreja—. Ya nos ocuparemos de eso mañana.

Se sumieron en el silencio durante unos minutos y luego ella le preguntó:

—¿Por qué ha hecho esto Dante?

El pecho de Tristan se elevó mientras tomaba una honda bocanada de aire antes de responder:

—Ha tenido que infiltrarse.

—Pero ¿por qué? Es Dante Maroni.

—Precisamente —murmuró él mientras le trazaba círculos con un dedo en uno de los hombros—. Se le da muy bien extraer información, pero hay ciertos detalles que puede conseguir mejor sin su nombre.

Morana sintió que se le paraba el corazón y se apoyó en un codo, contemplando esos ojos azules, medio ocultos por el pelo que caía sobre ellos.

—¿Es por el Sindicato? ¿Esa es la información que ha ido a buscar?

Vio que él movía ligeramente los labios mientras le colocaba un mechón de pelo húmedo detrás de la oreja. El tierno gesto la sorprendió.

—Sí —contestó, confirmando sus sospechas—. Va a infiltrarse en el Sindicato.

Morana se quedó boquiabierta por la sorpresa.

—¿En serio? ¿Se puede saber cómo va a hacer eso? ¿Estará a salvo? ¿Nos enteraremos de algo?

—Estará bien. —Tristan volvió a acercarla a su pecho—. Tenemos un código para ponernos en contacto. Pero nadie puede saberlo. Es importante que todo el mundo crea que está muerto, sobre todo Maroni. O podría correr peligro.

Morana asintió con la cabeza, consciente de la gravedad de la situación.

—Pero ¿no deberíamos decírselo a Amara? —Ella habría querido saberlo de estar en el lugar de su amiga.

Tristan negó con la cabeza.

—Dante me dijo que no lo hiciera. La estarán vigilando, sobre todo ahora. Nadie puede sospechar nada.

Por más que le doliera, Morana lo entendía. Solo esperaba que su amiga la perdonase cuando las cosas volvieran a la calma.

La oscuridad de la habitación, su cálido aroma y los rítmicos latidos de su corazón la tranquilizaron poco a poco. El peso que había sentido durante toda la noche fue desapareciendo de su pecho a medida que se acurrucaba más entre su cuello y su hombro, encontrando su lugar feliz. Tristan le dio un beso en la parte superior de la oreja mientras la estrechaba contra él.

Pasó un buen rato y estaba a punto de quedarse dormida cuando su voz rompió el silencio.

—Me dieron esta casa cuando Maroni me acogió bajo su protección —le dijo en voz baja, Morana se espabiló de repente para oír la historia tan íntima que le estaba contando—. Al principio, me tumbaba aquí algunas noches después de una sesión de entrenamiento y quería morirme.

Morana contuvo la respiración y lo estrechó entre sus brazos, pero no se atrevió a moverse, no se atrevió a hacer nada que pudiera interrumpir el momento.

Él siguió hablando mientras sus dedos trazaban círculos en su espalda.

—Siempre había una pistola en el cajón, y algunos días estuve a punto de usarla para acabar con todo. ¿Sabes lo que me detenía siempre?

Morana negó con la cabeza.

—La idea de que mi hermana se preguntaría por qué no la quería lo suficiente como para vivir por ella. No podía dejarla así.

Morana sintió que le ardían los ojos y que le sangraba el corazón por el dolor que percibía en su voz.

—Pero ese día parecía muy lejano y me sentía muy impotente. Cada día me parecía demasiado —siguió hablando en un susurro en la oscuridad, tan bajo que apenas lo oía—. ¿Sabes en lo que pensaba entonces?

Morana volvió a negar con la cabeza, sintiendo un nudo en la garganta y el pecho oprimido.

—En ti.

Se le paró el corazón.

—Algunos días pensaba que te encontraría cuando fuera mayor y te mataría. Pensaba de qué maneras distintas podía hacerlo —siguió, desnudando su mente ante ella y riéndose—. Otros, pensaba que alguien podía llegar antes hasta ti y me imaginaba matándolos. Me los cargaba a lo bestia. Y algunos días, cuando estaba deprimido, regodeándome en la miseria, pensaba en cómo me sonreíste y me preguntaba si me sonreirías igual después de ver el monstruo en el que me estaba convirtiendo.

Morana se apartó y le colocó una mano en el mentón con los ojos clavados en los suyos en la penumbra reinante.

—¿Sigues pensando en matarme? —le preguntó a bocajarro, preparada por si le decía que sí.

Él guardó silencio durante un momento.

—No —contestó, negando con la cabeza una sola vez.

Morana soltó el aire.

—¿Todavía imaginas que alguien llega hasta mí y los matas?

—No —repitió él, con voz segura.

—¿Sigues pensando en mi sonrisa?

Tristan la miró durante un largo instante, con los ojos clavados en su boca, antes de acercar la cara a la suya y ponerle una mano en el cuello para abrazarla de una manera que su piel ya conocía.

—Ahora pienso en muchas cosas distintas, pero no te confundas, Morana. No me he ablandado. No soy el tipo de hombre que susurra palabras en la oscuridad. Sigo siendo un monstruo.

Morana lo miró a los ojos, sintiendo la palma de su mano en el lugar donde el pulso le latía con firmeza y comprendiendo de pronto que esa era la razón por la que siempre le tocaba el cuello; para sentir los latidos de su corazón. Esbozó una lenta sonrisa y le tomó la cara entre las manos, acariciándosela, sintiendo la aspereza de la barba.

—¿Sabes lo que pensaba cuando era pequeña y estaba sola en mi habitación por la noche, con un padre al que no le gustaba mi existencia y sin madre ni amigos, solo con mi imaginación hiperactiva y mi cerebro? —susurró sin dejar de mirarlo—. ¿Sabes con lo que estaba soñando, sumida en mi soledad y la autocompasión cuando uno de los guardias de mi padre se coló en mi cuarto y tuve que luchar contra él? —La mano que tenía en el cuello se crispó, pero no la interrumpió. Siguió a la espera de su respuesta, sin apartar esos intensos ojos azules de los suyos—. Con un monstruo —susurró ella sobre sus labios—. Que fuera mío. Un monstruo que pudiera mantenerme a salvo y matar a los otros monstruos que querían hacerme daño.

Cuando pronunció la última palabra, la boca de Tristan se apoderó de la suya al tiempo que giraba sobre el colchón llevándola consigo.

—Siempre lo has tenido, fiera.

Y entonces la devoró como el monstruo que decía ser.

17

Regreso

Caminar por el cementerio cogida de la mano de su hombre mientras fingía llorar por otro que se había hecho un hueco en su corazón no era lo que Morana llamaría una mañana ideal. Sin embargo, teniendo en cuenta todo lo que Tristan le había contado, se había puesto un sencillo vestido negro adecuado para la ocasión y se había maquillado un poco para dar la impresión de tener mala cara. Mantuvo la mirada baja tras las gafas, con la mano aferrada al brazo de Tristan, impresionada por su actuación.

Se mostraba tan estoico que, de no conocerlo, la habría convencido de que ocultaba una tristeza enorme y de que no quería hablar del tema. Dada su situación, al no ser miembro de la familia, Tristan se quedó en la parte de atrás durante el funeral.

La misa se celebró con el ataúd cerrado e iban a enterrar el cuerpo calcinado que era «Dante». Tristan le había dicho en el coche que el cadáver era el de uno de los traidores, con suficiente parecido físico con Dante como para hacerlo pasar por él.

Mientras tanto, Dante se había ocultado por completo.

Esa mañana Morana había intentado llamar de nuevo a Amara, solo para saber cómo se encontraba, y había descubierto que su número seguía desconectado. Zia también se había pasado por casa, con mirada triste, y le había preguntado por su hija. Y eso empezaba a preocuparla de verdad.

Se quedó rezagada mientras Tristan se alejaba para hablar con alguien, observándolos a todos.

Lorenzo Maroni estaba rígido, como era de esperar, mientras los demás le presentaban sus respetos y le ofrecían sus condolencias. Reconoció al primo de Lorenzo, Leo, con Chiara del brazo, que tenía el rostro bañado en lágrimas. No supo si eran auténticas o no.

La hermanastra de Amara, Nerea, estaba al fondo, junto a otro soldado, bien vestida, una mujer solitaria en un mundo de hombres. Morana sentía curiosidad por ella. Otros miembros de la familia, niños incluidos, estaban de pie con caras tristes y confundidas. El resto de la Organización se fue desperdigando por los alrededores poco a poco, la mayoría de los hombres con caras que querían mostrar tristeza. Había más personas de las que se había esperado, el funeral era un evento mucho mayor de lo que se había imaginado. Claro que Dante Maroni era una figura importantísima.

Morana se dio cuenta de repente de que nunca le había preguntado a Dante por sus hermanos. Se rumoreaba que tenía uno menor que llevaba muchos años desaparecido. Se dijo que tenía que preguntárselo más adelante.

Bajo la fría brisa en la colina, Morana vio a Lorenzo interactuar con todos mientras intentaba averiguar qué tenía ese hombre para molestarla tanto. Su forma de mirarla a veces la hacía sentir algo muy raro, como si supiera secretos sobre ella.

El ruido de la puerta de un coche al cerrarse de golpe hizo que se concentrara en el hombre que bajaba la colina hacia las personas congregadas, presa de la sorpresa.

Su padre acababa de llegar.

Se detuvo un segundo junto a ella, recorriéndola con una mirada de desprecio velado antes de seguir hacia donde se encontraba Maroni. Morana, lo bastante distanciada de ese hombre a esas alturas como para que no la afectase, intentó analizar por qué reaccionaba ante ella de esa manera. Tristan observó a su padre con atención mientras este lo ignoraba y se dirigía directamente al jefe.

Morana estaba demasiado lejos como para oír lo que se decían, pero los vio estrecharse las manos antes de alejarse un poco para hablar. Si su padre había ido para intentar que se fuera con él, ya podía ir cambiando de idea. Si había ido por negocios, sería curioso, teniendo en cuenta el momento. A lo mejor había acudido solo para presentar sus respetos, pero no se lo creía.

Mientras los observaba sin tapujos, recorrió con la mirada la zona y se detuvo al ver a un hombre en la colina contraria, oculto detrás de un árbol. Desde donde se encontraba el cortejo fúnebre, nadie podría verlo, oculto como estaba. Pero ella, de pie en la colina, atisbaba su silueta.

La barba le ocultaba la cara y se apoyaba en una especie de bastón, oculto mientras vigilaba a los dos hombres a los que ella había estado observando. Abrió el chat para enviar un mensaje con el ceño fruncido.

> Hay un desconocido a mis 5 mirando
> a mi padre y a Lorenzo.
> No puedes verlo desde donde estás. Ven.

Vio que Tristan miraba el móvil antes de subir la colina con paso tranquilo hasta donde ella se encontraba. Después de colocarse detrás de ella, recorrió con la vista el lugar donde ella había localizado al hombre, y Morana se volvió para comprobar que él los estaba observando en ese momento.

Estaba demasiado lejos como para captar algún detalle, pero sentía sus ojos clavados en ella, provocándole un escalofrío en la espalda.

—¿Sabes quién es? —le preguntó a Tristan en voz baja.

—No —contestó él con tranquilidad—, pero nos está mirando.

—Lo sé.

Permanecieron en silencio unos minutos mientras pasaba el cortejo más abajo. Unos nubarrones cubrieron el cielo, proyectando una luz sombría sobre las colinas, y aunque era otoño, el viento soplaba frío. Mientras estaba allí de pie, Morana se descubrió mirando una y otra vez al desconocido.

—¿Alguien sospecha algo? —preguntó, sin apenas mover los labios.

Tristan permanecía impasible a su lado, con la máscara en su sitio, y le contestó de la misma manera.

—Todos sospechan algo, pero no saben de qué se trata.

Morana contuvo una carcajada al oírlo, con la vista clavada en su padre, que estaba hablando con Lorenzo Maroni con la cabeza agachada.

—A lo mejor intenta que vuelva con él —dijo, analizando el lenguaje corporal de ambos hombres—. No por amor, sino por orgullo.

—No tiene orgullo —le aseguró Tristan a su lado—. No podrá llegar a ti, ni siquiera por encima de mi cadáver. Eres demasiado lista para él.

Morana levantó la vista para mirarlo mientras el corazón le daba un vuelco por lo mucho que respetaba su intelecto. No era algo que hubiera esperado, pero cuantas más cosas así le decía él, sin subterfugios ni segundas intenciones, más se crecía ella.

—Gracias —susurró al tiempo que le daba un apretón en un brazo.

Él se encogió de hombros.

—Es un hecho. Eres más lista que la mayoría de todos esos hombres juntos, y no me refiero solo a la parte tecnológica. Cualquiera que lo niegue es un idiota.

—Tú no eres idiota.

Tristan se volvió para mirarla, clavando esos ojos azules en los suyos.

—Yo soy el más listo de todos ellos. Te marqué como mía mucho antes de que nadie tuviera la oportunidad de hacerlo.

Con el corazón en la garganta, Morana bajó la mirada con una sonrisa en los labios. Pero poco a poco se fue desvaneciendo.

—Sabes que vamos a tener que hablar de eso algún día, ¿verdad?

Él no contestó.

Se quedó callada y lo dejó estar. Presionarlo cuando empezaba a abrirse sería irresponsable. Ya hablaría cuando estuviera preparado, si alguna vez lo estaba.

—El otro día me topé con una teoría muy interesante sobre

la Alianza —dijo, pasando a un tema más neutro—. Mencionaba que la Alianza se rompió porque, en realidad, había tres partes involucradas y una de ellas lo dejó. ¿Has oído algo respecto?

El silencio del hombre que tenía al lado se alargó unos larguísimos minutos, hasta el punto de que lo miró para asegurarse de que la había oído. Él tenía la mirada perdida, en algún lugar muy lejano. No sabía dónde se había ido, pero fuera donde fuese, era desagradable.

Lo cogió de la mano y entrelazó sus dedos, los suyos más pequeños y delicados en comparación con los de Tristan, ásperos, encallecidos y largos. Le dio un fuerte apretón y siguió mirándolo, a la espera de que volviera con ella.

—¿Tristan?

Él parpadeó y la miró, consciente de pronto de su entorno. Escudriñó las colinas una vez y después inspiró hondo, mostrándole un resquicio de vulnerabilidad de la que ella no habría sido consciente unas semanas antes. Sin decir una palabra, se encerró en su propia mente y ella se lo permitió, a sabiendas de que tal vez no fuera ni el lugar ni el momento para hablar.

Uno de los hombres del cortejo lo llamó y, tras darle un apretón en la mano, como un secreto mientras mantenía la cara totalmente inexpresiva, bajó la colina con la tensa elegancia del cazador por el que todos lo tenían, con un traje negro y una camisa del mismo color.

Cuanto más lo conocía, más se daba cuenta de lo mucho que él sentía los pequeños detalles y la pericia que tenía para fingir que no era así.

Pasados unos minutos en los que observó a todo el mundo, Morana sintió que alguien se colocaba a su lado. Levantó la cabeza y vio a Lorenzo Maroni, solo, sin su padre.

—Acompáñame a dar un paseo, Morana —le ordenó al tiempo que echaba a andar colina arriba hacia los coches, sin darle tiempo a replicar.

Con cautela, pero presa de la curiosidad, le mandó un mensaje a Tristan y siguió al hombre, al que encontró solo de pie junto a su coche, esperándola. Se acercó a él sin decir nada.

Lo vio abrirse la chaqueta y sacar un puro, que olió antes de cortar.

—Los puros han sido un regalo de uno de mis socios —dijo él sin rodeos—. Uno que me dijo, el otro día precisamente, que alguien estaba husmeando en nuestros negocios. —Con los ojos clavados en el féretro, se encendió el puro—. No serás tú, ¿verdad? Después de cómo me amenazaste, me inclino a creer que sí.

Morana se fijó en el enorme anillo de plata que llevaba en el índice y que no había visto antes, una calavera pulida, detallada y, teniendo en cuenta que asistía al funeral de su hijo, muy inquietante.

—No sé a qué se refiere.

El hombre la observó con unos ojos que veían demasiado.

—¿Dónde está Dante?

Morana parpadeó sorprendida y le dirigió una mirada elocuente al ataúd.

Él se echó a reír.

—Llevo haciendo esto mucho más tiempo del que tú llevas viva, niña. Sé que eso —dijo, señalando la caja de madera— no es mi hijo.

Morana permaneció callada, sin saber a qué estaba jugando ni por qué le preguntaba a ella.

Lorenzo Maroni entrecerró los ojos, con el apuesto rostro plagado de arrugas por la edad mientras la observaba con unos ojos oscuros que ocultaban tantas historias que escapaban a su imaginación. Sentía toda la fuerza de su experiencia en esa mirada penetrante, y le costó la misma vida mantener la espalda derecha y la cabeza alta mientras se la devolvía con expresión neutra.

—Ya veo por qué Tristan está encaprichado contigo —dijo él, con voz casi tranquilizadora—. Tienes fuego. Respeto el fuego. Pero aquí hay jugadores mucho mayores, niña. Mayores que tú y que yo. No creo que te des cuenta siquiera de lo que has puesto en marcha por tu egoísmo.

Morana se mordió el carrillo por dentro para no hacerle preguntas.

—Si me dices qué se trae mi hijo entre manos —siguió Maroni antes de darle una calada al puro—, yo te diré por qué te devolvieron.

Morana se sintió tentada de descubrir por qué, pero no tanto. Pestañeó con expresión inocente y le siguió el juego.

—Así que admite que participó en que me devolvieran a mi padre, ¿no?

Maroni se rio, soltando el humo, con el cuello tenso por encima de la camisa. Vio de dónde había sacado Dante su buena planta.

—Eras un peón para controlar a tu padre —dijo Maroni, que le dio otra calada al puro y soltó una voluta de humo, haciendo que el tabaco con toques de menta le invadiera los pulmones—. Nunca imaginé que te convertirías en un problema.

Morana soltó una carcajada carente de humor.

—Mi padre nunca me quiso lo suficiente como para que lo controlase.

—Ah, te quería —le aseguró él con una sonrisa, con la malicia evidente en la mirada.

Lo miró, desconcertada por sus palabras.

—¿Por qué me ha pedido que venga? —le preguntó, metiéndose las manos en los bolsillos del abrigo.

—Para ofrecerte un trato. —Maroni tiró el puro al suelo y lo aplastó con la punta del zapato—. Vives en mi ciudad, en mi complejo, con mi soldado. No te estoy amenazando, me limito a explicarte las cosas. No te interesa convertirme en tu enemigo.

Morana permaneció callada mientras lo veía meterse en el coche antes de retroceder, sin comprender ni la mitad de las chorradas que le había soltado. Una cosa estaba clara: Lorenzo Maroni tenía miedo, pero no sabía de quién. De lo contrario, no se habría rebajado de ninguna de las maneras a ofrecerle a ella un trato.

Eso le pareció de lo más interesante.

A Morana le sobresaltó el pitido del portátil nada más entrar en la casa esa tarde. Se acercó a toda prisa a los programas que había dejado ejecutándose, se lo llevó al porche y se sentó en el sillón, con la preciosa vista del lago y las colinas circundantes delante de ella, y la mansión a la derecha, a lo lejos.

Se quitó las bailarinas que se había puesto para el funeral y se acurrucó en el sillón mientras iniciaba sesión en el sistema para intentar localizar de dónde procedían los pitidos.

Y lo que vio en la pantalla la dejó de piedra.

Era el programa.

Su programa.

¿Cómo narices era posible?

Alguien le había mandado el programa, el original, el que había creado y que Jackson había robado con la intención de incriminar a Tristan, el programa que lo puso en marcha todo. Al ver el mensaje adjunto, pinchó.

soyelsegador00
creo que esto es tuyo
un trabajo impresionante

«¿Qué cojones...?».

A ver, ¿quién era ese tío? ¿Y cómo había conseguido no solo saltarse su seguridad, sino encontrar el programa?

Diosatecnofriki00
dónde lo has conseguido?

La pantalla permaneció en blanco unos minutos, mientras Morana sentía que se le desbocaba el corazón. Si tenía el programa, eso quería decir que no lo habían copiado ni usado. Lo había programado con un algoritmo de autodestrucción para esas circunstancias. Pero ¿por qué ese desconocido, que a todas luces era muy hábil con la informática, se lo había devuelto? ¿Por qué darle pistas sobre las niñas desaparecidas y el Sindicato?

Le entró un mensaje.

soyelsegador00
es hora de que nos conozcamos

Acto seguido, se desconectó.

Antes de nada, Morana revisó el programa que había tardado más de dos años en escribir. Era peligroso en la era digital, con el poder de deponer a cualquier y cualquier cosa en cualquier momento. Era especialmente peligroso para los mafiosos con secretos bien guardados.

Tardó unas horas en comprobar cada línea del código a conciencia, en un intento por averiguar si lo habían modificado de alguna manera. No vio nada. Estaba impoluto, sin usar, como cuando Jackson lo robó.

Apartó el portátil y miró el cielo nublado mientras las horas pasaban e intentaba encontrarle sentido a lo sucedido.

Uno: alguien había contratado a Jackson para robar el programa en el que ella llevaba dos años trabajando, alguien que sabía que existía para empezar y que había incriminado a Tristan para que la condujera hasta él.

Dos: después de que la condujeran a él, alguien había empezado a mandarle mensajes anónimos y pistas de su historia en común, de la Alianza y de su propia historia que ella desconocía.

Tres: se había caído en la madriguera del conejo y alguien la había guiado hasta el Sindicato, y en cuanto empezó a investigarlo, le devolvieron el programa.

Todo eso solo podía haberlo hecho alguien muy ducho en informática. Y en ese momento empezaba a creer que lo habían hecho para que llegara hasta el Sindicato. Robar el programa era un señuelo, ese era el verdadero objetivo. Alguien la quería trabajando en eso.

Fuera quien fuese ese tío, había un motivo por el que quería su atención.

«Soyelsegador00». Un nombre de usuario, pero ¿quién era él? El misterioso desconocido con voz ronca del aeropuerto le había dado las gracias por decirle que estaba vivo. ¿Se suponía que estaba muerto?

Las preguntas empezaron a provocarle dolor de cabeza.

El atardecer cayó sobre el lago y Morana entró en la casa, sintiéndose un poco perdida sobre qué hacer a continuación. Después de cambiarse de ropa y de sentarse en el sofá, hizo lo que cualquier friki de bien haría cuando se aburría: puso Netflix.

Después de unos cuantos episodios de su obsesión más reciente y un sinfín de cosas de picoteo, Morana vagueaba muy contenta en el sofá, sumida en un coma inducido por Netflix que le hacía mucha falta. Le hacía falta ese respiro, el espacio, la distancia de las mierdas de la vida real. Su vida se había convertido de repente en algo muy aventurero en las últimas semanas, y una chica tenía un límite para soportar ciertas cosas antes de tener un ataque de nervios. Y no podía tener un ataque de nervios porque el hombre con quien vivía necesitaba que ella fuera emocionalmente fuerte mientras él se abría muy poquito a poco. A lo mejor dentro de unos años sí podía ponerse histérica delante de él.

Así fue como la encontró Tristan, tumbada en el sofá viendo a un descamisado Henry Cavill darse un baño con la boca entreabierta.

Él carraspeó.

Morana lo pausó en un fotograma muy bueno y miró con las cejas levantadas al tío bueno que tenía a su espalda y que podría echarle un pulso a Henry.

—¿Crees que alguna vez desaparecerá? —le preguntó él, con voz muy baja y ese tono que le provocaba mariposas en el estómago.

Morana abrió la boca, a punto de contestar, pero se le secó cuando lo vio soltar la chaqueta y remangarse la camisa antes de rodear el sofá hacia ella.

Se incorporó, pero antes de que pudiera moverse más, él la agarró de las piernas y la obligó a tumbarse de nuevo, llevándola al borde del sofá e hincándose de rodillas delante de ella. Con el corazón en la garganta y el deseo latiéndole entre las piernas, lo vio levantarle la camiseta por encima de los pechos, con las piernas sobre sus hombros, para meterse un pezón en la boca.

Se le escapó un gemido al sentir el calor húmedo de su boca, y arqueó la espalda mientras frotaba su creciente humedad contra él, intentando encontrar la fricción adecuada. Sintió que le tiraba del pezón con los dientes, metiéndoselo en la boca, antes de regalarle el mismo trato al otro, sin apartar los ojos de ella.

—No me quejo, pero... Ay, Dios... Esto es... ¡Joder! —balbuceó cuando él le arrancó las bragas y las tiró al suelo, empapándola pero bien.

Él le puso las manos en el culo, aferrándole las nalgas mientras se restregaba contra ella. Acto seguido, se inclinó y le dejó un reguero de besos por el abdomen, haciendo que fuera muy consciente de cada curva. Tristan ni siquiera se detuvo, siguió bajando para aspirar su olor antes de clavarle los dientes en la cara interna de un muslo.

—Por favor —le suplicó ella, tirándole del pelo, acercándolo más.

—Dime que esto no es temporal —le ordenó él, con la boca a un centímetro de ese lugar tan mojado.

Ella asintió.

—No es temporal.

—Bien —murmuró él, y las palabras le calentaron la piel justo antes de que le pegara la boca, saboreándola por primera vez.

Morana vio las estrellas durante un segundo, con los muslos temblorosos alrededor de su cabeza mientras él la sujetaba, manteniéndola cautiva con esos magníficos ojos azules.

Y después sintió su lengua sobre el clítoris.

Arqueó la espalda, levantándola del sofá, y le faltó el aire cuando él empezó a comerle el coño como un hombre hambriento que se encontraba ante un festín por primera vez.

Su boca la destrozó.

Ya nunca sería la misma.

Mucho después de que su cuerpo se quedara saciado y lángui-do, y de que estuvieran en la cama, Morana acarició el ceño fruncido de Tristan el dedo y le contó lo del programa antes del preguntarle qué tal le había ido el día. Era algo normal, tan normal que nunca habría imaginado que podrían tener algo parecido y le daba casi miedo que pudieran arrebatárselo.

—Hoy me has preguntado por un tercer hombre —dijo Tristan en voz baja, trazándole dibujos sin sentido en los hombros—. Me recordó a algo que oí aquel día.

Morana dejó los dedos sobre sus cejas, mirándolo a los ojos.

—El día...

Él asintió sin decir nada. Esperó a que siguiera hablando, a sabiendas de que cualquier cosa relacionada con aquel día era peliaguda. No sabía cómo iba a reaccionar Tristan al respecto.

—Maroni y tu padre estaban sentados a la mesa —recordó él, con esa mirada perdida—. Tu padre amenazó a Maroni, que a su vez lo achantó mencionando a otro. «Recuerda lo que le pasó al Segador», o algo así, le dijo.

Morana se quedó quieta.

El corazón se le paró durante un segundo.

Se levantó deprisa y lo miró, incapaz de creer que pudiera ser tan sencillo.

—Segador —susurró, y le sacudió un brazo con urgencia—. ¿Estás seguro de que ese es el nombre que dijo?

Consciente de su urgencia, Tristan se incorporó en la cama mientras ella salía del dormitorio y bajaba la escalera en busca del portátil.

—Sí, estoy seguro —dijo, siguiéndola, un poco confundi-do—. ¿Qué pasa?

Morana abrió la ventana del chat y vio que se le endurecía el semblante al mirarla a los ojos.

—No me habías hablado de él.

Le quitó importancia.

—Eso da igual. El asunto es si podría ser el mismo tío. El

hombre con el que me reuní en el muelle dijo algo de que creía que estaba muerto.

Tristan miró la pantalla un buen rato, con el ceño fruncido.

—Podría ser, pero no lo sé. No he oído hablar de ningún Segador en la Organización, ni siquiera de pasada.

Se hizo el silencio durante un largo minuto mientras sopesaban las opciones, mirándose a los ojos.

—Deja que haga una llamada —le dijo Tristan.

Se acercó a un cajón y sacó un móvil desechable que ella nunca había visto. Después salió de la casa, aunque iba sin camisa. Ella lo siguió y se quedó en la puerta, mientras el frío viento le azotaba los brazos y las piernas, con el lago totalmente tranquilo en la oscuridad. Lo vio pulsar varios botones mientras la miraba y llevarse el teléfono a la oreja.

—Tengo algo —dijo en voz baja, y ella se quedó sin aliento—. ¿Has oído hablar del Segador?

Se hizo el silencio mientras él escuchaba lo que le decía quien estuviera al otro lado, tensándose cada vez más. Pasaron varios minutos e, incapaz de soportarlo más tiempo, Morana bajó los escalones del porche y salió al césped, sintiendo con los pies la hierba fría y mojada de rocío, para colocarse delante de él.

—¿Cuándo? —preguntó Tristan mirándola—. Vale —dijo antes de colgar, partiendo el móvil por la mitad antes de tirarlo al lago.

—¿Quién era? —le preguntó ella, muerta de la curiosidad.

Tristan la miró un largo segundo antes de desviar la vista hacia el lago.

—Un informador. Quiere verme.

—¿Qué me estás ocultando? —le preguntó al tiempo que tiraba de él para que la mirase.

Tristan tomó una honda bocanada de aire, con el ceño fruncido.

—Hubo un Segador, hace mucho tiempo, pero tanto él como su familia murieron en un incendio.

Morana dio un respingo e hizo una mueca.

—¿Crees que es él?

—No lo sé —le contestó, con la mirada perdida a lo lejos y

los puños apretados a los costados—. Me interesa más saber por qué, sea quien sea, quiere tu atención. Ya me mosquea bastante que te hayan devuelto el programa.

Morana lo sopesó un momento.

—A lo mejor es por lo mismo por lo que me gané la tuya hace veinte años. Soy la única que volvió.

Tristan meneó la cabeza con expresión distante.

—Nunca lo entendí. Me alegro de que volvieras sana y salva, pero ¿por qué? No era porque tu padre te quisiera, eso lo tengo claro.

«Ah, te quería». La voz de Maroni interrumpió sus pensamientos.

—Maroni me ha dicho una cosa esta mañana —le contó—. Según él había un motivo por el que yo fui la única que devolvieron. A lo mejor intentaba liarme.

—A lo mejor —musitó Tristan.

Los dos se quedaron mirando el lago, perdidos en sus pensamientos, con más preguntas que antes.

18

Confianza

Amara había desaparecido del mapa oficialmente.

Pasaban algunos minutos de las seis de la mañana y Morana estaba preocupada por la ausencia de su amiga, con la mirada clavada en el lago y en las colinas que lo rodeaban. Había pasado casi una semana y no tenía la menor idea de qué hacer.

Su mañana también había sido muy rara. Tristan había recibido una llamada de teléfono y cinco minutos después había salido por la puerta como alma que llevara el diablo mientras le decía que localizara su móvil si no volvía en una hora. Morana no tenía ni idea de cómo sabía que ella le había puesto un rastreador. Él se había marchado, y ella se había vestido y se había ceñido a los vaqueros el arma extra que él tenía en el cajón del salón mientras veía el tiempo pasar desde el porche.

A esa hora las colinas estaban envueltas en una niebla densa y el sol se veía apagado, pero conseguía abrirse paso. El viento frío le agitaba el pelo, y el olor matutino del rocío y de las flores impregnaba el ambiente. Nunca había estado en un lugar como ese. Durante un segundo se sintió transportada a otra época por el paisaje antiguo que tenía delante.

Sintió un escalofrío en la columna y aferró la tecnología moderna que tenía en la mano, su móvil, y se recordó que no debía tener miedo. Miró la pantalla, el localizador de Tristan, y vio que se encontraba a menos de un kilómetro de donde ella estaba.

Cincuenta y tres minutos después de que se fuera, su móvil vibró con un mensaje entrante.

Tristan Caine
Ven donde estoy. Deprisa.

Voy.

Cerró la casa con llave y siguió el GPS, adentrándose en la arboleda que había al otro lado de la casa. Aunque estaba a menos de un kilómetro, siguió el camino que se le antojó más largo, respirando con más facilidad gracias al entrenamiento que llevaba a cabo a diario con Vin.

Después de unos minutos en los que solo oyó el viento sobre el agua y el trino de los pájaros, los altos árboles dieron paso a un claro al pie de la colina, con la casa oculta tras el espeso follaje.

Morana vio a Tristan allí de pie, con los brazos cruzados por delante del pecho, hablando con un hombre al que no habría reconocido de no ser por su tamaño.

Dante.

Con una barba poblada, una camisa gris muy suelta, con la que no habrían visto al antiguo Dante ni muerto, y el pelo alborotado alrededor de la cara, casi era imposible reconocer al que fuera el perfecto Dante Maroni. Antes de que pudiera contenerse, Morana atravesó el claro a la carrera y se abalanzó sobre el hombre al que creía haber perdido, el hombre que se había convertido en alguien tan importante para ella.

La estrechó con sus brazos enormes para darle un abrazo que no se parecía a ninguno de los que había experimentado hasta el momento, y ella se lo devolvió, aspirando su colonia especiada, que no casaba con la ropa que llevaba, y tuvo que sonreír a su pesar. Se podía sacar a Dante Maroni de la ropa, pero no se le podía sacar la ropa a Dante Maroni.

—Me alegro de comprobar que me has echado de menos —dijo la estentórea voz de Dante, con un deje risueño, mientras le daba unas palmaditas en la espalda para tranquilizarla. Morana se apartó y lo miró parpadeando por el escozor de las lágrimas, aunque no podía dejar de sonreír.

—¿Estás bien? —le preguntó, examinándolo de arriba abajo.

Pese a la sonrisa, vio que esos ojos castaños que solían ser cálidos, aunque no llegaban a ser fríos, no parecían estar del todo bien.

—Claro que lo está —dijo Tristan a su espalda, con un tono de voz extraño—. Deja de mimarlo.

—Vete con él antes de que me dé un puñetazo, Morana. —Dante puso los ojos en blanco, con un deje alegre muy deliberado—. No me gustaría tener que estropearle esa boca tan bonita que tiene, pero solo por ti, claro.

Se le escapó una carcajada al oírlo. Dios, cómo lo había echado de menos.

Morana retrocedió un paso, pero no se volvió, siguió mirándolo fijamente.

—¿Seguro que estás bien?

Una sonrisa auténtica apareció en su cara bajo la barba.

—Lo estaré.

Morana asintió.

—¿Alguna pista? ¿Deberías estar aquí?

—Estoy trabajando en algo, pero no puedo contarte mucho. —Dante negó con la cabeza y se echó el pelo hacia atrás, pero ella vio que volvía a caer—. ¿Has hablado con Amara? ¿Está bien?

El viento silbaba a su alrededor mientras Morana lo observaba con seriedad.

—Pues la verdad es que no. Es imposible localizarla desde que recibió la noticia.

—¿Cree que estoy muerto? —preguntó Dante, entrecerrando los ojos.

Ella negó con la cabeza.

—No, pero me colgó. He querido darle espacio, pero empiezo a preocuparme.

Dante levantó la mirada hacia cielo como si pidiera paciencia mientras mascullaba algo que parecía un «las cosas que me obliga a hacer esta mujer», antes de mirar a Tristan.

—Localízala mientras yo me encargo de esta mierda.

—Dalo por hecho —dijo el hombre que Morana tenía a su espalda.

Los miró a los dos antes de que Dante le diera un apretón en un hombro.

—Nos veremos pronto.

Tras asentir, Morana lo vio alejarse en silencio para desaparecer en la arboleda, moviéndose con una agilidad que nadie esperaría de un hombre de su tamaño. Echó un vistazo a su alrededor antes de volverse hacia su novio.

—¿Qué es este sitio?

—Aquí es adonde me escapaba a veces —contestó Tristan, con la cabeza ladeada—. Dante, el muy cabezón, me siguió un día, y se convirtió en nuestro sitio.

Morana ladeó la cabeza y lo miró a los ojos.

—¿No te ha parecido que estaba un poco raro?

—Está metido en el papel —contestó Tristan en voz baja, acercándose a ella un paso—. Oye, tengo que irme de la ciudad unos días. Es una pista, ya te contaré si da frutos.

Aquello no le gustaba. No le gustaba ni un pelo la idea de que se fuera.

Él parecía sentirse igual.

—Sin Dante, no me fío de nadie aquí. Quiero que te vayas a un hotel a partir de hoy.

Morana vio la seriedad en su mirada y parpadeó.

—Me he pasado durmiendo alerta durante años antes de conocerte, Tristan. Estaré bien.

—No lo dudo —replicó él al tiempo que le acariciaba los labios con el pulgar, con mirada intensa—. Pero necesito concentrarme en la tarea que tengo entre manos sin preocuparme por ti.

—¿Te preocuparás por mí? —le preguntó, con un hilo de voz. A veces, en mitad de la marea de emociones, se le olvidaba que él también sentía algo por ella.

Él no respondió, se limitó a presionar los labios con los suyos, contestándole sin palabras.

—Regístrate en un hotel sin dar tu nombre. No le digas a nadie adónde vas. Vin te llevará.

Morana asintió, haciéndose a la idea, mientras un mal presentimiento se le enroscaba en la boca del estómago.

—Como te pase algo, cavernícola —le dijo al tiempo que le rodeaba el cuello con los brazos—, te mato yo misma.

Vio que un hoyuelo le aparecía en la mejilla antes de que cerrase los ojos y empezara a usar la boca.

Se registró en el mismo hotel en el que se alojó la primera vez que fue a Tenebrae para matar a Tristan, unas semanas antes. En pleno centro, era un edificio alto y lujoso que servía a los ricos y que comprobaba la identidad de todos los clientes. Reservar una habitación fue cosa de niños para ella.

Entró en el lujoso vestíbulo. El sonido de sus tacones reverberaba sobre el pulido suelo de mármol. Llevaba una peluca pelirroja que le ocultaba los mechones oscuros y una pequeña maleta tras ella que contenía ropa y sus juguetes tecnológicos.

—Trina Summers —dijo, pronunciando el nombre falso con seguridad.

La mujer que había al otro lado del mostrador de recepción le sonrió y le entregó una tarjeta. Quedarse en el hotel iba a hacer mella en sus ahorros, pero en cuanto se calmaran las cosas, estaba segura de que podría trabajar de nuevo. Aunque sabía que Tristan tenía dinero, quería hacerse cargo de sus propios gastos.

Con mirada alerta, echó un vistazo por el vestíbulo con disimulo, fijándose en todas las personas presentes, muchas de ellas sin tener ni idea del submundo criminal en el que ella vivía. Había algún que otro hombre sospechoso, y si bien los mantuvo controlados, no les prestó demasiada atención.

Mientras subía a su habitación en la planta dieciocho, se preguntó cómo habían podido pasar tan pocas semanas desde que su vida acabó convertida en un caos, desde que todo lo que conocía se derrumbó. Estaba en una ciudad desconocida sin más ancla que el hombre que antes la odiaba, el que poco a poco empezaba a confiar en ella. Era un paso enorme para él. Lo sabía porque, para Tristan, el hecho de que se quedara en su casa era importante. Lo habían abandonado todas las personas a las que había querido. Tenía sentido que recelara ante la idea de abrirse, pero, joder, estaba decidida a colarse en su interior.

Sumida en sus pensamientos, llegó a su cuarto y pidió al servicio de habitaciones. Sacó el portátil y el router, y se comió los fideos chinos mientras navegaba por la *dark web*. Buscar información del Sindicato era como buscar una aguja concreta en un montón de agujas. Como ya tenía el programa de vuelta, se sentía más relajada, menos agobiada por la información. Todavía tenía preguntas, pero la urgencia la había abandonado y, la verdad, eso hacía que fuera mucho más productiva.

Estuvo repasando teorías conspirativas y artículos tanto de la Alianza como del Sindicato, pasó horas leyéndolos y encontrando retazos de información para hacer sus propias teorías. Sabía lo suficiente como para teorizar que el Sindicato estaba involucrado en la trata de personas y que el final de la Alianza estaba relacionado con eso. ¿Se debía a que no todas las partes querían involucrarse en ese negocio? Teniendo en cuenta lo que sabía, había llegado a la conclusión de que era muy probable que la desaparición de las niñas fuera obra del Sindicato. Tenía sentido.

A lo largo de los siguientes dos días, se pasó el tiempo mirando el móvil en busca de mensajes de Tristan (que no le llegaron, algo que la preocupó muchísimo), intentando hablar con Amara sin conseguirlo (lo que la preocupó todavía más) e intentando reunir más pistas. Estuvo casi todo el tiempo en su habitación y solo bajaba al restaurante del hotel por las noches para cenar y para observar a las personas, asegurándose de que nadie la reconociera aunque viese a alguien conocido.

La tercera noche estaba sentada a la mesa, comiéndose una *fondue* de chocolate, cuando un camarero le llevó una nota.

Morana la abrió.

*Ven al almacén abandonado en la Riviera
el martes a medianoche. Es hora de conocernos.
Acude sola. No sufrirás daño.*

El Segador

Morana se volvió a toda prisa en la silla en un intento por localizar a quien se la había enviado. El lujoso restaurante estaba medio vacío. Encontró al camarero que le había entregado la nota y le preguntó por ella.

—Un hombre la ha dejado en la barra para usted, señora —le dijo el chico.

—¿Qué aspecto tenía? —preguntó, con el corazón desbocado.

—Iba bien vestido, señora —contestó el camarero mientras intentaba hacer memoria—. Tenía barba oscura y llevaba gafas. Ah, y también un bastón.

Un bastón. ¿Era el mismo hombre del entierro? ¿Qué probabilidad había?

Morana miró al camarero con una sonrisa leve, le dio las gracias y pagó la cuenta apresurada antes de volver a su habitación enseguida. Una vez dentro, se sentó con el portátil y pirateó la señal del sistema de seguridad del hotel, ampliando las imágenes del restaurante durante la última hora para observar de cerca la barra, con un subidón de adrenalina.

Vio, en el vídeo en blanco y negro de poca calidad, que un hombre delgado se acercaba cojeando a la barra, apoyándose con fuerza en el bastón. Le ofreció la nota a la mujer que había detrás de la barra y luego la observó a ella unos minutos antes de darse media vuelta para marcharse, con una mueca de dolor a cada paso.

Morana amplió su cara, intentando recordar si lo había visto antes, pero incapaz de identificarlo. Algo en su mano le llamó la atención, de modo hizo zoom sobre ella. Era un anillo. ¿Con forma de calavera? Vio el vídeo varias veces antes de darse por vencida y prepararse para acostarse. Se puso un pijama nuevo, que consistía en unos pantalones cortos de cuadros y una camiseta con el lema «la inteligencia es sexy» que era muy suave, y se metió en la cama, donde empezó a darle vueltas al hombre y a por qué, si la había localizado con el disfraz y el nombre falso, no se había acercado a ella esa noche para hablar. Estaba a pocos metros comiendo sola. El hombre se lo había pensado, pero no lo había hecho. ¿Por qué? Eso era lo que la desconcertaba.

Las cosas se estaban poniendo interesantes.

Fue un cuerpo que se sentaba junto a su cadera lo que la despertó. Se dio media vuelta en la cama, soltando un grito al ver la enorme silueta sobre ella.

—Soy yo —dijo, con aquella voz de whisky y pecado que se derramó sobre ella, calmando de inmediato su desbocado corazón.

Sin pensárselo siquiera, se abalanzó sobre él y le echó los brazos al cuello, con el alivio al ver que estaba bien imponiéndose a cualquier otra cosa.

—Te he echado muchísimo de menos —le susurró contra el cuello, acariciándole su lugar favorito con la nariz, aspirando el aroma almizcleño de su piel.

El primer indicio de que algo no iba bien fue que no le devolvió el abrazo. A lo largo de las últimas dos semanas, había empezado a sentirse más cómodo cuando ella lo abrazaba por sorpresa, y aunque se quedaba un poco cortado, siempre se los devolvía con gesto titubeante.

Encendió la lámpara de la mesita de noche que tenía al lado, se apartó un poco de él y lo miró a la cara.

Ese fue el segundo indicio.

Tenía el rostro demacrado.

Nunca lo había visto así.

A Morana se le encogió el corazón mientras lo miraba a los ojos fijamente.

—¿Tristan?

—No —susurró él—. No me preguntes nada ahora mismo.

Aunque ardía en deseos de preguntarle qué pasaba, Morana le hizo caso. Tenía que sacarlo de ese lugar oscuro en el que estaba. Asintió y empezó a desabrocharle despacio la camisa, pero él la detuvo con las manos. Lo miró con expresión interrogante.

—No deberías tocarme ahora mismo —le dijo él, con los ojos azules tan oscuros y con una expresión tan angustiada que Morana sintió que se le cerraba la garganta.

—Confía en mí —le susurró a su vez, pidiéndole absolutamente todo lo que ella misma le había dado.

Él esperó un segundo, con los ojos clavados en el pulso de su cuello. Tras soltarle las manos, le dio permiso para que continuara. Morana inspiró hondo y le abrió la camisa despacio, dándose cuenta de que no la miraba. No pasaba nada, se las podía apañar. Le quitó la prenda y se levantó de la cama sin hacer ruido.

—Túmbate bocabajo.

Él titubeó antes de quitarse los zapatos con los pies, dejar el arma en la mesa y despojarse de los pantalones para tumbarse en mitad de la cama.

Morana le miró la espalda un segundo antes de sacar uno de sus aceites sin perfume preferidos de un cajón. No tenía ni idea de por qué estaba así, pero tenía que hacer algo. Se preguntó si Tristan había cedido alguna vez el control a otra persona. Si alguien le había dicho que no pasaba nada por no estar bien. Si había experimentado la caricia de un ser querido en todos esos años.

Se subió a la cama y se sentó a horcajadas sobre su trasero duro antes de disfrutar de toda esa musculosa espalda que tenía a la vista. Había acudido a ella, destrozado y roto, la había buscado. El hecho de que estuviera allí y no en su casa, de que la hubiera buscado incluso en el estado mental en el que se encontraba y no se hubiera ido a su casa le decía todo lo que necesitaba saber.

Sin mediar palabra, se vertió una generosa cantidad de aceite en las palmas de las manos. Las frotó para calentarlas, se inclinó hacia delante y fue extendiendo el aceite despacio por sus hombros, diciéndole con sus manos que lo entendía, que lo aceptaba, que lo quería por quien era, fuera quien fuese.

Oyó que a Tristan se le escapaba un trémulo suspiro de golpe, y siguió acariciándolo con las manos. Tenía unos nudos enormes, con los músculos rígidos. Los fue relajando uno a uno con los pulgares y oyó que se le escapaba otro suspiro antes de que pudiera contenerse. Morana sintió que le dolía el corazón al imaginarse que nunca había disfrutado de eso. Que nunca le habían demostrado afecto a su maltrecho cuerpo, que nunca le habían dicho a su maltrecha alma que era hermosa.

Presionó los labios contra el tatuaje del lobo en una declaración silenciosa y fue bajando por todos y cada uno de los músculos de su maravillosa espalda. Vio cicatrices aquí y allá, cuyas historias estaba segura de que descubriría algún día, pero de momento trabajó en silencio.

—Ha sido horrible —dijo él contra la almohada, con la voz apagada—. No debería haber estado allí.

Morana se preguntó qué habría visto que lo había dejado tan tocado, pero no le interrumpió, masajeándole los músculos de la base de la espalda, clavándole los pulgares.

—Quiero hacerle daño a alguien ahora mismo —gruñó él—. Y no quiero que seas tú.

El corazón le dio un vuelco al oírlo.

—No me vas a hacer daño, Tristan.

Él soltó una carcajada desagradable y se dio media vuelta de repente, de modo que ella cayó de costado en la cama.

—No tienes ni idea de lo que soy capaz —dijo él con los ojos fulgurantes—. Maté a mi propio padre. Le disparé aquí. —Se señaló el centro de la frente—. ¿Tienes idea de lo que te hace eso? —preguntó, alzando cada vez más la voz.

Morana lo miró, con los ojos como platos.

—Tristan…

—Y eso solo fue el principio para mí —siguió, inclinándose hacia ella para intimidarla—. Las cosas que he hecho, la sangre que nunca podré quitarme de las manos… ¿Qué cojones haces aquí? Sal de aquí ahora que puedes.

Morana se quedó sin respiración, sin comprender lo que le estaba pasando, pero asustadísima por cómo la estaba empujando a irse. Respiró hondo e intentó calmarse. Tristan se estaba desmoronando, y ella necesitaba conseguir que se mantuviera de una pieza en ese momento, por el bien de los dos.

—Y si decido irme —dijo, ladeando la cabeza, con voz serena—, ¿me dejarías marchar? —El dolor descarnado que vio en sus ojos le dijo todo lo que necesitaba saber—. Pues cierra la boca.

Él se sentó sobre las rodillas, sujetándose la cabeza entre las manos.

—No quería matarlo —susurró con voz ronca—. Necesito que lo sepas. Pero te vi, y vi lo que él estaba a punto de hacer. Solo quería detenerlo. No sabía, no sabía...

Morana se movió, con el corazón destrozado por él. Le puso una mano en un brazo, se sentó a horcajadas sobre él y le pegó la cara a su pecho, momento en el que a Tristan le empezó a temblar el cuerpo.

—Ella me dejó allí con esos monstruos después de eso. Me dejó para que me las apañara como pudiera sin nadie. Yo no era un puto monstruo por aquel entonces. Estaba perdido...

Tristan se desmoronó.

Morana lo abrazó durante el dolor, con los ojos llenos de lágrimas mientras él lloraba entre sus brazos. No sabía qué había pasado para que se viniera abajo, no sabía cuál había sido el detonante para que sollozara como un niño al que habían abandonado herido en un mundo que era cruel con él. No lo sabía y en ese momento tampoco le importaba nada que no fuera el hecho de que él había ido a buscarla. Tristan necesitaba su aceptación. Necesitaba su amor incondicional para curarse, de la misma manera que el amor que él le profesaba la estaba curando a ella. Dudaba mucho de que supiera siquiera que la quería, o que cada acto suyo cimentaba ese hecho en su alma.

Morana lo estrechó cerca de su corazón mientras temblaba entre sus brazos y lo acunó en silencio, abrazándolo como nunca lo habían abrazado, susurrándole palabras de consuelo, diciéndole que estaba allí y que nunca lo abandonaría.

Los sonidos que Tristan emitía rompieron algo en su interior y un arrollador torrente de afán protector la abrumó por entero.

No supo si estuvo abrazándolo unos minutos o varias horas, si ya era de día o si seguía siendo de noche. Se limitó a abrazarlo, dándole suaves besos en la cabeza, amándolo como se merecía que lo amasen, como deberían haberlo amado hacía tantos años.

—¿Y si está muerta? —le preguntó él contra la clavícula, con la voz ronca y tan torturada que Morana dudó de que alguna vez desapareciera el sentimiento. Sabía a quién se refería.

Morana le echó el rostro hacia atrás y lo miró. Sus preciosos ojos de color azul eléctrico estaban enrojecidos e hinchados, y las lágrimas en ellos eran regalos que había compartido con ella.

—¿Lo crees de verdad? —replicó ella al tiempo que le acariciaba una ceja con un dedo y le secaba una solitaria lágrima. Él negó con un gesto seco de cabeza—. En ese caso, la encontraremos.

Vio que le temblaba de nuevo el mentón, con todo lo que sentía bien visible en sus ojos, y le dio un beso tierno en los labios, aceptando todas las palabras que estaban suspendidas sobre ellos, pero que no podían pronunciarse. Él todavía no había llegado a ese punto. No sabía si alguna vez llegaría. Pero ella lo sabía. Y con eso le bastaba.

—¿Alguna vez le han hecho el amor, señor Caine? —le preguntó en voz baja, a sabiendas de que tendría que ser ella quien llevara las riendas.

A él no se le daba bien procesar emociones, nunca se le había dado bien, y su mera presencia en la vida de Tristan lo estaba obligando poco a poco a enfrentarse a muchas de las cosas que había enterrado hacía mucho tiempo. Esperar que comprendiera las sutilezas emocionales y las expresara sería un error. Tal vez nunca se recuperase del daño que le habían causado a su mente. Lo tenía claro. Pero ella estaría allí para él, a cada paso que diera, de la misma manera que él estaba allí para ella con ese contacto que la anclaba en momentos de duda, con las chocolatinas que encontraba a lo largo del día y que le calentaban el corazón, con las miradas que le dirigía cuando creía que ella no se daba cuenta.

—No —contestó él antes de tragar saliva.

—Pues déjame —susurró ella, apoderándose de su boca despacio, atrapándole el labio inferior entre los dientes para darle un suave tirón.

Él le enterró las manos en el pelo, sujetándole la cara para besarla, expresando todo lo que sentía con ese beso. Sus labios se fundieron, sus lenguas se enzarzaron. Morana le deslizó las manos untadas de aceite por el pecho hasta ponérselas sobre el corazón desbocado, sintiendo los fuertes latidos.

Se apartó un poco, clavó la mirada en la suya y pronunció las palabras que deberían haberle dicho tanto tiempo atrás.

—No sabes cuánto te quiero, cavernícola.

Vio que le relampagueaban los ojos al tiempo que le ponía una mano en el cuello, sujetándola con fuerza.

—No puedes echarte atrás —le advirtió él con ferocidad.

Morana negó con la cabeza, sin dejar de mirarlo. Le sacó la polla de los calzoncillos, se apartó las bragas a un lado y se puso de rodillas, introduciéndose la punta. Aunque no estaba tan mojada como debería haber estado, el sexo no era lo más importante en ese momento. Lo importante era otra cosa. Lo importante era la aceptación.

Lo recibió en su interior, entreabriendo los labios mientras se tensaba y se relajaba a su alrededor para acogerlo, con un ligero escozor, sin apartar la mirada de sus ojos en ningún momento. Él le apretó un poco el cuello, sujetándola al mismo tiempo que se aferraba a ella.

—No voy a echarme atrás —dijo ella con la respiración acelerada cuando la penetró por completo.

—Lo digo en serio, Morana —la amenazó él, con unos ojos tan vivos que ella se sintió vibrar—. No puedes echarte atrás. ¿Me entiendes?

—No lo haré —le aseguró.

Él le movió el culo, y la postura hizo que llegara tan adentro que Morana fue incapaz de contener el gemido que se le escapó. Cadera con cadera, pecho con pecho, corazón con corazón. Tristan no le apartó la mano del cuello en ningún momento. Tampoco apartó la mirada.

—Repítelo —le ordenó, moviéndola de nuevo.

Morana lo miró a los ojos y vio al niño perdido y al hombre digno de amor que mantenía ocultos al mundo, y le dijo:

—Estoy enamorada de ti, Tristan Caine. No espero que me digas lo mismo. No necesito que lo hagas. Solo necesito que sigas queriéndome.

Tristan pegó la frente a la suya mientras ella giraba las caderas despacio sobre él, con los cuerpos, las almas y las mentes tan conectadas en ese momento que eran uno solo.

La noche siguió, y él le demostró todo lo que sentía pero que no era capaz de decir.

19

Confianza

Morana miró al hombre que dormía a su lado en la cama del hotel, a la tenue luz de la mañana, roncando con suavidad y con el cuerpo tan relajado que nadie podría imaginarse la agitación que vivía bajo su piel. Sabía que no les iba a resultar fácil seguir hacia delante. Tristan nunca estaría bien del todo desde el punto de vista emocional. Los traumas que había sufrido, la mayoría de los cuales ella desconocía, se manifestarían de distintas formas a lo largo de sus vidas.

Sin embargo, también sabía que él la quería.

De lo contrario, no habría aparecido en su habitación la noche anterior. No la habría buscado una y otra vez como lo había hecho. No habría sentido la necesidad de mantenerla a salvo a su lado como lo hizo.

La quería, y seguramente nunca sería capaz de decírselo.

Por sorprendente que pareciera, a Morana eso no le importaba.

Prefería que la mirara como lo hacía durante el resto de sus vidas. Prefería que cocinara para ella como lo hacía cada mañana. Prefería que la cogiera por el cuello como lo hacía cuando fuera vieja y tuviera canas.

Tristan le había dado un hogar, un lugar al que pertenecía, tal como era. Ya fuese en su ático, en la casa del lago o en esa habitación de hotel, él era su ancla. Nunca volvería a estar sola.

Le dio un suave beso en el bíceps y frunció el ceño al ver el tatuaje de cerca, la calavera. Era exactamente la misma, el mismo diseño, que había visto en el anillo de Maroni.

—Tristan —susurró, acariciándolo sin darse cuenta.

—Mmm... —murmuró él, con la voz ronca por el sueño.

—¿Qué significa esta calavera? —le preguntó ella, señalándole el brazo.

Lo vio abrir los ojos azules, que fueron poniéndose alerta poco a poco.

—Es un símbolo de la Organización. Se les pone a casi todos los soldados cuando los aceptan. ¿Por qué?

Morana trazó el tatuaje con el dedo, con la mente acelerada.

—¿Y quién lleva el mismo símbolo, pero en un anillo?

Tristan guardó silencio pensativo.

—Maroni. Cualquier otro tendría que ocupar un cargo importante.

—Creo que el Segador lo tenía.

Morana se levantó de la cama y corrió hacia su bolso, donde había metido la nota. Volvió a la cama y vio a Tristan apoyado en los codos, observándola con curiosidad. Esos ojos se detuvieron en su camiseta durante una fracción de segundo antes de que le pidiera la nota. Morana se la entregó, esperando a ver qué decía.

—No vas a ir sola.

Eso ya lo había supuesto.

—Lo sé. Hoy es sábado. Estaba pensando que quizá deberíamos vigilar el lugar esta noche, solo como preparación. Podría aparecer antes de lo previsto y no...

Tristan la interrumpió, tragándose el resto de su plan y le demostró que su inteligencia era, sin duda, muy sexy.

Tristan decidió que esa noche irían andando hasta el lugar del encuentro. Se puso una camiseta negra informal y unos vaqueros que le compró uno de los empleados del hotel en una tienda situada al otro lado de la calle. Morana, aunque sentía un agradable dolor entre las piernas, caminó alegremente a su lado hacia el muelle, observando a la gente y el bullicio, escuchando el parloteo de los niños, de los vendedores ambulantes y de los emocionados turistas. Si no fuera por la pistola que notaba por debajo de su camiseta, habría tomado a Tristan por un hombre que paseaba por el lugar turístico con su novia un fin de semana.

Disfrutó de cada segundo, porque nunca había pensado que podría pasar el tiempo así con él. Le preguntó si le parecía bien pasear de aquella forma, sin ninguna seguridad, y él se limitó a mirarla de tal manera que cerró la boca de golpe. A veces olvidaba, dado que a esas alturas lo conocía de otro modo, que para el mundo exterior él seguía siendo el temido Cazador.

Le rodeó la cintura con el brazo, se acurrucó contra su costado y le dio las gracias a Dios por haber metido en la maleta sus cómodas bailarinas mientras cruzaban el concurrido muelle.

—Deberíamos hacer un pícnic algún día —murmuró un pensamiento en voz alta mientras andaban—. Y quizá ir a un restaurante de verdad.

—Ya hemos estado en un restaurante —le recordó él.

Morana se puso roja al revivir la noche en Carmesí. Joder, como para olvidar aquel polvo.

—Me refería para comer.

Los labios de Tristan ni siquiera se movieron, pero ella percibió su sonrisa cuando la miró.

—No me importaría ir a un restaurante para repetir lo que hicimos.

—A mí tampoco —reconoció ella, sintiendo que le ardía la cara—. Aunque a lo mejor también podríamos sentarnos a comer.

—Sabes que ya vivimos juntos, ¿verdad? —señaló él.

Morana suspiró.

—Es que nunca he tenido una cita, ¿vale? Las únicas cenas a las que he acudido han sido a las que me obligaba a asistir mi padre, y siempre había por lo menos un tío intentando meterme mano.

Sintió que él la acercaba más a su costado y que le pegaba los labios a la parte superior de la oreja. Morana esbozó una pequeña sonrisa y siguió haciéndole preguntas mientras se alejaban del muelle, por la orilla del río, pero la multitud empezaba a disminuir.

Al cabo de unos minutos, sintió que su cuerpo se ponía en alerta cuando el lugar quedó a la vista. Miró a su alrededor mientras observaba el aislado y viejo almacén, hecho de madera y cemento. Parecía casi en ruinas a esa hora, a punto de hacerse de noche.

Tristan se agachó y se sacó una pistola de repuesto de una bota, entregándosela en silencio. Morana asintió, agradeciéndole tanto el gesto como el hecho de que la creyera capaz de cubrir la retaguardia, y señaló hacia el edificio.

Lo vio adoptar su modo depredador y se olvidó de todo lo que no fuera la tarea que tenían entre manos: investigar ese lugar.

Morana se coló detrás de Tristan en el edificio a través de una abertura en la puerta y descubrió un espacio cavernoso y poco iluminado.

Estaba vacío, salvo por una silla a un lado y algunas cajas apiladas. Un lugar muy extraño e inusual para una reunión.

—Veo que os ha podido la curiosidad —dijo alguien a su espalda.

Morana se volvió y apuntó con el arma al hombre que salía cojeando de las sombras. Sintió que Tristan se acercaba por detrás, también apuntando al desconocido.

—Bajad eso, chicos —dijo el hombre, haciendo un gesto con una mano, con la voz áspera por la falta de uso o por el tabaco. En cuanto salió a la luz, sus ojos se clavaron en ella—. No voy a hacerte daño, cervatillo.

Morana ladeó la cabeza frunciendo el ceño.

—¿Te conozco?

El hombre la miraba con los ojos entrecerrados. Tenía la cara curtida y arrugada, medio cubierta por una espesa barba oscura y llevaba unas gafas redondas con montura metálica.

—Estabas en el funeral —dijo Morana en voz alta, bajando un poco el arma. La inquietud se apoderó de su estómago.

El hombre se limitó a darse media vuelta y echó a andar hacia la solitaria silla.

—Admito que no llegáis en el mejor momento. Puede que nos interrumpan. Tengo una reunión aquí dentro de poco.

—¿Quién eres?

El hombre siguió cojeando hacia la silla sin responder. Morana se volvió hacia Tristan, con los ojos alerta, y lo encontró también mirando con el ceño fruncido al hombre, la pistola todavía en alto.

—Te vi —dijo Tristan, con los ojos entrecerrados, reconociéndolo—. Estabas allí. Hace unos años, en... —Se detuvo.

El hombre se rio entre dientes y se desplomó en la silla con un gemido.

—Continúa.

Morana los miró confundida. El frío interior del almacén hizo que se le pusiera la carne de gallina en los brazos.

El hombre sonrió, con un brillo divertido en sus ojos verdosos.

—Se refiere a tu graduación, Morana. Estuvo allí. Y me vio.

La sorpresa la inundó mientras miraba a Tristan y descubría que seguía con los ojos clavados en el hombre.

—¿Qué hacías allí? —le preguntó Morana al hombre.

—Fui para verte. —Se frotó la rodilla con la mano derecha, en cuyo dedo brillaba un anillo de plata con forma de calavera, exactamente igual que el que vio en la mano de Lorenzo Maroni.

—¿Perteneces a la Organización? —le preguntó señalándole la mano.

El hombre giró el anillo y la miró, con algo parecido a la reverencia en los ojos.

—Pertenecí, hace mucho tiempo.

Morana bajó despacio el arma, con el corazón desbocado.

—¿Eres el Segador?

El hombre sonrió y sus mejillas se llenaron de unas arrugas que no le quedaban mal. Llevaba el pelo canoso desgreñado.

—Soy el Segador.

—¿Por qué me has pedido que venga aquí? ¿Por qué no hablar conmigo en el hotel? —le preguntó al tiempo que daba un paso hacia donde él estaba sentado. Sintió que Tristan se movía detrás de ella.

—Porque tenía que encontrarme contigo en algún sitio donde pudiésemos hablar a solas —dijo, y miró a Tristan con gesto elocuente—. Por favor, baja el arma. No voy a haceros daño a ninguno de los dos.

Por alguna extraña razón, Morana lo creyó. Tras sentarse en una caja de madera en frente del hombre, lo estudió con la pistola todavía en la mano.

—Tengo preguntas para las que creo que solo tú tienes respuesta —le dijo.

Sintió que Tristan se colocaba detrás de ella en silencio, presente pero permitiéndole que ella llevara las riendas.

—Déjame que te cuente primero una historia —replicó el hombre, que carraspeó para aclararse la voz—. Me temo que no tenemos mucho tiempo.

Morana asintió.

—Hace unos veintitrés años, era un soldado de la Organización y un hombre felizmente casado —dijo, con esos ojos verdosos clavados en ella—. Era una rareza, lo creas o no. Mi mujer no sabía mucho de este negocio ni de lo que yo hacía. —Respiró hondo y giró el anillo en su dedo—. Este anillo fue un regalo de Lorenzo. Para los tres miembros de la Alianza: Lorenzo, Gabriel y yo. Ellos eran los líderes de ambas familias, y yo me encargaba de recopilar datos sobre negocios y operaciones. Me encargaba de la información de los enemigos. Me dedicaba a los secretos, y eso convertía a mis amigos en personas poderosas.

—Eso lo sé —le aseguró Morana, encantada de poder obtener por fin algunas respuestas.

El Segador ladeó la cabeza y parpadeó, sin dejar de mirarla.

—Por supuesto. —Meneó la cabeza—. Todo iba bien. Yo era feliz. Mi mujer estaba embarazada de nuestra segunda hija... Fue entonces cuando me topé con un secreto que uno de mis amigos había ocultado.

Morana se inclinó hacia delante intrigada.

—Lorenzo se había convertido en miembro de un Sindicato mundial —siguió el hombre en voz baja—. El Sindicato comerciaba con niñas.

Morana miró hacia atrás con un nudo en la garganta.

—No tienes por qué estar aquí —le dijo a Tristan.

Él la miró con la misma necesidad que sentía ella por hallar respuestas, y replicó, indicándole al Segador que siguiera:

—Las niñas desaparecidas.

Morana le puso la mano en el muslo y se volvió hacia el hombre, momento en el que descubrió que los observaba con algo parecido a la satisfacción en los ojos. Sin embargo, ocultó esa emoción y regresó a la historia.

—Secuestraron a las niñas en distintas ciudades a una edad muy temprana y las prepararon para convertirse en esclavas, las que sobrevivieron, claro. Muchas murieron.

Sintió que los músculos del muslo de Tristan se tensaban bajo su palma y le dio un apretón. Se le puso el vello de punta al pensar que ella había sido una de esas niñas.

—¿Maroni entregaba a las niñas?

—¿Él es el culpable de que mi hermana desapareciera? —preguntó Tristan por encima de ella.

El Segador miró a Tristan con los ojos llenos de pesar.

—No. Lo de tu hermana fue cosa de Gabriel. Lo siento.

Tristan tomó aire con brusquedad. Morana sintió que la vergüenza y el dolor se enroscaban en sus entrañas. Por Dios, ¿¡qué clase de monstruo había que ser para comerciar con niñas!? Su padre era uno de ellos.

El hombre siguió:

—No sabía cuánto tiempo llevaba ocurriendo, pero me negué a formar parte de aquello. Aunque Gabriel solo participó en algunas operaciones, Lorenzo estaba metido hasta el cuello. Él era el verdadero peligro. Los convoqué a ambos y lo amenacé con desenmascararlo si no dejaba de hacerlo. Fui tonto al pensar que eran mis amigos.

Morana sintió que algo pesado se asentaba en sus entrañas.

—¿Qué pasó?

El hombre la miró en silencio durante un momento.

—La Alianza se rompió. Yo renuncié, y Gabriel se asustó y decidió seguir su propio camino. Todos los negocios se dividieron. Pero Lorenzo nunca confió en nadie. Se llevó a la hija de Gabriel como seguro para que mantuviera la boca cerrada.

Morana respiró por la nariz y guardó silencio.

El Segador continuó, con voz sombría:

—Luego atacó a mi mujer en nuestra casa y las mató, a ella y a la hija que llevaba en su interior.

Llevándose la mano a la boca, Morana jadeó por el horror que había sufrido el hombre que tenía delante.

—Lo siento mucho —dijo, con el corazón compungido.

El hombre se rio entre dientes.

—Ojalá solo hubiera hecho eso.

Morana tenía miedo de oír más.

—También se llevó a mi otra hija —dijo el Segador con los ojos clavados en ella—. Al principio, la retuvo con las otras niñas secuestradas, pero luego se le ocurrió otra idea para asegurarse de que Gabriel guardaba silencio.

Morana sintió que el corazón le empezaba a retumbar en el pecho y se le entrecortó la respiración. Notó que la mano de Tristan descendía sobre su hombro.

—Se la dio a Gabriel para que la criara —siguió el hombre en voz baja—, para que la mirara y recordase el alcance de su ira con aquellos que lo traicionan. Si guardaba silencio, su hija seguiría con vida. Su mujer nunca creyó que la niña que le habían devuelto era su hija y lo abandonó, la pobre.

Morana sintió que empezaban a temblarle las manos y se le llenaron los ojos de lágrimas cuando su vida pasó por delante de sus ojos y todo encajó de repente. El desprecio de su padre, la ausencia de su madre, todas las palabras crueles que había oído en aquella casa, el placer de su padre viéndola sufrir..., todo empezó a cobrar un extraño sentido. Tragó saliva.

—Yo... no..., yo... —balbuceó.

—Eres su padre —dijo Tristan, dándoles voz a las palabras que ella era incapaz de pronunciar.

El hombre esbozó una sonrisa tierna.

—Eres mi hija, Morana.

Lo miró con incredulidad, sabiendo en el fondo de su corazón que no mentía, pero incapaz de aceptarlo.

—¿Ese es mi verdadero nombre? ¿O era su nombre? ¿El de la hija de Gabriel? —preguntó levantando la voz poco a poco.

Sintió que la mano que tenía en el hombro le daba un apretón, y el Segador, su verdadero padre, se encogió de hombros.

—Da igual. Eres Morana.

Soltó el aire y sintió que las lágrimas le corrían por la cara.

—¿Sabes si está viva?

El hombre negó con la cabeza y el dolor en el interior de Morana se hizo más profundo. «¿Cómo es posible...?».

Morana se secó las lágrimas y formuló la pregunta que sabía que Tristan tenía en mente.

—¿Y Luna?

Ambos contuvieron la respiración mientras su padre respondía con pesar:

—La verdad es que no lo sé.

Armándose de valor, Morana enderezó la espalda.

—¿Por qué no me buscaste para recuperarme?

—Estaba herido de gravedad cuando todo eso ocurrió —contestó, frotándose la rodilla—. No descubrí lo que te había pasado hasta que transcurrieron unos meses, y para entonces ya era demasiado tarde. A todos los efectos, eras una Vitalio.

Morana sintió que le temblaban los labios.

—¿Por qué no has intentado ponerte en contacto conmigo antes?

Él negó con la cabeza.

—Estabas más segura si pensaban que yo había muerto. Pero nunca te perdí de vista, y te seguí protegiendo de lejos en la medida de lo posible.

Morana sintió que se le encogía el corazón al oírlo.

—Sé que no tengo ningún derecho, pero me sentí muy orgulloso cuando empezaste a estudiar tecnología —le dijo, y la sonrisa de su cara fue un fantasma de lo que debió de ser—. Lo has heredado de mí. Eres mucho mejor que yo a tu edad.

El orgullo en su voz, el orgullo que no había recibido en toda su vida, hizo que se le retorciera algo dentro del pecho. Observó su rostro a conciencia y encontró el parecido entre ellos, en el color verdoso de sus ojos, en la nariz respingona. Sintió que las lágrimas aparecían de nuevo y se controló, formulando la pregunta que llevaba días ardiendo en su interior.

—¿Por qué robaste el programa? No pensabas utilizarlo. ¿Por qué incriminar a Tristan?

El Segador estiró la pierna y una leve mueca de dolor cruzó su rostro.

—Necesitaba conseguir que Tristan y tú os encontrarais.

Morana parpadeó sorprendida.

—¿Cómo dices?

La mano de Tristan le dio un apretón en el hombro.

Su padre se echó a reír de forma genuina.

—Ah, ¿crees que era el único que te vigilaba? El chico siempre estaba ahí. Me pilló unas cuantas veces, ¿verdad, Tristan? —dijo, dirigiéndose al hombre que estaba detrás de ella, y le lanzó una mirada por encima de las gafas con un gesto que Morana reconoció, porque ella también lo hacía.

Con el corazón acelerado por ese nuevo dato, Morana intentó recordar algún momento de su pasado en el que se hubiera sentido observada. Sabía que Tristan tenía una foto suya. Pero ¿eso era todo? ¿Había más? ¿Durante cuánto tiempo la habían estado vigilando? ¿La habían vigilado dos personas, no solo una, y no se había percatado ni una sola vez?

—Estaba al tanto de lo que hizo en una ocasión para protegerte —siguió el hombre—. Y sabía, por su forma de vigilarte a lo largo de los años, que volvería a protegerte cuando llegara la hora.

—¿La hora de qué? —balbuceó, incapaz de asimilarlo todo.

—De la justicia.

Morana sintió que un escalofrío le recorría la espalda. Apretó y aflojó las manos y observó al hombre que tenía delante. El almacén vacío se asemejaba a lo que sentía en su interior mientras todo lo que había conocido en la vida se derrumbaba a su alrededor.

—A ver si lo he entendido bien. —Se inclinó hacia delante, mirándolo fijamente—. ¿Hiciste que Jackson robase mi programa e incriminara a Tristan para que yo pudiese encontrarlo? ¿Hiciste de celestina?

El hombre soltó una carcajada.

—Parece un poco ridículo dicho de esa manera, pero funcionó, ¿no?

—Quería matarme —le recordó ella.

—Sí —confirmó Tristan a su espalda.

El Segador negó con la cabeza.

—Creo que no fuiste capaz de reconocer lo que sentías, y no te culpo, Tristan —dijo, tras lo cual se dirigió a Morana—: Los hombres de este mundo no aman como los hombres normales, cervatillo. Su amor es más intenso que cualquier otro. Se enamoró de ti cuando era un niño y volvió a hacerlo como hombre. Ver ese proceso ha sido la única paz que he encontrado en años. Saber que te amarán, te querrán y te protegerán cuando yo ya no esté. Necesitaba darte eso.

Con el pulso acelerado por sus palabras y un nudo en la garganta provocado por un cúmulo de emociones desconocidas, Morana se estremeció por la seriedad de su voz.

—¿Quién ha intentado matarme? —le preguntó, intentando comprenderlo todo.

—El Sindicato.

—Entonces ¿por qué me empujaste hacia la Alianza y el Sindicato? ¿No debería haberme mantenido alejada?

—No puedes mantenerte al margen. Ya estás implicada por ser quien eres, y tenía que prepararte para la verdad —contestó a modo de sencilla explicación—. Si no te preparaba, tu mente no habría sido capaz de afrontarlo. Y quería que vuestra relación tuviera éxito.

Morana negó con la cabeza.

—¿Y qué voy a hacer con esta verdad? ¿Qué sentido tiene?

El hombre, su padre, sonrió con indulgencia, mirando a Tristan y luego de nuevo a ella.

—Harás lo que quieras hacer, Morana. Este mundo necesita

gente como tú que defienda a los que no pueden defenderse solos. Hay muchas niñas desaparecidas que no pueden encontrar el camino a casa, y muchos padres llorando a sus hijas. Es un dolor insondable, cervatillo. No sabes la agonía que sufren los padres cuando pierden a una hija para no volver a verla nunca. Ayúdalos.

Sintió un dolor palpitante en las sienes.

—¿Cómo? No sé cómo hacerlo.

El hombre se inclinó hacia delante, a punto de decir algo, cuando el ruido de un vehículo que se detenía fuera hizo que se enderezara. Los miró a ambos y dijo una sola palabra:

—Escondeos.

Indecisa, Morana agarró bien su arma y sintió que Tristan tiraba de ella, guiándola hacia un lado para ocultarse detrás de uno de los pilares. Tras apoyarle la espalda, la protegió con su cuerpo y se asomó un poco para mirar hacia la puerta. Ella volvió la cabeza para observar también la escena.

Lorenzo Maroni y su padre (no, no era su padre, ahora era solo Gabriel Vitalio) entraron en el almacén, ambos muy trajeados. Morana vio que su padre, su verdadero padre, se limitaba a sonreírles y a saludarlos como a dos viejos amigos. Se dio cuenta de que ni siquiera sabía su verdadero nombre, ni el suyo propio. No sabía nada de su madre ni de su hermana nonata.

Respirando pese al dolor que invadía su corazón, Morana se limitó a tomar fuerzas del hombre que estaba de pie protegiéndola con su cuerpo, a tomar valor de su presencia y se concentró en la escena. Ya se derrumbaría más tarde.

—Vaya, vaya —dijo Lorenzo Maroni con una carcajada—. Mira quién ha salido de la tumba. Creía que te había enterrado, viejo amigo.

—Siempre tan teatral, Lorenzo —replicó su padre con un tono burlón.

Lorenzo se rio entre dientes.

—Deberías haber dejado el pasado en paz.

—¿Por qué nos has llamado? —preguntó Gabriel a bocajarro.

Su padre meneó la cabeza.

—Quería preguntaros por el comercio. Armas y niñas, ¿no es así, Lorenzo?

—No me vengas otra vez con el mismo cuento, Segador. —Lorenzo miró el bastón de su amigo—. ¿Recuerdas la última vez que amenazaste con desenmascararme?

—Perfectamente —contestó su padre—. No sois los únicos a los que he convocado a esta reunión.

Morana vio, sorprendida, que Dante entraba en el almacén y se apoyaba en uno de los pilares, fumando como si tal cosa.

—Hola, padre.

Tristan respiró hondo por encima de ella, con el corazón latiéndole con tranquilidad contra su oreja. Morana sintió que el suyo empezaba a acelerarse. Tenía un mal presentimiento.

Lorenzo Maroni pareció sobresaltarse un instante antes de controlar su reacción.

—Me alegro de verte, hijo.

Dante esbozó una sonrisa vacía, una que Morana jamás había visto en ese apuesto rostro.

—Ojalá pudiera decir lo mismo, sobre todo después de ver los resultados de tu depravación en los últimos días, padre.

Lorenzo guardó silencio y luego se volvió hacia el Segador.

—¿Por qué nos has llamado? —repitió.

Su padre se apoyó en el bastón y se puso en pie, con el cuerpo inclinado frente a Lorenzo.

—Para decirte que durante los últimos años he desmantelado tu negocio. Para decirte que llevo más de veinte años planeándolo. Eres el mal encarnado, Lorenzo. Y no mereces vivir.

Antes de que alguien pudiera moverse, su padre giró la empuñadura del bastón, sacando una hoja oculta, y le rebanó el cuello a Lorenzo Maroni. A Morana le costó la misma vida contener un grito ahogado y se aferró con fuerza a la camiseta de Tristan mientras él apuntaba y mantenía el arma preparada, bien atento a lo que sucedía.

—Esto es por Elaina —dijo su padre con voz fría—. Esto es por matar al amor de mi vida y a mi hija nonata, y por quitarme a mi pequeña, Lorenzo.

Dante se limitó a seguir fumando mientras veía a su padre gorgotear, con las rodillas temblándole y la camisa cada vez más teñida de un terrible rojo.

Maroni cayó hacia delante sobre su padre y se sacó algo del bolsillo. Un cuchillo con el que lo apuñaló mientras caía.

—¡No! —susurró Morana antes de poder controlarse, con los ojos como platos.

Maroni se agarraba el cuello, intentando hablar, con los ojos desorbitados. Su padre se sujetaba la herida abierta del pecho y siguió hablando entre jadeos.

—Esta es tu justicia —continuó su padre, desangrándose—. Desangrarte hasta morir mientras tu hijo mira sin remordimientos. Esto es lo que has creado.

Gabriel, que hasta entonces había mirado atónito a su antiguo compañero, se agachó de repente y sacudió al moribundo.

—¿Dónde está mi hija? —le preguntó, zarandeándolo—. ¿Está viva? Joder, Lorenzo, ¡dime dónde está!

Maroni gorgoteó, se atragantó, con los ojos a punto de salírsele de las órbitas, y cayó inerte al suelo. Maroni el Sabueso murió pocos minutos después de medianoche en un charco de su propia sangre.

Morana lo presenció todo sin dar crédito. Todo aquello estaba sucediendo a menos de tres metros de donde ella se encontraba.

Tristan se movió.

—Quédate aquí —le susurró contra el pelo antes de acercarse a la escena.

Ella vio que Dante levantaba las cejas al ver aparecer a Tristan, pero se mantuvo en silencio. Tiró el cigarro y se acercó a su verdadero padre junto con Tristan. Ambos se agacharon para examinar el cuerpo.

Dante le palpó el pecho y sacó un sobre mientras intercambiaba una mirada con Tristan.

Su padre balbuceó algo que Tristan se inclinó para escuchar, tras lo cual Dante y él se incorporaron y se dirigieron hacia la puerta del almacén, hablando en voz baja. Morana no sabía qué había en el sobre y, de momento, tampoco le importaba.

Gabriel seguía zarandeando a Lorenzo, ya muerto, preguntándole por el paradero de su hija.

—Ambos hemos sufrido el dolor de perder a una hija —murmuró Gabriel de rodillas sobre la sangre de Lorenzo—, pero tú tienes la certeza que la tuya está a salvo y yo no. Ahora nunca lo sabré.

Su padre no replicó.

Gabriel empezó a reírse cada vez más fuerte, como un hombre cada vez más y más perturbado.

Morana salió de detrás del pilar, observándolo, consciente de que tanto Dante como Tristan se volvían también para mirarlo.

Tristan la miró y negó con la cabeza.

—Vámonos, Morana.

Los ojos de Gabriel se posaron sobre ella y se rio.

—Morana, la zorra que se ha metido en su cama —dijo, todavía de rodillas sobre la sangre, sonriendo como un loco—. ¡Tú no eres mi Morana! ¡Ni siquiera sé quién cojones eres!

Morana levantó la pistola y le apuntó a la cabeza, con el corazón herido.

—¿Secuestraste a niñas y las vendiste hace veinte años? —le preguntó ella con la voz temblorosa.

Sin embargo, Gabriel estaba demasiado ido para responderle.

—Mi Morana se ha perdido. Mi Morana ha desaparecido. ¡Mi Morana ni siquiera existe! ¿Y yo? ¡Te mataría todos los días si pudiera! Quiero que sientas el dolor que mi niña sintió donde estuviera; quiero que sangres como ella sangró. Quiero que te preguntes por qué tu padre no te quiso, tal y como debió de preguntárselo mi niña.

Morana dio un paso adelante, con el corazón sangrando, dolorido, por una niña a la que nunca había conocido, por sí misma y por todas las demás niñas maltratadas por aquellos hombres.

—¿Secuestraste a niñas hace veinte años?

Era consciente de que Tristan la miraba, de que Dante observaba alerta la escena, pero no podía apartar la mirada de los ojos del hombre al que había querido como a su padre durante tantos años.

Esos ojos se oscurecieron al detenerse en ella y su risa adoptó un cariz malévolo.

—Puta de mierda —dijo, escupiéndole a los pies—. No mereces ser feliz, no cuando mi niña no lo es.

—Yo también era una niña —le recordó Morana, sintiendo el escozor de las lágrimas en los ojos—. Una niña inocente.

—¡Y yo era un padre! —gritó él, y la saliva salió volando de su boca—. ¡Era padre de una niña preciosa a la que sustituyeron de la noche a la mañana! ¡Se la llevaron! Y tú ocupaste su lugar. Tú no eres ella. ¡Nunca serás ella!

—¿Secuestraste a niñas hace veinte años? —repitió Morana implacable, con los brazos temblándole por la tensión mental y física.

Gabriel se puso en pie y dio un paso hacia ella, abrasándola con el odio de su mirada, sin responder a la pregunta.

—Cada vez que te miraba, me acordaba de mi pequeña. De cómo debió de sufrir. De cómo debió de llorar por mí. No merecías su vida.

Morana sentía que cada palabra la atravesaba como una bala, hiriéndola, rompiéndole la piel.

En el segundo que ella tardó en asimilar sus palabras, Gabriel sacó la pistola y le apuntó a la cabeza, con esos ojos oscuros desorbitados.

—Ya sé que él me está apuntando con una pistola. Podría matarme, pero yo ya te habría pegado un tiro. Y te daría justo entre los ojos.

Morana miraba fijamente esos oscuros ojos rebosantes de odio inmóvil.

—¿Secuestraste a Luna Caine?

—He estado loco durante mucho tiempo, pero tenía que fingir por el bien de mi hija, con la esperanza de que algún día Lorenzo me dijera dónde estaba.

Morana levantó el brazo, apuntándole a la frente.

Oyó la voz serena de Tristan a su derecha.

—No lo hagas, Morana.

—Oh, ¡hazlo, Morana! —replicó Gabriel, pronunciado su nombre con retintín—. Tu padre está muerto. Tu madre está muerta. Mataré también a tu novio. Y a tus hijos…

—No le hagas caso —dijo Tristan con esa voz fría y serena que le llegaba desde la periferia—. Déjamelo a mí. No quieres hacer esto.

—Pero sí quieres hacerlo, ¿verdad, Morana? —la engatusó Gabriel, con una mirada feroz en sus ojos que ella nunca había visto—. Sabes que si tienes hijas, te las quitaré…

—Morana, no le escuches.

—… y las venderé. Como hice hace veinte años.

—Yo me encargo, no lo hagas.

—¡Basta! —gritó Morana, dirigiéndose a esas dos voces que le hablaban, con las manos temblorosas, con todo el cuerpo estremeciéndose por el dolor y la rabia que seguían acumulándose en su interior. Se debatía entre el hielo y el fuego, y pasaba del desapego y la sangre fría a una furia ardiente de un segundo a otro—. ¿¡Te llevaste a Luna Caine!? —vociferó con la voz entrecortada.

Gabriel se rio.

—¡Sí, me la llevé!

Ocurrió en una fracción de segundo.

Antes de que se diera cuenta, apretó el gatillo. El retroceso la golpeó con fuerza y vio un enorme agujero en la cabeza del hombre que había sido el único padre que había conocido en la vida.

Un aullido atormentado brotó de su garganta mientras le fallaban las piernas y caía de rodillas.

—¡Joder!

Unos brazos la rodearon, tirando de ella hacia arriba, mientras sus ojos contemplaban la muerte que los rodeaba. Lorenzo Maroni yacía en un charco de sangre degollado. Su padre biológico, un hombre al que solo había conocido durante diez minutos, pero que la había protegido siempre, estaba muerto con una sonrisa en el rostro y la camisa empapada de sangre. Gabriel Vitalio, el hombre que había enloquecido después de perder a su hija, un monstruo, su padre, había sido asesinado por ella.

Morana lo asimiló todo y se desmayó.

20

Secuelas

Fueron unas voces que hablaban por lo bajo lo que se coló en la neblina de su mente.

Morana parpadeó varias veces, abriendo los ojos, y miró el familiar techo del salón de la casa de Tristan antes de intentar incorporarse con la cabeza dolorida. Un vaso de agua apareció delante de ella, y lo aceptó para beberse el frío líquido, que le bajó por la garganta seca. Cuando levantó la vista, vio que Tristan la observaba con expresión seria. Desvió la mirada hacia el otro ocupante de la estancia, Dante, que la contemplaba de la misma manera.

De repente, todo acudió en tropel a su mente. Tomó un honda bocanada de aire, con una repentina opresión en el pecho, y los miró a los dos, parpadeando para contener las lágrimas.

—¿Están todos muertos? —preguntó con voz entrecortada al tiempo que posaba el vaso en la mesita que tenía delante.

Ambos, para su alivio, asintieron.

—Se va a desatar un infierno —dijo Dante.

Morana se concentró en la respiración, con tantas cosas chocando y derrumbándose en su interior que no sabía cómo pensar en ninguna. Todo se estaba congelando. Su sangre se enfriaba. El hielo se extendía poco a poco por sus venas. Asintió una vez y se puso en pie, necesitaba espacio, necesitaba distancia, para enterrarlo todo.

—Tengo que ducharme.

Sin esperar una contestación, salió del salón con calma y subió la escalera para entrar en el cuarto de baño, cuya puerta cerró con el pestillo. Se aferró a la encimera del lavabo con tanta fuerza que se le pusieron los nudillos blancos, se inclinó sobre los brazos y miró su reflejo, que le devolvía la mirada.

¿Quién era?

¿Quién cojones era?

No tenía madre. Habían asesinado de forma brutal a su verdadera madre, con su hermana en el vientre. Su padre no le había dicho su nombre en los pocos minutos que habían pasado juntos. Su padre, que llevaba veinte años buscando venganza, la había vigilado desde la distancia y se había enorgullecido de ella. Y el hombre al que había querido toda su vida como si fuera su padre, el hombre cuya aprobación había anhelado, había sido un monstruo malvado que había destruido muchísimas vidas. Ella lo había matado.

Empezaron a temblarle los bíceps y su reflejo se volvió borroso mientras le costaba cada vez más respirar.

Alguien llamó a la puerta a su espalda.

Abrió la boca para contestar, pero no le salió nada. Contempló, con los ojos como platos, su propio reflejo, intentando hablar, pero se le cerró la garganta, como si tuviera una pelota metida ahogándola.

—Morana, abre la puerta. —La voz de whisky y pecado le llegó desde el otro lado.

¿Cómo podía mirarlo a la cara? ¿Cómo hacerlo cuando su padre le había destrozado la vida y se había llevado a su hermana, lanzándolo a una espiral de oscuridad? ¿Y si lo miraba a los ojos y veía odio hacia ella? No lo soportaría. Joder, no podía verlo. Pero quería darse la vuelta y abrir la puerta. Necesitaba hacerlo. No podía moverse.

Los golpes se volvieron más insistentes.

—¡Morana, abre la puta puerta!

Se moría por hacerlo. Quería lanzarse a sus brazos y que le dijera que no la odiaba. Pero ¿cómo podía enfrentarse a él?

—Te juro por Dios que como no abras la dichosa puerta ahora mismo…

Separó los dedos de la encimera y consiguió darse media vuelta, pero descubrió que tenía las rodillas bloqueadas. Vio puntitos negros delante de los ojos y separó los labios en busca del preciado aire. No podía respirar.

Oyó un golpe sordo, seguido de otro, antes de que la puerta se abriera de golpe y su furioso cuerpo apareciera.

—Dios... —A Tristan le bastó un vistazo para acercarse a ella, cogerla en brazos y llevarla a la ducha, donde abrió todos los chorros y se sentó en el banco sin dejar de abrazarla.

El agua fría la sobresaltó, estremeciéndola. Le enterró la cara en el cuello, en ese punto donde se unía con el hombro, e intentó aspirar aire.

Él la estrechó con más fuerza y la mantuvo pegada a su cuerpo.

—No pasa nada. Solo es un ataque de pánico. Se pasará. Concéntrate en mi voz y respira conmigo, Morana.

Lo hizo. Se concentró en su voz, en el whisky que la emborrachaba y en el pecado que la hacía sentir viva. Respiró con él, sintiendo el lento subir y bajar de su pecho, acompasando sus movimientos a los de él.

Le temblaron los labios.

—Debería haber sido yo.

—¿A qué te refieres? —le preguntó él en voz baja, empapándose junto a ella.

—Tu hermana estaba conmigo. Luna debería estar aquí. La verdadera Morana debería estar aquí. No yo. Ni siquiera sé quién soy.

Tristan le enterró una mano en el pelo y le tiró de la cabeza con fuerza al tiempo que le cerraba la otra alrededor de la garganta, reclamando su atención.

Ella cerró los ojos.

—Mírame —le ordenó, dándole un apretón en el cuello.

No quería hacerlo. Le daba miedo mirarlo, ¿no se daba cuenta?

La mano del cuello la apretó con más fuerza, de modo que abrió los ojos, clavándolos en su garganta.

—Mírame. —La orden se abrió paso a través de la niebla.

Despacio, con el corazón desbocado, Morana lo miró.

Y descubrió esos preciosos y magníficos ojos azules clavándose en ella con un sinfín de emociones, pero ni rastro de odio.

—Estás exactamente donde se supone que tienes que estar —le dijo él, con un tono que no dejaba lugar a dudas—. Yo sé exactamente quién eres.

—¿Quién soy?

—Eres mía —dijo él. Morana sintió que le temblaba la barbilla y le escocían los ojos—. Puede que nacieras con otro nombre, pero eres Morana. Mi Morana. Eres la niña por la que maté y eres la mujer por la que estoy dispuesto a morir. Eres mía y estás exactamente donde se supone que tienes que estar. No vuelvas a ponerlo en duda, ¿entendido?

Morana lo entendía, entendía sus palabras, pero sus cimientos se habían derrumbado, toda su vida se había visto sacudida, su futuro estaba en blanco. En ese momento, sentada en la fría ducha con él totalmente vestido, mirándolo a los ojos, solo importaba una cosa.

—No vuelvas a odiarme.

La mano de Tristan se tensó en su cuello.

—¿Sabes por qué me gusta sujetarte así?

Ella negó con la cabeza.

—Porque siento tu vida en la mano —explicó él, taladrándola con la mirada, anclando su vida a él con los dedos—. Tu cuerpo, tu vida, tu corazón…, son míos ahora. Confía en mí para mantenerlos a salvo.

Y Morana se dejó caer contra su pecho y lloró por todo lo que habían perdido, mientras ambos se aferraban a lo que habían encontrado.

—Quiero que todo quede claro a partir de ahora —dijo Dante mientras miraba a todos y cada uno de los hombres que había presentes, además de algunas mujeres, con expresión sombría—. Me haré cargo de los negocios a partir de la semana que viene y quiero que me informéis en persona de todo lo que le ocultabais a mi padre. Las cosas no se van a hacer así a partir de ahora, y si no os gusta, ahí está la puerta. A la mierda.

Dante había cambiado. Morana no sabía lo que había pasado ni qué había visto en el sobre, pero el hombre de sonrisa fácil iba camino a una explosión de la que no creía que él fuera consciente.

Lo observó desde el otro extremo de la mesa de la mansión, sentada allí no como su amiga, sino como la heredera superviviente de Vitalio en el oeste. Los hombres de la Organización estaban desperdigados por la estancia, estupefactos tanto por la muerte de Lorenzo como por el regreso de Dante de entre los muertos.

Tristan estaba sentado, muy serio, a su lado, sin perderse la más mínima reacción de las caras de todos con esos penetrantes ojos. Nadie se fue.

Dante asintió.

—Bien. Esta semana lloraremos la pérdida de mi padre. Gracias por venir.

Poco a poco los presentes fueron abandonando la estancia, sin mascullar, sin hablar de nada. Morana se fijó en que Leo Mancini, el hermano menor de Maroni, miró a Dante con rencor antes de salir.

—Va a suponer un problema —dijo ella cuando todos se fueron.

Dante se levantó de la silla, se acercó a la ventana y clavó la mirada en las personas que había en el exterior. Aunque volvía a estar muy bien vestido, no se había afeitado por completo desde que volvió, y la barba de varios días le sentaba bien. Su perfil se veía duro, cruel y un poco intimidante, en opinión de Morana.

—Lo sé —replicó él, con la vista clavada fuera—. Leo siempre ha ansiado el poder y quería abandonar la sombra de mi padre. Me ocuparé de él.

Morana no lo dudaba.

Miró a Tristan, que observaba a Dante con el ceño un poco fruncido.

—Bueno, ¿cuál es el plan? —preguntó ella con más entusiasmo de la cuenta, en un intento por cambiar el ambiente de la habitación.

—¿Te apetece dirigir una familia mafiosa?

Morana parpadeó al oír la pregunta.

—Pues… no, no especialmente.

Dante por fin esbozó una sonrisa torcida y se volvió para mirarla, apoyándose en la ventana.

—¿Os vais a casar?

Morana miró a Tristan con los ojos como platos, sin saber qué contestar. Tristan negó con la cabeza.

—No hasta que encontremos a Luna.

Dante asintió y les dedicó una mirada pensativa.

—¿Sabéis qué? Hubo un motivo por el que la Alianza floreció con esos tres. Gabriel y mi padre se ocupaban de los negocios, y el tuyo se encargaba de la información.

—Yo puedo ocuparme de los negocios en Puerto Sombrío. —La voz de Tristan resonó desde su asiento.

—Y yo puedo ocuparme de los negocios en Tenebrae —añadió Dante.

Morana asintió al ver por dónde iban los tiros.

—Y yo puedo ocuparme de la información.

Dante se acercó a la mesa de su padre, que ahora le pertenecía, y sacó una botella de whisky escocés de cristal tallado para servir tres vasos, que después repartió.

—Por la Alianza —brindó.

—Por encontrar a las niñas desaparecidas —añadió Tristan.

—Por el futuro —brindó Morana, acercando su vaso y mirándolos a ambos a los ojos.

Se habían convertido en su familia.

Y tenían un largo camino por delante.

EPÍLOGO

Tristan

«Joder».

Tristan vio que el mechón de pelo oscuro se movía cuando la mujer que estaba a su lado exhaló, haciendo que flotara en el aire antes de posarse sobre la piel suave. Así dormida, parecía sumisa. Frágil. Le recordaba a la niña que le sonrió hacía mucho.

Se despertaría en cualquier momento, y él vería el fuego que llevaba dentro en esos ojos de oro bruñido. Esos ojos siempre le habían provocado un sinfín de cosas por dentro. De pequeño, no sabía qué era la opresión que sentía en el pecho. De adulto, lo estaba aprendiendo. Ella lo había mirado con las garras extendidas al mundo, con su odio, su pasión y, a esas alturas también con su corazón, para que él los marcara como suyos.

Lo desarmaba. Eso era lo que hacía con él esa mujer diminuta con alma de guerrera. Tristan era listo, pero el cerebro de Morana no se parecía a nada que hubiera visto, y de vez en cuando hacía que se sintiera como un idiota. Eso no le gustaba ni un pelo.

Le acarició un hombro con el dedo, maravillado por su piel tersa, y bajó hasta llegar al abdomen. Sonrió. Sabía que ella a veces metía barriga en un intento por ocultar la poca que tenía. Morana no sabía, no entendía que, aunque engordara, seguiría siendo la mujer más hermosa que hubiese visto.

Y siendo tan inteligente como era, seguía desconcertándolo que lo eligiera una y otra vez. A él.

Morana le había besado las manos bañadas de sangre, le había acariciado las cicatrices que se había ganado con dolor y lo había mirado para ver solo al hombre. Siempre había sido así. Y, aunque Tristan nunca sería capaz de ofrecérselo todo, lo intentaría todos los días. No quería pensar mucho en lo que haría si ella se arrepentía alguna vez de haberlo elegido.

El móvil sonó a su lado.

Ella se movió y soltó una especie de gemido enfurruñado muy gracioso antes de acurrucarse de nuevo contra su cuello, calentándole la piel con su aliento. Tristan sonrió y miró el mensaje.

Está aquí.

Lo embargó una alegría que nunca había creído que sentiría, envolviéndolo como una suave manta y calentándolo desde dentro. Le dio un beso en la frente, se separó de ella y se puso en pie.

—¿*Adóndevas*? —preguntó ella, pronunciando las palabras en una sola contra la almohada.

Joder, qué mona era por las mañanas.

—Tengo algo para ti.

Vio que la curiosidad se apoderaba de ella y que abría un ojo antes de gemir.

—Más te vale que no sea sexo, porque si lo es, te mato, Tristan. Como te acerques a mi coño en una semana, te mato.

Le temblaron los labios por la risa al oírla.

—Pues anoche no te quejabas.

—Sí lo hice —protestó ella, incorporándose, momento en el que la luz le iluminó el cuello y él pudo ver las marcas que tenía en la piel. La satisfacción lo abrumó. Eso le gustaba. Le gustaba mucho.

Meneó la cabeza y subió las persianas, bañando el dormitorio del ático con la luz del sol.

Morana entrecerró los ojos y se dejó caer sobre la almohada con un gemido.

—No puedo moverme. Me duele todo.

Tristan se inclinó, la cogió en brazos, con sábana y todo, y la llevó al amplio cuarto de baño. La dejó en el suelo, le dio un tierno beso en los labios hinchados, casi convencido de que ella le arrancaría la lengua si intentaba metérsela en la boca. Era imposible que Morana supiera lo gracioso que le resultaba todo aquello, pues era una emoción con la que no había estado familiarizado antes de conocerla.

Con una ligereza en el corazón que nunca había sentido, Tristan le preparó el baño, a sabiendas de que la noche anterior había sido muy intensa. Claro que tenía un buen motivo.

Echó un puñado de las sales que adornaban los estantes y le dio otro beso tierno, mirando esos ojos lánguidos rebosantes de satisfacción.

—Baja cuando hayas terminado —le susurró contra los labios, y la dejó sola para que se relajara.

Tras quitar las sábanas sucias, hizo la cama, tarareando, pero se quedó de piedra al darse cuenta de que lo hacía.

¿Eso era la felicidad?

Meneó la cabeza y fue al cuarto de baño de invitados para ducharse y afeitarse, preparándose para el día que tenía por delante. Tal y como se había convertido en rutina, empezó a preparar el desayuno mientras ella se arreglaba. Pocas personas sabían lo mucho que le gustaba cocinar. Era muy satisfactorio crear algo delicioso a partir de ingredientes.

Y si encima lo hacía para darle de comer a Morana... Prácticamente era un chute que necesitaba. Le encantaba ver su expresión. Desde el principio, se había dedicado a alimentarla y sabía bien lo mucho que ella disfrutaba de su comida. Verla cerrar los ojos y quedarse sin aliento al probar el primer bocado siempre se la ponía un poco dura. Pero, sobre todo, era la alegría de conectar con ella, de saber que algo que él hacía le proporcionaba felicidad. Anhelaba eso.

Batió unos huevos mientras se preguntaba cómo iban a cambiar las cosas. La noche anterior celebraron una fiesta para anunciar oficialmente que Morana y él se iban a hacer cargo del negocio en Puerto Sombrío. Con la muerte de los dos líderes la semana anterior, la situación había sido un poco turbulenta, por decirlo de alguna manera.

Después de hablarlo, Dante iba a encargarse de Tenebrae mientras que él tendría que hacer lo mismo con Puerto Sombrío. Esa sería una nueva Alianza, una nueva era, entre hermanos. La verdad, era perfecto. A Tristan nunca le había gustado Tenebrae. Esa ciudad estaba inundada de demasiados recuerdos que preferiría olvidar. A Morana le encantaba el ático de Puerto Sombrío; y, si él era sincero, a él le gustaba la ciudad. Sobre todo, le encantaba que su moto estuviera allí, tal y como le confesó después de que la llevara a dar un paseo un par de noches antes.

El edificio ya era suyo, pero se iba a convertir en el cuartel general de la mafia en la ciudad. Necesitaba buscar personal, reforzar la seguridad y llevarlo al siguiente nivel. Si iban a vivir allí, necesitaba dormir sabiendo que era todo lo seguro que podía ser.

Mientras batía los huevos, dejó que su mente vagara hacia Dante, un poco preocupado por él. Le tenía cariño a ese imbécil y, de un tiempo a esa parte, notaba algo más oscuro en su interior. Había intentado hablar del tema con él, había intentado que se sincerase sobre lo sucedido cuando desapareció del mapa, pero Dante no soltaba prenda. Y con Amara desaparecida, estaba preocupado. No solo por ella, porque también le tenía cariño, sino por Dante.

Unos pasos hicieron que levantase la cabeza y mirase a la mujer que había sido el motivo de su existencia desde hacía tanto tiempo que ya no sabía dónde terminaba él y dónde comenzaba ella. Se puso en la piel de Dante y se preguntó qué haría si ella desapareciera sin dejar rastro.

El cristal que tenía en la mano se hizo añicos.

—¡Mierda! —exclamó ella, que bajó corriendo los escalones mientras él respiraba con fuerza, anulando el dolor a base de voluntad, y la miró. Llevaba el pelo recogido en un moño descuidado en la coronilla, un poco torcido, con las gafas rectangulares sobre la nariz y un sencillo vestido con estampado floral, y lo dejaba sin aliento—. ¿Te duele? ¡Joder! —Le cogió la mano derecha, donde se había cortado, y abrió el grifo para que el agua fría le bañara la palma, haciendo que los cortes le escocieran un momento.

Tristan miró a la única mujer a la que le había importado si estaba herido y le pegó los labios al pelo mientras intentaba contener todo lo que sentía. Había días en los que tenía la sensación de que podría explotar con las emociones que ella le sacaba a su corazón, que antes estaba muerto.

Sin tener ni idea del torbellino de su interior, ella le cogió la otra mano para metérsela también debajo del grifo cuando vio el esparadrapo en un dedo.

No había pensado enseñárselo hasta más adelante, pero cuando ella lo miró con una expresión curiosa en esos preciosos ojos, su fiera que solo ronroneaba para él, sintió que se le derretía el pecho.

—Soy un cínico, Morana —le dijo, sujetándole la mano para que le prestara atención—. No creo en el matrimonio. No creo en los hombres que llevan la alianza delante de su mujer y después se la quitan. Pero creo en la lealtad. Creo en el compromiso.

Vio que se le llenaban los ojos de lágrimas y supo que ella ya se había dado cuenta. No le sorprendía: a veces lo conocía mejor de lo que él se conocía a sí mismo. Esa mujer de fuego que calentaba sus fríos y solitarios huesos era el regalo por haber tenido una vida de mierda.

—No puedo casarme contigo —le dijo—. No hasta que cumpla la promesa que le hice a mi hermana.

Ella asintió con un gesto comprensivo.

—Pero nunca, jamás, quiero que entres en algún sitio sin que sepas que todo mi ser, el adulto destrozado y el niño perdido, te pertenece.

Vio el efecto que sus palabras tenían en ella. Vio que le temblaban los labios mientras apartaba la mirada y la clavaba en su mano. Morana inspiró hondo, una bocanada de aire que hacía resaltar el mordisco que le había dado en el escote, y le recorrió el esparadrapo que llevaba en el índice de la mano izquierda con un dedo tembloroso.

Y después se lo quitó despacio y descubrió el pequeño tatuaje que se había hecho dos noches antes.

Él también lo miró, complacido por la curvatura, una única palabra que hablaba alto y claro.

«Morana».

—¡Joder! —la oyó exclamar antes de mirarlo, llorando sin esconderse, unas lágrimas que hacían que entrecerrase los ojos en un gesto precioso. Aunque estaba seguro de que le daría una patada si se lo decía—. No sabes cuánto te quiero, Tristan Caine —murmuró ella, pegándole la cara al pecho con fuerza y besándolo justo sobre el corazón desbocado.

Tristan aplastó la inmediata incredulidad que lo asaltó al oír esas palabras y respiró hondo, aceptando que ella, la preciosa y lista Morana Vitalio, que podría tener a alguien un millón de veces mejor que él, lo quería. Lástima que nunca fuese a permitir que ella se diera cuenta. Ni de coña iba a librarse de él a esas alturas.

Le dio un beso en la cabeza, disfrutando de lo pequeña que parecía a su lado. A veces se le olvidaba lo menuda que era por la ferocidad que demostraba.

Quería decirle que él también la quería.

Y no sabía cómo hacerlo, cómo verbalizarlo. Tal vez algún día podría. Esperaba poder hacerlo algún día. Hasta entonces se lo demostraría.

La llevó de cita romántica a cenar a Carmesí.

Le pareció apropiado, dado que todo había empezado allí. Se comió la comida y después se la llevó al aseo y le comió el coño, porque ella estaba demasiado dolorida como para hacer otra cosa y él fue incapaz de contenerse. Sin embargo, le gustaba la expresión de sus ojos, la que aparecía justo después de que se le pasara el subidón del orgasmo. Lo miraba con una sonrisa tontorrona que hacía que algo vibrara en el hueco que tenía en el pecho. Iba a darle ese subidón a todas horas con tal de ver esa sonrisa en concreto todos los días de su vida.

En ese momento, de pie en el aparcamiento del edificio, la observó mientras ella miraba su regalo.

—¡Estás de coña! —La mujer que tenía al lado empezó a dar saltos de la emoción, mirándolo con una sonrisa tan deslumbrante que le quitó el puto aliento.

Los tres tíos que tenía a su espalda soltaron una risilla. Todavía no les tenía demasiado aprecio, pero lo habían seguido a Tenebrae por motivos particulares y uno en concreto, Vin, era bastante bueno con los cuchillos. Dante confiaba en él sin dudar, y eso le bastaba. Mientras organizaba el sistema en la ciudad, quería con él a caras conocidas en las que poder confiar.

En ese preciso instante, no les daba un puñetazo porque todos podían ver los chupetones que le había hecho a Morana en la parte posterior del cuello la noche anterior. Sabían que era suya. Eso lo complacía muchísimo.

Joder, sí era el cavernícola que Morana le decía que era en lo que a ella se refería.

Fue precisamente esa necesidad atávica de poseerla, de demostrarle que era suya después de la fiesta de la noche anterior, lo que había llevado al maratón sexual que lo había dejado seco de semen y de sudor. Se había abalanzado sobre ella nada más entrar en el ático, y se la había follado contra la pared de cristal que tanto le gustaba a ella, en la encimera de la cocina, en la escalera, hasta por fin llegar al dormitorio. Decir que estaba agotado al final era quedarse muy corto.

La observó mientras ella miraba fijamente el Mustang rojo del 69, una réplica exacta de su antiguo coche, y acariciaba el metal con una mano. Sabía que Morana echaba de menos su coche, sabía que le tenía un gran apego.

Les indicó a los tres hombres que los dejaran a solas y dio unos pasos para colocarse junto a ella.

—¿Te gusta? —le preguntó, porque necesitaba saber que su elección no había caído en saco roto.

Ella asintió.

Antes de que pudiera decir algo, ella le cogió una mano entre las suyas, más pequeñas, y tiró de él hacia el ascensor, donde pulsó el botón para ir a casa.

—Gracias por una maravillosa primera cita, señor Caine. —Ella lo miró a través de las gafas.

Tristan le recorrió los labios hinchados con los ojos y se volvió para ver sus reflejos en el espejo. No se cansaba de verlos juntos. La primera vez que se apoyó allí y vio su imagen la primera noche que ella se quedó en su territorio, algo cobró vida en su pecho al ver su menudo cuerpo junto al suyo.

Ella tenía el mismo aspecto, pero sonreía más últimamente. No creía que se diera cuenta siquiera, pero la había visto morderse el labio más, hablar más y gesticular más mientras hablaba. Estaba más viva, y verla así hacía que se sintiera de puta madre. Sabía que él estaba dañado. Que nunca sería capaz de darle todo lo que ella se merecía. Pero le gustaba intentarlo con todas sus ganas, joder, y cada sonrisa de Morana era su recompensa.

Eso era justo lo que su padre había hecho que le prometiera con su último aliento.

«Cuida de ella», le había pedido el hombre, y Tristan, en aquel momento, conectó con él. Ambos conocían el dolor de la pérdida de lo que más querían, ambos conocían la esperanza que los hacían aferrarse a la cordura. Había visto al hombre varias veces a lo largo de los años, cada vez que acechaba a su hija. Claro que no pensaba decirle hasta qué punto llegaba su obsesión. No, eso no habría estado bien.

Las puertas se abrieron y lo devolvieron al presente y, como si fuera un faro, ella fue directa al ventanal para ver la espectacular vista nocturna mientras un relámpago restallaba en el cielo.

Morana se quitó los zapatos de tacón y los arrojó a un lado para sentarse delante del cristal, con la estancia tan oscura como aquella noche que le cambió la vida.

Acto seguido, le dio unas palmaditas al suelo a su lado, mirándolo con ojos brillantes.

Y él la siguió como la polilla embelesada que era, dispuesto a arder en el infierno con tal de que ella siguiera mirándolo de esa forma.

—Tengo una cosa para ti —le dijo en voz baja al tiempo que abría el bolso negro y le tendía un sobre.

Tristan lo miró desconcertado.

—Hoy me he reunido con el tío del aeropuerto —le explicó, y él sintió el pellizco en el estómago que siempre sentía cuando se mencionaba a otro hombre.

Aunque intentaba contener la reacción, lo cierto era que sabía qué clase de hombres vivían en ese mundo: hombres sin moral y sin escrúpulos y sin decencia. La verían y se la llevarían sin pensar en lo que ella deseaba. Lo único que la mantenía a salvo, por mucho que la irritara, era la reputación que él tenía. Porque querrían llevársela, pero no se atreverían a enemistarse con él.

Seguía sin gustarle. Joder.

—Hice un trato con él, así que le conté un poco de lo que quería saber y él me dio eso —siguió ella, ajena por completo al fuego posesivo que le corría por las venas.

Tristan la miró fijamente a los ojos durante un largo minuto, leyendo cada motita de verde aceitunado que salpicaba el castaño claro, con el corazón en los ojos para que él lo viera. A la mierda cualquiera que intentara arrebatarle esa luz. Lo despedazaría con sus propias manos. Tomó una bocanada de aire para calmar ese afán posesivo, miró el sobre que tenía en las manos y lo rasgó para sacar un trozo de papel.

Era una dirección.

El corazón empezó a latirle con más fuerza de lo que le había latido en mucho tiempo mientras miraba la dirección escrita con letra sencilla, un lugar a cinco horas de la ciudad, tras lo cual la miró.

—Ya he comprobado la dirección —le dijo Morana con voz temblorosa, ya que sabía lo que eso podía significar—. Es una casa. Vamos a ir mañana.

Quería darle las gracias, decirle que lo que había hecho por él, lo que seguía haciendo por él, lo hacía sentirse como el cabrón más afortunado del mundo. Como siempre, las palabras no brotaron de sus labios. Pero ella lo entendió. Siempre lo entendía, joder.

Tristan quería decirle que «amor» era una palabra demasiado sencilla como para explicar lo que sentía por ella. Morana lo había cambiado, lo había realineado por fuera y por dentro, como si ella fuera un planeta y él, una luna atraída sin remedio a su órbita. Lo había atado a ella, le había dado un propósito y una razón para vivir desde hacía mucho más tiempo de lo que ella creía.

Morana era su gravedad, su puto planeta, y estaba perdido sin ella.

Con el pasado plagado de muertos y los cimientos manchados de sangre, Tristan había encontrado algo tan valioso que a veces se preguntaba si no sería capaz de pasar por todo aquello de nuevo con tal de encontrarla.

La lluvia golpeó el cristal por fuera, mientras los truenos retumbaban, y se inclinó hacia ella para decírselo todo con los labios de la única manera que sabía. Morana se aferró a él.

Siempre se aferraba a él.

Y con la mujer a la que amaba al lado, mientras buscaba a la otra a la que había perdido, Tristan se sintió querido, aceptado.

Completo.

Y sí, pasaría por todo de nuevo solo por ella.

AGRADECIMIENTOS

Escribir no era algo que me imaginara haciendo, no hasta hace unos años, cuando mi salud mental se fue a pique y contar historias se convirtió en mi refugio. Por eso, siempre agradeceré en primer lugar a las personas increíbles que me han acompañado desde el principio: mi familia del *fandom*, que me ha apoyado con un amor inimaginable. Sois el motivo por el que descubrí quién soy y hacéis que sea más fuerte cada día.

En segundo lugar, a mis padres: no sería quien soy sin vosotros. Me habéis hecho creer que puedo surcar todos los cielos, bucear en todos los océanos, fracasar o triunfar, y que me querríais igual. Sois mis cimientos, con independencia de dónde esté en el mundo, y tengo suerte de ser vuestra.

También quiero dar las gracias a toda la comunidad librera que me ha aceptado con los brazos abiertos sin dudar. A todos los blogueros y *bookstagrammers* a los que se les fue la pinza conmigo y que celebraron mi libro, gracias. Compartir mi pasión por todo lo romántico, ver el talento en vuestros vídeos y fotos, y el mero hecho de hablar con vosotros ha sido un regalo. A todos los amigos que he hecho en la comunidad y que me hacen sonreír y emocionarme. Gracias por vuestro amor. No sabéis lo que significa para mí.

Y a Nelly. Mi amiga increíble, visionaria y con un talento enorme, que con tanta generosidad me dijo que sí cuando le pregunté si diseñaría la portada de mi libro. Eres un tesoro, y todos los días doy gracias por la suerte de tenerte. Cada vez que creas algo, me vuela la cabeza. Creo que nunca podré expresar con palabras lo mucho que te quiero y lo mucho que agradezco la paciencia que me tienes. Gracias. No podría haberme imaginado a otra persona haciéndole justicia a esta historia como tú lo has hecho. No tenía nada que decidir.

A mis amigos, ya sabéis quiénes sois. Gracias por ser tan pacientes conmigo cuando desaparecí durante días y básicamente fui una amiga de mierda. Os quiero muchísimo.

A mi tribu de lectores, los regalos con los que me habéis honrado me dejan sin palabras. La abundancia que derramáis sobre mí llena mi vida cada dichoso día. Muchas, muchísimas gracias. Hacéis de mi mundo un lugar mejor.

Y, sobre todo, quiero darte las gracias a ti, querido lector, por elegir mi libro y leerlo. Si has llegado hasta aquí, te estaré eternamente agradecida. Ojalá que lo hayas disfrutado, pero aunque no haya sido así, gracias por elegirlo. No sabes cuánto aprecio que te hayas tomado la molestia. Por favor, te pido que dejes una reseña antes de pasar a tu siguiente mundo literario si te apetece.

¡Muchísimas gracias!

Queremos compartir más momentos contigo.

Únete a la comunidad de Penguin Libros y encuentra tu siguiente lectura.

Penguin
Random House
Grupo Editorial